文治
© wénzhì books

更好的阅读

西瓜船

苏童 著

浙江人民出版社

图书在版编目（CIP）数据

西瓜船 / 苏童著 . -- 杭州：浙江人民出版社，2025.5（2025.7 重印）. -- ISBN 978-7-213-11921-7

Ⅰ . I247.7

中国国家版本馆 CIP 数据核字第 202596M9E1 号

西瓜船
XIGUA CHUAN

苏童 著

出版发行	浙江人民出版社（杭州市环城北路 177 号　邮编　310006）
责任编辑	卓挺亚　徐婷
责任校对	何培玉
封面设计	沐希设计
电脑制版	邱收
印　　刷	河北鹏润印刷有限公司
开　　本	800 毫米 ×1230 毫米　1/32
印　　张	10.25
字　　数	202 千字
版　　次	2025 年 5 月第 1 版
印　　次	2025 年 7 月第 4 次印刷
书　　号	ISBN 978-7-213-11921-7
定　　价	49.90 元

如发现印装质量问题，影响阅读，请与市场部联系调换。
质量投诉电话：010-82069336

目 录
contents

001 — 西瓜船

037 — 告诉他们，我乘白鹤去了

049 — 樱桃

061 — 吹手向西

073 — 香草营

097 — 玛多娜生意

119 — 茨菰

141 — 万用表

309	堂兄弟
291	哭泣的耳朵
269	桥上的疯妈妈
251	五月回家
233	小舅理生
215	垂杨柳
201	遇见司马先生
185	小偷
165	私宴

西瓜船

西瓜船大多来自松坑一带，河边住惯的人都认得出松坑的船，它们比绍兴人的乌篷船来得大，也要修长一些，木头的船体，下面临近水线的船板上包着白铁皮，船篷尤其特别，不是用油毡篷布做的，是一种用麦秆密密实实编结的席子，随意地架在四根木棍上，看上去像闹地震时候街上的防震棚。

　　每逢七月大暑，炎热的天气做了西瓜的广告，城北一带的人们会选一个清闲的黄昏，推上自行车，带着麻袋或者尼龙网兜到铁心桥去买西瓜。松坑来的西瓜船总是停在铁心桥桥堍下。七月第一批西瓜船从酒厂码头那里密集的船只中冲出来的时候，就有眼尖嘴馋的孩子从临河的窗子里看见了，跺着脚对大人喊，西瓜船来了，快去买西瓜！更有傻子光春这样的多事者，他们在岸上领着船往铁心桥那里奔，一边奔一边喊，西瓜船来了，西瓜来了！

　　年年都有西瓜船从松坑一带过来，船多船少而已。连小孩子都能一眼认出西瓜船，顶着那么个麦秆席子，船头上垒了简易的行灶，晨昏时分炊烟照样升起，看上去不像船队，倒像一组违章建筑的棚屋，盖到水上去了。

　　卖瓜的是老老少少的松坑男人。乡下的男人谁不勤快呢，可是到了铁心桥下他们就显出一种令人疑惑的懒散来，没客人的时候他们不是聚在一起打扑克，就是窝在西瓜堆里打瞌睡，有人跳到船上来，马上就醒了，从船篷里慢慢地钻出来。他们穿着白色的长袖衬衫和灰色蓝色的长裤，不习惯用皮带，裤子用蓝色的布带牢牢地束住，年纪大点的不注重仪表，常常歪敞着裤门，露出里面的花裤头的颜色。他们都带了鞋子，大多是解放鞋、雨鞋、布鞋，也有小青年置了皮鞋，却一律扔在舱里，打着赤脚。总体上来说他们穿得比街上的人多，却显得衣衫不整。他们在铁心桥下卖了好多年西瓜了，有的年年出来，街上的人能热络地喊出他们的名字，上了船和松坑人拍肩膀打屁股的，多半是为省下几个钱笼络人心。有的人还从冷饮店里买了四分钱的赤豆棒冰带上船呢。对于香椿树街人有所图谋的热情，卖瓜人嘴里应着，脸上堆着笑，但眼睛里闪烁着一种精明的防患于未然的光，说，赶紧挑几只回去吧，今年雨水多，瓜地里收成不好，就这么几船瓜，过两天就空船回去啦。

　　船上没有磅秤，用的是老式的大吊秤，遇到大宗的生意，要两个人用扁担把西瓜筐抬起来过秤，人手不够，别的船上的人就跳过来帮忙了。在船体的摇晃中，讨价还价的声音有时像激烈的口角，有时则像两个国家之间的外交谈判一样各抒己见，最后你让一步，我退一步，达成统一。就这样，一只只松坑西瓜离开西瓜船各奔东西，其中一只投奔到了陈素珍的篮子里去了。

　　陈素珍买瓜是一只一只买的，差不多隔一天买一只，挑拣讲价都极其认真，松坑人拍了胸脯包熟包甜才肯掏钱。从七月买到八月，到了八月，眼看松坑来的西瓜船渐渐空了舱，陈素珍想想儿子寿来那么喜欢吃西瓜，就有点抢购的想法了，一天买一只，挑得也不仔细了。松坑西瓜外表都是浑圆硕大的，也看不出哪只西瓜隐藏了不安定因素，陈素珍万万没想到那天她歪着肩膀把一只大西瓜提回家，费了那么大的力气，提回去的是一篮子的祸害。

事情过去好多年，谁也不记得陈素珍买瓜的细节了，只记得她买到了一只很大却没有成熟的白瓤瓜。这样的瓜再常见不过，不好吃，但确实是西瓜。类似的事情也经常发生，容易解决，要不你就胸怀大一点，只当是吃萝卜把西瓜吃了，不怕麻烦的话就把西瓜带到铁心桥去，买了白瓤的，松坑来的西瓜船通常是允许换瓜的。

陈素珍选择的是换瓜。她准备去换瓜时还惦记着另外一些家务事，香椿树街有好多忙碌又能干的妇女，恨不得一只手做两件事的，陈素珍就是那样的人。她的篮子里已经装满了酱油瓶黄酒瓶，突然又去拿了一块布料，准备带到裁缝店里去做睡裤。她嫌篮子分量重，就把那半只白瓤瓜拿出来了，空口无凭是常识，陈素珍怎么会不知道？所以她小心地用勺子挖了一块瓜瓤，包在油纸里，作为换瓜的证据。

陈素珍挽着篮子来到铁心桥下，看见三条西瓜船走了两条，只剩下福三的船了。说起来也不巧，她过去都是在福三的船上买瓜的，这次看见另外一条船上人多，就凑热闹上了张老头那条船，没想到相隔一天，张老头和他的船竟然就不见了。陈素珍不相信那一堆西瓜能在一天内卖光，她猜测还是剩下的瓜不好，卖不掉了，船上的一老一少便把船摇去别的地方卖。陈素珍站在桥块下,手里摸到油纸包里的那堆瓜瓤,忽然对松坑人产生了强烈的厌恶感,心里有恨嘴上就骂出来了,什么包熟包甜,乡下人,总是要骗人的!

她看见福三的船上只剩下福三一个人,另外一个小青年不知去哪儿了。陈素珍不知道福三的名字怎么写,叫是叫得出来的。她印象中福三是松坑人中最不爱说话的一个,不爱说话的人要么是最憨厚的人,要么就是最精明的人,陈素珍吃不准福三是哪一种人。她向福三的船走过去,准备对另外那条船上的人谴责一番,让福三听听,他转达不转达就随便了。还有松坑西瓜的品质,陈素珍觉得她也有义务代表香椿树街的人提出警告,如果明年还有那么多白瓤瓜,你们就别运到这儿来卖了,那样的西瓜,你们还不如留在松坑喂猪呢。陈素珍原来没想拿福三怎么样的,只是到了西瓜船边,看见福三那张黑瘦的脸从舱里升起来,福三的手里正抱着一只红瓤的西瓜,她脑子里忽然就闪出一个念头,并且先发制人地喊起来,福三福三,我买了你多少年西瓜了,你怎么给了我一个白瓤瓜呀?

福三当时在吃瓜,他大概是刚刚睡醒过来的,脸膛上压着清晰的草席的纹路。陈素珍跳到他面前说,你自己吃的瓜那么好,怎么给我一个白瓤的呀?

福三看看陈素珍的篮子,里面有酱油瓶黄酒瓶,一堆湿漉漉的腌菜,还有一个油纸包,他揪了一条腌菜塞在嘴里嚼着,向陈素珍笑了笑,不说话。

陈素珍说，福三你不够意思，给我一个白瓢瓜。

福三转过头，把嘴里的腌菜吐到河里去了，说，酸的，不好吃。他向陈素珍看了一眼，还是不说话。

陈素珍说，福三你是哑巴呀？好好，你不表态就不表态吧，我也不要你表态，动手就行，去舱里给我抱个好瓜来。

福三这时吃完了西瓜，他吃剩下的瓜皮一块块的呈三角形形状，像是切出来的。陈素珍看着他把瓜皮一块块晾到船篷上去了。

晾干了吃吧？陈素珍问道，你们腌了吃还是炒了吃的？

福三说，腌了吃，炒它还要用油。然后他回头问，那白瓢瓜呢？你不把瓜带来，我怎么换？

陈素珍就把那个油纸包打开来，说，我拿不动瓜，好大一只瓜，八斤三两的，我把瓜瓢拿来了，反正你一看瓜瓢就知道了，让人怎么吃？

福三盯着陈素珍手里的油纸包看，看看瓜瓢又看看她的脸，突然笑了起来，说，没见过你这样精明过头的人，拿一块瓜瓢来换瓜！

陈素珍让他笑得有点慌乱，说，一样的，有个证据就行了嘛。我在你船上买了这么多年西瓜了，这点后门不能开呀？

福三还是笑着，但笑容已经没有了善意，是冷笑了。你要是买了一只鸡不好，就拔根鸡毛来换鸡？他说，你这个女人，把乡下人都当傻子了，你们街上人多，人再多也记得住，你今年在哪条船上买的瓜？以为我不记得？换就换了，你还拿个纸包来换瓜，亏你想得出来，天下的便宜都让你占了！

陈素珍尴尬极了。她万万没想到福三会来欲擒故纵的这一手，让她意外的不仅是福三的清醒，还有自己对人的错误判断，人不可貌相，她看错福三了。我看错你啦，福三！陈素珍讪讪一笑，说，好你个福三，长了一副老实人模样，没想到这么精明的。陈素珍是个自尊心很强的女人，伤了自尊就赌气，她把油纸包朝水里一扔，说，不换就不换，算我倒霉好了，你们乡下人呀，总要骗人的。

陈素珍两手空空下了西瓜船，光是讨到个嘴上的便宜，结果篮子也忘了拿，是福三在船上用撑篙把篮子挑给她的。福三一边挑着篮子，一边批评了陈素珍带有歧视的观点，大姐你不该这么说话，乡下人怎么了，没有乡下人，你们天天吃空气去。陈素珍在岸上接过篮子，说，我没骂乡下人，谁把白瓢瓜拿出来骗人我骂谁。福三在船上说，不是我们要骗人，是今年雨水多，瓜都不怎么好，我们也没办法。陈素珍在气头上，抢白道，瓜不好还把船摇到这儿来卖？留在家里喂猪去。明年再来，看谁还上你们的当？

事情到这里应该画上句号的。以香椿树街人对寿来的母亲陈素珍的了解，西瓜换到了是好事，换不到也就算了，陈素珍是个要脸面的人，体质也不是很好，才不会为了一只西瓜不依不饶地往铁心桥那里奔。但是从另外一个角度来看，陈素珍买瓜主要是为儿子寿来买的，西瓜的主体是寿来用勺子挖着吃的，边缘部分归陈素珍，所以能不能自认倒霉，陈素珍一个人说了不算，还要看陈素珍的儿子寿来的态度。

寿来那年十七岁。大家都还记得十七岁的寿来在街上走路时皱着眉头斜着眼睛的样子。那样的表情是长期受到迫害的表情，但谁敢去迫害寿来呢？是寿来在迫害其他的男孩，还有一些无辜的动物。他当时已经杀过猫杀过狗，还没有杀过人，有人说他迟早要杀一个人的，此为马后炮，暂且不谈。寿来那天回家，照例看见桌上的半只切好的西瓜，浸在水盆里，他注意到瓜瓤是白的，挖了一块塞到嘴里，就吼起来，怎么是白瓤的啊？这是西瓜还是冬瓜？

我去换过的，张老头的船走了，你将就吃吧，就当吃冬瓜！陈素珍在厨房里忙着，她说，那福三不肯换给我，别看他样子老实，人精明得像鬼似的，我就是把一只瓜都带过去，他也不一定换的，松坑的乡下人，都不肯吃亏的。陈素珍在厨房里快快地说着话，声音带着一种明显的受挫后的怨气。陈素珍从不向儿子倾诉心中的冤屈，因为儿子从来不听她的。陈素珍习惯了在厨房里自言自语，一顿饭做好，唠叨结束，心中对一切的不满便也排遣得差不多了。她万万没有料到她教儿子怎么做人，儿子不听，她唠叨勤俭节约的好处，儿子不听，她对松坑来的西瓜船的批评，事关一只西瓜，外面的寿来却都听进去了。寿来抱着半只西瓜冲出去，陈素珍并不知道，她只听见儿子在外面骂了一句脏话。陈素珍后来告诉邻居,她在厨房里用腌菜炒毛豆,一点都不知道寿来抱着半只瓜出去了,就是这么炒一个菜的工夫,她把腌菜炒毛豆盛到碗里的时候,一颗毛豆莫名其妙蹦到地上,然后就有个邻居男孩奔进来说,不好了,寿来在西瓜船上捅了一个松坑人!

陈素珍再次去铁心桥的时候是一路奔去的,由于体质的关系,她奔跑一段要蹲下来歇口气,蹲下来浪费时间,她心有不甘,就用什么东西啪啪地敲打路面来撒气。我们好多人还记得她手里那把小小的铁器,不是什么别的稀罕东西,是一把炒菜铲子。

关于福三的死,最有发言权的是农机厂的王德基,他推着自行车从铁心桥走下来的时候,正好看见寿来像一只惊惶的兔子一样冲上桥,王德基和他的自行车无意中挡了他的道,寿来推了他一下,说,闪开!孩子们怕寿来,王德基他不怕,正要骂人,觉得肩膀那里怎么湿乎乎的,一看,是血。王德基知道不好,他大叫一声,寿来你给我站住!

寿来不理他,只顾向桥下狂奔而去,他穿着一双塑料拖鞋,倒像踩了风火轮一样,跑得飞快。

寿来你捅人啦?王德基在桥顶上喊道,捅了人才这么跑!

寿来不理王德基,一眨眼他就跑到桥下面了,站在那里向上拉了拉田径裤,对着桥顶上的王德基说,他先动手的!说完他在石阶上抹了抹手,抹完手又跑,一眨眼就在香椿树街上消失了。

王德基顺着那摊血迹往桥那面走，嘴里说道，看来是捅了人了，这么多血！他一下桥就看见那个福三手里提着一把西瓜刀，摇摇晃晃地从西瓜船那里走过来，旁边尾随着一群尖叫的妇女和骚动的小孩子。

那个西瓜船上的福三，他拖曳着一条血线走过来，走到公共厕所的墙边走不动了，弯下腰，脑袋顶在墙上，眼睛却愤怒地瞪着王德基。

是你呀？你不是卖瓜的福三吗？王德基胆子大，迎着那个血人走过去。福三浑身是血，倚在厕所的墙上，身体已经抖得很厉害了，一只手努力地举着那把西瓜刀。王德基说，你拿着刀干什么？福三说，给小良。王德基说，给小良干什么？去捅寿来呀？福三先摇头，然后又点头，他瞪大眼睛注视着王德基，手里仍然举着西瓜刀。王德基突然明白他是在向他求救，他要让他拿着那把西瓜刀。王德基就摇头，说，我不能拿刀，我怎么能帮你去捅寿来？现在顾不上那些了，我把你送到医院去。

王德基是热心人，他起初要用自行车驮着福三，但福三对着自行车后架坐上去，坐了几次都掉下来了。王德基扶着车把等了好久，看他坐不上来，干脆把自行车锁了，扔在墙边，说，你失血过多，没力气坐自行车的，不如我背你吧。

是王德基背着福三上了铁心桥。王德基力气大，背着个人，跑得还很快，跑到桥顶的时候他看见陈素珍抓了个锅铲，白着脸向桥上跑。王德基大声说，你现在跑来有什么用？你儿子闯下大祸了！

陈素珍半蹲在桥下喘气，一边努力地要看清王德基背上的人，是福三吧，他要紧不要紧？

王德基说，还要紧不要紧呢，血都流了一路了，你说要紧不要紧？王德基本来指望陈素珍帮他一把的，可是当他们下桥的时候陈素珍看清了福三身上的血，女人毕竟是见不得血的，又是肇事者的母亲，陈素珍呀地叫了一声，人就瘫在桥下了。与此同时，王德基听见后面也当的一响，福三手里的西瓜刀也掉了，刀正好落在陈素珍的脚下。王德基就站住问福三，要不要捡回来？那是物证，别让人捡去了。

福三却听不懂他的提示，他问王德基，你是不是小良？

王德基说，我不是小良，我是农机厂老王，你不认识我了？前两天我们还在杂货店见面的，你不是打了半斤粮食白酒吗？

你不是小良？福三说，小良死哪儿去了？

王德基说，我怎么知道，他去哪儿你不记得了？你失血过多，脑子现在还清楚吗？

我脑子很清楚，就是人不能动。福三说，小良去买肥皂了。你不是小良，我以为是小良在背我。

脑子清楚就好，救命最要紧。王德基说，你就不要小良小良的了，谁背你都一样，背你上医院，救你的命！

街上有男孩子们追着王德基跑，边跑边问，谁呀谁呀？大人都惊讶地站在店铺和自己家门口，随口评价道，又是打群架的吧，打成这样！经过杂货店的时候，王德基喊了一声小良，小良来买肥皂了吗？杂货店里的女店员拥出来看王德基背上的血人，她们不认识什么小良，光是向王德基打听他背上的是谁，还给他提建议，说，王德基你怎么背着他跑，怎么不叫救命车呀？王德基说，我有三头六臂呀？他在我背上，我怎么去叫救命车？

街上那么多人，偏偏小良不在街上。桃花弄弄堂口有一堆人在下棋，王德基冷眼里看见谢胖子坐在小板凳上，谢胖子也是个热心人，可是到了棋盘前他就对什么都无动于衷了，他的脑袋从别人的身体缝里钻出来，向王德基这儿张望了一番，又缩回去了。王德基一赌气就不再去寻帮手了，好事做到底，干脆他一个人送他去医院好了。

福三像一件行李似的静下来了，安心地伏在王德基的背上。王德基说他感觉不到什么，只是觉得福三人越来越重，偶尔地像是打摆子一样颤抖几下，又不动了。背着那么大个人，开始双方都在调整姿势，渐渐地就没有什么不熨帖了，因为血的缘故，福三好像是被胶水黏在他背上了。王德基说他一路上不停地说，挺住挺住，快到了，快到了。鼓励福三，也是鼓励自己，结果王德基挺住了，福三却没挺住。王德基告诉大家，他们走过北大桥的时候看见了一辆运水泥的货厢车，货厢车的司机不肯停车救人，王德基骂他他还狡辩，说什么救人要紧抓革命促生产更要紧。

王德基不知道福三为什么没有坚持到最后，他跑得够快的了，他不敢夸口比救命车跑得快，但一定比自行车跑得还要快。

他们快到第五人民医院的门口时，那个叫小良的松坑人追来了，是个没什么用的农村小伙，只会哭，对着王德基喊，谁干的谁干的？那架势倒是要让王德基交人出来，王德基一急就向他吼了一声，先救人再破案！铁打的汉子王德基，这时人也站不住了，他帮着把福三移到小良的背上，赶紧去扶墙，扶着墙呕吐，吐了几下，发现那小良背着人还在哭，他就火了，搡了他一把，哭有屁用，快进去呀！这一推搡他发现福三不好了，福三的眼睛还愤怒地瞪着天，目光却凝固了，王德基胆子大，用手指撑开他的眼眶看了看，福三的瞳孔已经放大了。而那个小良，是个没用的小伙，他背着福三撞进了医院传达室，对着一个老门卫哭喊着，医生，快救人呀！

关于福三的死，王德基怎么说这里就怎么写，当年香椿树街的青少年追着王德基，让他一遍遍地回忆送福三去医院的种种细节，坦率地说有人是对血腥感兴趣的，王德基况且能够掌握分寸，主要强调救人的艰辛和救人不得的遗憾，事情过去这么多年，我不得不考虑西瓜船故事对青少年读者可能产生的负面影响，恕我古板，福三之死，福三在第五人民医院的太平间引起的种种风波，我决定放弃更进一步的描述了。

回到西瓜船来，先说说西瓜船上的另一个人小良吧。

小良是个没用的人，而且有点笨，这一点不用王德基介绍，大家也看得出来。派出所的人在西瓜船上立了一块牌子，闲人禁止入内。包括小良，小良也被禁止上船。派出所的人一定向小良解释过保护现场之类的话，小良似懂非懂，他被有关人员从舱里推到船头，从船头推到岸上，脸上始终是一种梦游般迷惘而顺从的表情，直到派出所的人要走了，他突然又哭起来，对着他们的背影喊了一句，人到底抓到没有？

夜里派出所的人都走光了，来了一些街上的闲杂人员，无端地对事发地点进行种种细致的考察。他们看见小良坐在岸上，抱着膝盖睡，有点碍事，便怂恿他上船去睡，有人受过治安处罚，对所有穿白制服的人都怀恨在心，顺嘴便诋毁起刚刚离开的公安干警来，他们懂个屁，你别把他们的话当圣旨，管管野鸡小流氓他们在行，杀了人他们就乱套了，什么指纹证据的，那么多人看见寿来捅的人，还要什么证据，上你自己的船睡去，你又不是闲人，怎么禁止入内了？又有人替他出主意，说街上的工农浴室重新开张了，只要给看门老头一只西瓜，他一定同意你在铺上睡的。这主意马上被其他人轻蔑地否定了，说，你没脑子，没看出这兄弟放心不下船吗，还有西瓜，他在这儿看西瓜呢。

小良只是用狐疑的眼光看着三霸那些人，那些不三不四的人，一旦热心肠了，就显得居心叵测，小良也许有点怕他们，他警惕地注视着三霸他们，身体则不时地移动着，为他们腾出位置。他说，我就在这儿睡，我要看船的。小良缩着身子，把脑袋埋下去，继续睡，耳朵却在仔细地听着三霸他们对寿来的评价，他听出来寿来和这群人不是一伙的，就突然地骂了一句，杀千刀的东西，为了一只瓜呀，乡下人的命就抵一只瓜？

由于满城的人都听说了西瓜船上的事情，从早晨到夜晚都有人跑到铁心桥下来看那条船。杀人者和死者，不可能滞留原地让人参观，但船被封了，还停在那里，血也还一点一滴地留在船头和岸上。白天的时候小良要勇敢得多，闲人看船，小良就瞪着眼睛看他们，他说，我们松坑马上就要来人了，人已经在路上了。别人听出来那是要采取报复行动的意思，就告诉他说，寿来昨天就被铐走了，他在火车站等火车，等得不耐烦，到旁边文化馆里看录像片，刚刚坐下就被铐走啦。小良说，铐走就行了？一条命呢，乡下人的命就抵一只瓜？又有人告诉小良，寿来家里放话出来了，寿来才十七岁，未满十八周岁算少年犯，是去劳教，不会枪毙的。小良就厉声叫起来，你们少来骗人了，十七岁就可以随便捅人？那好呀，让我们松坑不满十七岁的都来捅人，捅死人不偿命嘛！别人看小良的眼睛红红的，人很冲动，很聪明的面孔却一点也不懂法，都不知道怎么跟他讲里面的是非，干脆不惹他。你不惹他，小良自己就慢慢平静了，平静下来更消极，说话是打倒一大片的方式，你们都是穿连裆裤的，你们的思想都一样，他说，乡下人的命嘛，就抵一只瓜。

夜里铁心桥两侧的人家有人起夜，隔着临河的窗便可以看见西瓜船，还有岸上一个货包一样的东西，他们都知道那不是货包，是守船的小良。

松坑人大闹香椿树街的事情发生在三天还是四天以后,我现在已经记不清楚了。人们后来知道从松坑来的两台拖拉机停在城北水泥厂门口,从拖拉机上下来了二十几个人,大多是青壮年,手里提着锄头铁搭之类的农具,水泥厂门口的人正在纳闷呢,看见那个小良从铁心桥方向飞奔而来,小良一边跑一边抹眼泪,人们清晰地听见了小良哭叫的声音,怎么到现在才来,到现在才来!

从松坑搭乘拖拉机来的二十几个人,其中一些人我们没见到,他们从水泥厂那里直接上了北大桥,去第五人民医院的太平间了。另外一些人在小良的引领下,浩浩荡荡地穿过香椿树街,到陈素珍家门上去了。

除了多年前城北地带造反派的武斗,香椿树街的居民们,从来没见过像松坑人讨伐陈素珍家这么紊乱而壮烈的景象。冲到陈素珍家门上的大约有二十个松坑人,是涌进去的,人多门窄,门很碍事,松坑人便把门卸下来了,说要把寿来放到门板上去,抬到医院去陪着福三。极少数松坑人衣冠整齐,有一个像是农村的干部,他手里没有农具,衬衣口袋里别着一支钢笔,大多数人一看就是临时从地里上来的,面孔很凶恶,身上则隐隐地散发出田野或泥土的清香,有的挽到膝盖上的裤腿管忘了放下来,小腿上还结着水田里的泥浆。

他们闯进寿来家的时候,寿来的父亲柳师傅刚刚从江西的什么兵工厂赶回来,他在厨房为陈素珍熬药,陈素珍已经在床上躺了好几天了。她是个长年患有头痛病的女人，没什么事也会犯病，何况家里出了这件天大的事。陈素珍在等药的时候听见门外响起惊雷般的脚步声，然后便是药罐子砰然落地的声音，柳师傅大叫起来，你们这么多人，进来要干什么？此后柳师傅的声音便被淹没了，是高高低低的陌生的声音，是松坑人嘈杂而统一的愤怒的声音，把人交出来把人交出来！其间夹杂着女人尖厉的哭声。陈素珍预感到要发生什么事了，她想从床上爬起来，但身体起不来，眼前天旋地转，她拼命向丈夫喊了一声，快跑，快去报案！她的声音却在一种巨大的声浪里沉下去了，然后她听见家里门窗被摇晃砸打的声音，橱柜里的碗碟轰隆隆地泻到地上的声音，她听见丈夫的吼声很快低沉下去，变成一阵阵痛苦的嘶叫，陈素珍就抓过床边的一只闹钟向门上砸去，别和他们打，去报案！

陈素珍不知道她丈夫是否听见了闹钟砸门的声音，她记得是几个松坑男人冲到了房间里，其中一个是小良，她认得的，另一个没见过面，凭着那人黑瘦的长相，几乎可以肯定是福三的兄弟。陈素珍并不畏惧，她躺在床上冷静地望着他们，一字一句地说，我儿子已经被抓走了。她觉得他们拒绝听她说话，他们说，把人交出来把人交出来！陈素珍说，你们上我家来没用，杀人偿命，他也得死，有法律的。他们说，把人交出来，把人交出来！陈素珍知道她说什么也没用，就不说什么了，她躺在床上，异常冷静地注视着他们，还有他们手里的锄头。她说，你们要觉得一命抵一命还不够，把我的命也抵上好了，我不怕的。

　　陈素珍注视着他们手里的锄头，她相信他们不敢那么做，她看见福三的兄弟茫然地瞪着她，她的目光勇敢地迎了上去，结果他先把目光闪开了。福三的兄弟瞪着她的枕头，还有柳师傅早晨放在枕边的一包饼干，说，你还在吃饼干啊。那人一定是福三的兄弟，他撩起陈素珍身体下面的印花床单，看看床单下面的草席，他说，你把床单铺在席子上睡，这么睡才舒服？福三的兄弟用手里的锄头柄敲敲整个漆成咖啡色的床架，你睡这么高级的床，就养了那么个畜生出来？他讥讽的语调忽然激愤起来，眼睛里的怒火熊熊地燃烧起来，是你养的儿子不是？我娘在家里哭了三天三夜了，一滴水都没进嘴，你还在家里睡觉，你还躺在床上吃饼干！

　　松坑来的人做了一件令陈素珍永远无法忘记的事。他们不能容忍她躺在床上，或者仅仅是不能容忍她枕边的一包饼干，她记得福三的兄弟先是抢过饼干扔在地上，用脚踩得粉碎，然后他对其他几个人吼道，砸了她的床，看她怎么在床上吃饼干！他们挥起锄头砸打床架榫头的时候，陈素珍的身体在上面被迫地颠动起来，她万万没想到她受到的是这么奇怪的屈辱，她没有一点力气去阻止他们，她的身体可笑地颠动着，而她坚强的神经也随着床架的崩溃在崩溃，陈素珍哭了，突然地一下，她感到自己的身体下沉了，床板的一头落在地上，另一头倾斜着搭在架子上，她的身体也像码头运输槽上的一包水泥一样滑落下去了。

那天柳师傅始终没能走出门去，松坑人手里的农具虽然不是冲着人来的，主要是摧毁家中的门窗家具，柳师傅知道那是报复，但如此野蛮的报复他接受不了，慌乱中他抓起了一把菜刀，结果这把菜刀恰好激发了松坑人对那把西瓜刀的联想，有人喊起来，儿子学的是老子样，都拿刀呀！松坑人哪里知道柳师傅其实是个有公论的厚道人，跟他儿子是两种人。松坑人不分青红皂白拥上去教训柳师傅，不知道是谁的农具伤到了柳师傅，柳师傅坐在盛米的缸上，怎么也站不起来，后来才知道他的三根肋骨被打断了。

是邻居钱阿姨去报的案。钱阿姨在陈素珍家门口，几次三番地努力，就是进不去。松坑来的人还安排了站岗的，不准邻居进去。钱阿姨说，你们来解决问题是可以的，但是不能这么闹的，左邻右舍多少上夜班的，白天要睡觉，你们闹得天翻地覆的，让人怎么休息？她对松坑人的说服教育起不到一点作用，就气呼呼地走了，临走说，这不是你们乡下，人多就能解决问题，你们不听我劝可以，等会儿看谁来劝你们！

开始是派出所来的人，一老一少两个户籍警，凭借着身上的制服勉强冲进了陈素珍家。老的是香椿树街人人皆知的秦同志，秦同志有经验，一进去就知道局面不好控制，一边查看柳师傅的伤，一边试图说服松坑人离开。年轻的那个就不注意工作方法，拿出手铐就要往人手腕上戴，结果满屋子的农具都举起来对着他，好在秦同志把他拉到一边去了。秦同志知道这群人不容易对付,他对年轻的同事耳语了几句,年轻人马上就从满屋子人堆里挤出去了,出去干什么?请求支援去了。

后来就来了一辆东风化工厂的卡车,卡车上冲下来七八个人,人不多,都束着军用皮带,穿着蓝色工作服,却一律带着步枪。围在陈素珍家门口的人还是第一次这么近距离地看见枪,有个男孩多嘴,尖声说,是工人民兵,枪是假的!这话惹恼了带枪的一个民兵,对着那男孩说,假的?要不要打你一枪试试?

带枪的人一进去,陈素珍家里瞬间便安静下来,先是几个民兵把松坑人的农具一件件地拖出来,扔到卡车上,有人在旁边一二三四地数着,锄头七八把,铁搭五六把,甚至还有两把镰刀。农具后面是人,一个个被推出来,有人也在旁边数了,一二三四……一共十七八个人,其中妇女两名。那个正当哺乳期的妇女不知道是福三的什么人,嗓音异常地尖厉,她一手擦拭着胸襟上满溢的奶汁,一边哭一边嚷着什么,听不清她嚷嚷的内容,但看她的眼神是面向外面围观的人群,大抵是要大家评个理主持个公道什么的。

松坑来的男人都被工人民兵弄到卡车上去了,不管有没有动手伤人,去调查清楚了再说。两个妇女原来可以赦免,她们开始是站在下面的。一个不停地撩起衣襟抹眼泪。另一个哺乳期的妇女则向旁观者说个不停,松坑话说快了不容易懂,反正听得出来她是在争取别人的同情,好好的一个人来卖西瓜的,你们买西瓜那点钱怎么还买人命呢?人都死了,我们来出口气还不行?听者却不宜对她表达自己的立场,有人很关心她们与死者的关系,忍不住问她,你们两个女的,谁是福三的老婆?她摇头,说,我是他妹妹。另一个呢?另一个不肯说话,还是哺乳期妇女替她介绍了,也是妹妹,福三的妹妹。

福三的两个妹妹原本不用上车的,她们听见卡车鸣笛吓了一跳,看见卡车要开走她们一定想到了某些未知的后果,一齐尖叫起来,两个人扑上去,一左一右拉着后挡板,不让卡车走,看看两个人的力气拉不住卡车,喂奶的那个妹妹就跑到卡车前面去,躺在地上了。

福三的那个妹妹,也不知道叫什么名字,反正大家对她印象是最深的。她就那么躺在地上,视死如归的样子我们以前只在电影里见过,但无论从哪方面来说她又不像人们心目中的女英雄,她躺在卡车轮子前面,衣衫凌乱,胸口湿了一大片,肚子极不雅观地袒露出来,圆鼓鼓的,悲壮地起伏着。好多人都跑到卡车前面来看福三的妹妹了,街上人越聚越多,狭窄的香椿树街的交通很快堵塞,交通堵塞以后就有孩子在这儿那儿乱吹哨子,哨子的声音更使香椿树街的空气沸腾起来。

城北派出所所长老金也来了,老金亲自出马,足以说明遇到的局面多么棘手了。照理说老金在香椿树街解决任何事情都容易,但这涉及工农关系的风波弄到这么不可收拾的地步,又没有相应的文件说明,他也没办法了,脸色便很难看。老金找到那个干部模样的松坑人,请他去说服福三的妹妹,但那个干部眼睛里闪着狡黠的光,说,她不要命,你们就让车开过去好了。我们松坑人命反正不值钱嘛。看得出松坑的干部也不懂法,他是不会协助执法了,老金也是被激怒了,卷起袖子说,敬酒不吃吃罚酒,来人,把那泼妇一起抬上车!

这样,就干脆地解决了问题。我们看见福三的妹妹被几个人合作着抬上了卡车,她当然是拼命挣扎的,挣扎也没用,人还是被轻盈地抬了起来,她的尖叫声听上去很恐怖,夹杂着松坑一带的脏话。有人刚刚从人堆后面钻到前面来,脑袋从别人的肩膀上努力地探出去,嘴里发出啧啧的声音,哎哟,怎么像杀猪一样?这乡下女人好凶!前面的人都知道事情的原委了,同情心忽然偏东,忽然偏西,现在都偏向松坑人了,三言两语解释不了自己的立场态度,就简短地说,你没有调查就没有发言权。

乱了好久,卡车慢慢地能开了,松坑来的那些人,男男女女的都在化工厂的卡车上,一张张脸带着疲惫之色从人们头上缓缓而过。看得出那是一些受到过惊吓或威慑的脸,有的人脸上还残存着恐惧,有的恐惧而茫然,眼神便显得楚楚可怜。有的人看上去有点羞怯,像小良,街上好多人在他船上买过瓜的,认得他。当然也有向街两边侧目怒视的,像福三的兄弟。最无所畏惧的还数那个干部,他站在上面摆弄了几下口袋里的钢笔,表情显示出一种故意的傲慢来,而且他还学领导人的样子,向什么人挥了挥手,大家左顾右盼地寻找他挥手示意的对象,也没找到谁,猜他的用意,也许就是显示他的无所畏惧吧,但好多人意识到,他这么随意地一挥手那架势倒有点像毛主席在天安门城楼接见红卫兵呢。

九月初的一天，福三的母亲来了。

起初没人知道那个在铁心桥边来回走动的老女人是谁，她穿一件蓝色对襟褂子、黑裤子、草鞋，头上包着毛巾，是松坑一带老年妇女寻常的装束。她先是站在桥上向两边眺望着什么，一边眺望一边擦眼睛，她的眼睛里有一层明显的白翳，也许是白翳遮挡了视觉，她没望到什么，又下到桥堍来，手搭在额上向河的这边那边望着，还是没有她寻找的东西，就拉住过路的幼儿园老师沈兰问了，妹妹呀，夏天在这儿的西瓜船怎么不见了？

沈兰是外地人，一直和儿童们说惯普通话的，听不懂她的松坑话，就让她去居委会。她没有反应，明显不知道什么是居委会，沈兰就用手指着河对岸的一个漆成红色的窗户说，居委会就是居委会嘛，你过桥，去那间房子，房子里面就是居委会。

可是福三的母亲眼睛不好，她既看不见对岸的红色窗子，也听不懂居委会的意义，她说，妹妹我找西瓜船，一条船呀。她感觉到别人不耐烦了，脸上绽出了一个巴结的笑容，说，一条西瓜船，就是出人命的那条西瓜船呀。沈兰这才猜到松坑来的老女人的身份，她看见福三的母亲喉咙里咯地响了一下，似乎要哭了，一只手赶紧抬起来，按着脖子，按了一下，又按了一下，居然把哭声压住了。然后沈兰惊讶地看见老女人的脸上重新堆起了笑容,她说,妹妹你帮帮我,我眼睛不好,看不见的。

西瓜船是不见了。沈兰下到石埠上,在河的两头搜寻了很久,她看见卖大蒜头和猫鱼的小船,捞河泥的铁船,运水泥的驳船,甚至还有一只粪船臭烘烘地停在桥堍厕所那里,偏偏看不见西瓜船的影子。沈兰说,怎么不见了呢,我天天从这儿路过,西瓜船原来一直在这儿的,昨天刮风,大概是漂走了,漂得不会太远的。福三的母亲说,漂到哪儿去了,东边还是西边,妹妹你告诉我,我眼睛哭坏了,你指着我看不见的。沈兰说,我也看不见,指也指不了,我还是带你去居委会,让他们替你找一找吧。

沈兰就领着福三的母亲过了铁心桥,上桥的时候她问,你那么大岁数了,眼睛又不好,怎么让你出来找船呢?福三的母亲说,不是我家的船呀,是福三向旺林家借的船,福三人不在了,船要摇回去还给旺林的。沈兰说,不是问你这个,我问你,你那么大岁数,怎么让你出来摇船呢,让你把船摇回松坑去呀?福三的母亲说,我摇回去,慢慢地摇,摇个两天就到家了。福三的母亲不知道为什么听不懂沈兰的意思,沈兰干脆就直接问了,家里没人手了?听说福三他弟弟妹妹都让他们扣起来了?还没放回去?福三的母亲这时候犹豫起来,人靠近了沈兰,凑到她耳边悄悄说,妹妹你是个好人,我说给你听不怕,福三的弟弟妹妹昨天刚刚放回去的。沈兰说,那让他们来摇船回去嘛。福三的母亲朝桥上看看,又向桥下望望,轻声道,我不敢让他们再来了,说什么也不敢了。警察说这次饶我们一次,也不用赔那家人东西,医药费也不赔,警察说一事归一事,再来就犯法了,也要吃官司。

福三的母亲被领到了居委会的女干部崔主任那里。崔主任当时忙着爱国卫生月的宣传事务,她让福三的母亲喝了一杯水,让她不要急,说那么大一条船,不管漂到哪里,总是在河里,不会长翅膀飞走的。船只要没漂出北大桥去,就算她的居委会的事。崔主任说如果船漂到北大桥外面去,她也会和桃花汀居委会协商解决的。

福三的母亲被沈兰领到了基层组织,是她后来找到西瓜船的关键一步。居委会依靠群众,即使是个风吹草动,自然也有群众会向他们如实反映,何况那么大一条船呢。两天前恰好有人向崔主任反映,有一个叫歪嘴的青年趁西瓜船无人看管,拿了个箩筐把船上剩下的西瓜全部拖回家去了。那两天整个香椿树街的街道干部,都在为陈素珍家解决问题,又要准备爱国卫生月的工作,无暇顾及西瓜船上剩下的几只西瓜,就把这事搁下了。

崔主任差人把歪嘴叫来了,她也不透露福三母亲的身份,只是让他坦白从西瓜船上拿了几只西瓜。歪嘴斜着眼睛观察崔主任的表情,判断她是证据确凿的,就反问道,你说还剩几只?你说几只就几只。崔主任板起面孔说,我问你还是你问我?歪嘴我告诉你,你偷鸡摸狗的事情别以为我们不知道,都记在本子上了,几天不找你你就翘尾巴!歪嘴果然老实了许多,说,没剩几只瓜了,我不搬了吃也要烂掉的,有几只都烂了嘛。崔主任逼问道,到底是几只?你说,对我说了没事,不说以后就对派出所说去。歪嘴说，十一二只吧，好几只是烂的。崔主任说，好，就减半算，算六只西瓜，一只算三毛钱，你现在赔人一块八毛钱！

歪嘴这才注意到凳子上的福三的母亲，看她头上那块毛巾便知道是松坑来的人，他马上就冲她嚷起来，几只烂西瓜，你敲竹杠呀！福三的母亲吓得站了起来，弟弟你说什么，我从来不敲人竹杠，敲竹杠要遭报应的。我找船呀，弟弟你拿我儿子的船了吗？歪嘴说，我只拿瓜，我又不是托塔李天王，怎么拿得动船？你儿子的船去哪儿了，别问我，问王德基的儿子去，我看见他带两个小孩摇船玩的，玩到铁心桥桥洞里去了。

崔主任命令歪嘴立功赎罪，去把王德基的儿子安平叫来。歪嘴靠在门框上思考了一会儿，和崔主任谈了条件，说，那我去把安平拎来，拎来就没我的事了吧？崔主任说，有事没事我说了不算，又不是我的西瓜，要问这位老大娘。歪嘴就把脑袋转向福三的母亲，你到底要不要我赔西瓜钱？要赔我给你五毛钱好了。福三的母亲摆手说，不要赔不要赔，我不是来要瓜钱的，我要把我儿子摇出来的船摇回去，弟弟你行行好，帮我找船吧。

福三的母亲原来是要跟着歪嘴去的，歪嘴不愿意让她跟着，崔主任也劝她留下来等。福三的母亲就坐下来了，坐在窗边，看着窗外面的河道。崔主任又给她倒了杯水，她客气推托了半天，说喝不进去了。又问崔主任以前在铁心桥下卖葱的老太太还在不在，说她也是好人，也给她喝过开水的。崔主任问，哪个老太太？姓什么？她却说不上来，光说那老太太嘴角上有一颗痣。崔主任其实没有兴趣和福三的母亲交谈，嘴里哼哼着，手上忙自己的工作，听见福三的母亲说，我年轻时候摇船到铁心桥来卖过白菜，认识好多人的。崔主任随口问，都认识谁呀？福三的母亲想了想，说，老虎灶上的人，药铺里的人，烟纸店里的人，我认识几个人的。崔主任说，老虎灶去年刚拆的，药铺就是现在的新风药店嘛。福三的母亲叹了口气，说，我有了五妹以后就没空出来卖白菜了，二十年没来铁心桥了，他们也认不出我来的，我眼睛哭坏了，我也认不出他们的。

　　正说着话歪嘴在外面把安平推进了门，把安平推进来歪嘴就完成任务，甩手走了。安平镇定自若地站在门口，斜着眼睛看看崔主任，看看福三的母亲，一只手挖着鼻孔。崔主任说，王安平你把人家的船摇到哪儿去了？安平说，不知道，船到哪儿去了？崔主任说，不是你摇的船吗？你不知道谁知道？安平说，我就解了缆绳，谁说我摇了？是达生摇的，我们就把船摇到铁心桥桥洞，船自己横过来，卡在桥洞里了，我们就上去了。崔主任学他的腔调说，你们就上去了？你们把别人的船摇出去，卡在桥洞里你就不管了？安平说，船现在不在桥洞里，它自己漂走了。崔主任火起来，说，自己漂走了，不是你的责任？去把达生叫来，你们负责把船找回来，否则我告诉王德基，看他怎么收拾你！

　　福三的母亲弯着腰坐在凳子上，过了一会儿坐不住了，起来去拉崔主任的衣服，说，崔同志你跟小孩好好说。又走到安平面前，弯腰替他拍了拍裤子，她的表情看上去忧心忡忡的，但还是努力地向安平挤出了笑脸，她说，弟弟乖啊，我们乡下没有船过不了日子的。安平说，你拍我裤子干什么，又没有灰！他厌恶地瞪了她一眼，在她拍过的裤子上又拍了一下。福三的母亲便去摸安平的脑袋，说，弟弟乖。安平一甩手，身体灵巧地向后一跳，就把福三母亲的手晾在半空了，他继续挖着鼻孔，斜着眼睛看福三的母亲，突然说，是你儿子让寿来捅死的吧？

崔主任这时候冲过来，用报纸在安平头上拍了一下，说，我要不告诉王德基，我就不姓崔！崔主任回头看福三的母亲，福三的母亲弯着腰站在那里，身体抖了一下，并没什么异常。她对崔主任摆摆手，小孩子的话，我不计较的。她撩起衣角在眼睛四周抹了一圈，说，自己命苦，不好跟别人计较。前年我家老头子病殁了，去年春上猪圈里闹猪瘟，死了三头大母猪，今年是福三出事情，一年一灾，我眼泪哭干了，我一哭眼睛痛得厉害，眼睛一痛头疼病会犯，犯了头疼病我就没力气摇船了，我不能再哭的，我要把船摇回家的。

把船摇回去。崔主任听出来这件事情对于福三的母亲来说比天还大。福三的母亲的精神状态让崔主任松了口气，有的妇女以为居委会就是让她们哭闹让她们晕倒的地方，崔主任是很反感的，福三的母亲不哭也不闹，让她感到同情，还有一丝侥幸，唯一棘手的是那条船，不知道漂到哪儿去了，不知道是不是还在北大桥以东香椿树街居委会的管辖范围内。崔主任不能扔下工作帮着去找船，她就严肃地对安平说，王安平同学你听好了，你马上带着这位老大娘去找她的船,从铁心桥找到北大桥,这是我给你的任务,你完不成我有办法。什么办法?你不懂?真不懂还是假不懂,很简单的,让王德基替你来完成这个任务!

那天下午我们看见王德基的儿子带着福三的母亲沿着河边人家走,有人指着老妇人问安平,那是你外婆吗?你外婆是松坑的?安平没好气地说,你外婆!你外婆才是松坑人!福三的母亲也不计较他对松坑人的歧视,对着路遇的人笑脸相迎,说,同志你看见松坑那条西瓜船了吗?安平说,你还要不要我找了?要我找你就别问东问西,话又说不清楚,是船不说船,别人以为你要找酒喝呢!福三的母亲又试图去摸他的头,手伸出去又缩回来了,说,弟弟乖,奶奶眼睛坏了,看不见,要你帮忙呀。安平就哼了一声,说,你懂不懂学雷锋,崔主任在逼我学雷锋呢,我不学雷锋她就让我爸爸收拾我,这个妖婆!

走到达生家门口,安平对福三的母亲说,你在这儿等,我到这家去看看。安平推开虚掩的门,闯到达生家里,嘴里喊着达生的名字,人径直穿堂入室,直扑临河的窗子而去。达生的母亲李金枝正在缝纫机上缝窗帘,让安平吓了一跳,说,死孩子你干什么,吓死人了!安平说,我找达生!李金枝说,达生不在!达生他爸爸不是警告过你不准找达生吗,你把我家达生都带坏了。安平冷笑一声,还警告呢,谁稀罕找他呀?告诉你吧,我在学雷锋,找一条船!安平嘴里说着话,人已经上了达生的床,跪着,打开临河的那扇窗子,探出身子向外面的河道看。李金枝拿了把量衣尺子来打他,安平叫起来,别打我,我骗你是狗,我在学雷锋,是一条船,你看见有船从这儿漂过去吗?

李金枝一边拼命把安平从床上拉下来,一边恨恨地听他陈述他的目的,什么西瓜船冬瓜船的?她说,没见过没见过,我又不是猫,天天蹲在窗台上看船过。安平突然叫道,就是寿来捅死人的那条船呀!李金枝又被吓了一跳,缓过神来就更气愤了,拿着量衣尺朝安平肩上啪啪地打,骂道,该死的小畜生,你到我家来找那死人船,怎么不上你家找去?触了霉头看我不找王德基去,打死你!安平躲避着她的尺子,从达生的床上逃下来,嘴里还申辩着,我家不沿河,怎么找船?你这个笨女人!

安平跑到外面,李金枝追了出去,差点撞到门外福三的母亲,看见松坑来的那个老女人,她突然明白安平这次不是撒谎了。福三的母亲叫了她一声阿姐,李金枝倒不见怪,她知道无论年轻年长,松坑人都管女人叫阿姐的。李金枝应了一声,放开了安平,打量起福三的母亲来,是你儿子——她这么问了半句,觉得不得体,又咽回去了。她与寿来的母亲陈素珍是一家纺织厂的工人,平时关系不怎么好,这时忍不住说了一句,那个寿来,不是我诳人,从小我就看得出要闯大祸,娘老子宠出来的,养子不教父母过呀!李金枝没有从福三的母亲那里得到任何回应,她醒悟过来,说这个是白说,人家恐怕还不知道是谁要了她儿子的命呢。福三的母亲显得心慌意乱的,跟着安平要走,李金枝拉着她说,进来喝口水再走!福三的母亲说,多谢阿姐了,我喝过水了，喝不下了。阿姐你在河边住，没见过我家那条船吧？李金枝嘴里顺口说没有没有，记忆中却出现了傻子光春扛着一条船橹从她的自行车旁走过的情景，她的眼睛一亮，叫起来，等等，我带你们去光春家看看！

这样一来，福三的母亲又被带到街那边去了，往回走，去傻子光春家了。

李金枝在光春家门口遇到了光春奶奶的阻拦，她说光春傻归傻，从来不偷人东西。还反问李金枝什么时候看见光春拿人东西的。李金枝说，他是不拿人东西，他拿人摇橹呀！李金枝指着外面的福三的母亲，说，你看看人家，看看人家！光春奶奶探出头去，看见一个松坑老妇人弯着腰站在电线杆旁边，她问李金枝，人家怎么啦？李金枝压低声音说，是西瓜船上那福三的娘亲呀，光春他奶奶呀，光春不懂事，你可是烧香念佛的人，怎么能把那船橹放在家里？

光春奶奶镇静的脸上变了色，抬起小脚匆匆往天井而去，边走边叫，光春光春，你还说你不傻，你不傻怎么把那东西扛回家了。李金枝跟进去，一眼看见傻子光春，正在天井里守护着那条船橹。船橹上的桐油都磨没了，露出发乌的木头的颜色。一向与水打交道的摇橹，离开了水，看上去倒像一种老式的笨重的兵器，正适合傻子光春对战争的一些奇思异想。光春的奶奶在橹头上晾了一把腌菜，湿漉漉的拖把则搁在橹梢上，还在滴水。李金枝也不管三七二十一，拖着摇橹到门口，对着福三的母亲喊，这橹是不是你家的？

福三的母亲迎上来，眨着眼睛没看清什么，摸一下就叫起来，说，正是，是我家那条橹！用了二十年的橹了，我认得出来，这橹把上原来绑着红布条的。

李金枝舒了口气，说，橹在船就在，就看那傻子记不记得船在哪儿了。她正要回去追问，傻子光春已经被他奶奶推到门外来了，向福三的母亲敬了一个军礼。光春奶奶跟出来，摇着福三母亲的手，说，我们家光春脑子不好，拆了橹回来做兵器耍的，你千万别跟他计较，他骗我说是酒厂码头的废船呀！

那天黄昏我们看见一群人抬着一条船橹向酒厂码头方向而去，傻子光春骄傲地走在最前面，尾随他身后的队伍组合得非常牵强，王德基的小儿子安平，李金枝，光春奶奶，还有头上包着一块毛巾的松坑老妇人，后来人们就都知道了，那个被光春奶奶挽着手的松坑老妇人，是福三的母亲。他们一路走着一路有人加入进来，安平就没资格扛橹了，他也不敢胡闹了，因为王德基正好下班回家，看见儿子又在外面野，骑车冲过来吼，滚回家去！安平跳了一下就跳到福三的母亲身后去了，指着福三的母亲说，我在学雷锋，不信你自己问她。

王德基后来告诉别人，他看见福三的母亲吓了一跳，说从来没见过长得如此相像的母子，面容酷肖倒在其次，他惊讶的是福三的母亲弯着腰站在人堆里，满脸疲惫，一手撑腹，一手向他慢慢地伸过来，要来握他的手，那母亲的姿势，让他一下就想起了福三在铁心桥下是怎么扶着厕所的墙,怎么向他出示那把西瓜刀的。

从松坑来的那条西瓜船,二十天以后谁也认不出来了。它被酒厂运送黄酒的船群挤在码头一角,散发着弃船特有的凄凉气息。篷顶上的麦秆席子没有了,四根篷柱不见其三,只剩下一根孤零零地耸立在船上,像小学校里的简陋的旗杆,船头的行灶不见踪影,一定有人看上了那几块垒灶的砖头,拆得很干净,半块砖头都没留下。除了傻子光春,不知是哪些人上过船,有人在西瓜船里倒了点煤渣,倒了点水,还扔了些菜叶子,船舱里看起来很脏,有点像夏天沿河收垃圾的船了。

李金枝站在码头上,手指着运酒船大声批评那些船户,怎么这么缺德?好好一条船,给你们弄成这样,你们自己船上倒是干干净净的,怎么把人家船当垃圾船呢。运酒船上有人厉声地回应道,你还张嘴骂人呢,要不是我们把船钩回来,这船早就漂到太平洋去了!

船在就好,阿姐你不要和他们吵。福三的母亲安慰着李金枝,眼睛看着王德基他们装橹,也怪王德基他们没有经验,笨手笨脚的,福三的母亲一着急,身体一点点地往下面挪,李金枝正要扶她,她已经挪到船上去了。

正是九月黄昏时分,酒厂码头的阳光也像陈年的黄酒一样,馥郁地流淌,河面闪闪发亮,西瓜船上的一摊干涸的血迹吸引了所有人的目光,起初人们都在看福三的母亲和王德基他们装船橹，是傻子光春最先透露血迹的位置的，他指着船头一角对安平说，看那摊血，像不像一头牛？大家顺着光春的手看过去，果然是一摊血，不一定像一头牛，但是一摊非常清晰的血迹。李金枝瞪着眼睛，用手指压着嘴唇，示意大家别嚷嚷。她说，她眼睛不好的，最好别让她看见。安平偏不听她的，对傻子光春卖弄他的知识说，血迹很难洗的，水洗不掉，要用酒精擦。又让光春去拿酒精来，说他可以当场试验给他看。傻子光春问，酒精在哪儿？安平给他问住了，翻着眼睛说，算了算了，试给你看也是白试，你就知道看血迹像牛还是像马，傻子！

　　后来就剩下福三的母亲一个人在船上了，运酒船已经为福三的母亲让出了水道。王德基他们不会弄船，帮不上忙，干脆下来，在岸上看着她把船慢慢地摇出去。李金枝问王德基他们，你们看见船头那摊血了吗？王德基说，那么一摊血，怎么会没看见？不敢吱声罢了。李金枝叹着气说，她眼睛不好，最好看不见，否则看着儿子那摊血，怎么摇得动船呀？王德基说，本来就摇不动的，去松坑好几十里水路呢。她出来摇船，家里人肯定不知道的，知道了怎么能让她出来！

　　福三的母亲把船摇出了运黄酒的船群，水上就有路了，她摇摆着的身体突然停了下来，慢慢转过来，抬起臂肘擦眼睛，努力地眺望着码头上的李金枝他们这群人。看得出来她是要告别了。福三的母亲要和码头上的人告别，可是离得远了她什么也看不清，看不清楚码头上站立的哪些是香椿树街的好心人，哪些是酒厂堆积如山的黄酒坛子,她就突然跪下去,向着酒厂码头磕了个头。码头上傻子光春先笑起来了,说,她怎么向黄酒坛子磕头?大人不傻,知道是福三的母亲眼睛不好,磕错了方向,都挥起手,叫喊起来,不敢当的,快起来快起来!

福三的母亲很快就起来了,人在远处站起来,小小的一团,被满河夕阳照着,身影还是很黑很模糊。就这样,松坑的最后一条西瓜船,也在九月的一个黄昏离开了酒厂码头。据去过松坑修理拖拉机的王德基估算,此去六十里水路,一定要在水上过夜了。福三的母亲毕竟年纪大了,她摇船的姿势看上去不像其他松坑人那么流畅,也许是累的,她摇得很慢,船也走得很慢,看上去不是她摇着船走,是船领着她向下游而去。船向河下游而去,那是松坑的方向,福三的母亲虽然眼睛不好,松坑的方向应该是永远记得的。

而王德基他们站在酒厂码头上,眺望着夏天来的西瓜船向河下游而去,一来一去,按节气来说居然隔着夏秋两季了。

告诉他们,我乘白鹤去了

儿女们没有见到过那只白鹤,他们的年纪都不小了,可是没有谁见到过白鹤。老人说每天黄昏那只白鹤会到水塘边饮水,长长的嘴巴浸在水中,松软的羽毛看上去比新轧的棉花更白更干净。它就站在离核桃树三步远的地方饮水,有时候青蛙从水草丛中跳到岸上,它就扑开翅膀飞走了;有时候牛在地里哞哞地叫起来,它就扑开翅膀飞走了。春天以来老人一直在向儿女们叙述仙鹤饮水的情景,但儿女们说他们就在水塘边灌溉耕地,他们从来没见过什么白鹤。

老人就站在离核桃树三步远的地方,弯着腰背着双手观察白鹤在水塘边留下的痕迹,他想要是白鹤留下几对足印或者一片羽毛,他就可以证明它来过了,可惜的是白鹤来去匆匆,什么也不肯留下。即使这样老人也不会怀疑自己的眼睛。他的一生都依赖自己的眼睛看天气,看庄稼,看人来人去,他的眼睛到了七十二岁仍然清朗明亮,谁要是说他老眼昏花,那他自己才是瞎了眼呢。

老人绕着核桃树踯躅了几圈,抬头望树,树枝和树叶上也没有留下白鹤的羽毛,老人长时间地仰着头,脖颈有点酸了,他就按住自己的脖子,慢慢地倚树坐下来。又是黄昏,天边的云朵像一堆未被燃尽的柴堆,他所熟悉的原野、孤树、池塘和房屋又发出一种低沉的叹息声,这种声音只有他能听见,儿女们有耳朵,但他们是听不见这种声音的,他们不相信天黑前的家园会发出叹息。老人在树下坐着,他摸出旱烟袋吸了几口,一阵剧烈的咳嗽声从喉咙里滚出来,他觉得背后的树也被他咳得摇摇晃晃了。或许在烟的事情上儿女们说得对,女儿说他的身体一半是毁在烟上,或许是不该再吸烟了,老人把烟袋里的烟丝倒在地上,很快又捡起来,他想我这是怎么啦,真的是老糊涂了吗?不吸就把烟丝留在烟袋里,怎么把好端端的烟丝倒掉了呢?

老人坐在核桃树下,脸上久久凝结着一种自责的表情。池塘对岸翻地耕种的人们早已经走了,儿女们不在那儿了,除了大片翻起的黑土块,除了从土地深处发出的那种叹息声,四周一片寂静,连原野尽头的太阳也寂静地往地上沉落。老人想等会儿天就黑了,天一黑儿女们就要来喊他回去吃饭了,他们对他还不坏,没有嫌他老来多病,但他们只会对他说,爹,回家吃饭了,爹,上床睡吧。他们根本不知道他的心思。他的心思谁知道?核桃树是知道的,核桃树下的白鹤也是知道的,它们不会说话,它们就是说给儿女们听,他们也听不明白,他们根本就不相信那只白鹤在池塘边饮水嘛。老人远远地听见家里人喊他的声音,他站了起来,在离开核桃树之前,他捡起一根树枝,在池塘与核桃树之间的地上来回走了几步,最后他用树枝在泥地上画了一个很大的圆圈。

一个小男孩在池塘边捉泥鳅,一个小女孩在核桃树下捕蝴蝶,他们是老人的孙子和孙女,老人带他们来看白鹤,白鹤的踪影迟迟不见,而老人靠着核桃树睡着了。

白鹤怎么还不来呀?小女孩没有抓到蝴蝶,就伸手去抓老人的耳朵,你说白鹤在池塘边喝水,我怎么没看见白鹤呢?

太阳烧得正旺呢,白鹤还不会来。老人睁开惺忪的双眼望了望天空,他说,太阳一下山白鹤就会来的。

白鹤住在哪儿?住在大山里吗?小女孩问。

不是,白鹤从很远的地方飞来,又飞到很远的地方去。老人说,连我也不知道白鹤住在什么地方,大概在一千里之外吧,白鹤住在我们看不见的地方。

小男孩抓到了一条泥鳅,他用衣服包住泥鳅,跑过来向老人展示他的战利品,我抓到了一条泥鳅。小男孩对他祖父说,你把泥鳅切碎了扔进水里,那只大鸟就会来的,大鸟最喜欢吃泥鳅。

那不是大鸟,老人说,是白鹤,白鹤是最吉祥的鸟,白鹤飞到哪儿,哪儿就有一个人乘着白鹤到天堂去。

你要乘着白鹤去天堂吗?小男孩问。

我想乘着白鹤去天堂,可我不知道白鹤肯不肯驮我去。老人唇边掠过一丝悲凉的微笑,他站起来沿着地上画出的圆圈走了几步,他说,不是什么人都能乘上白鹤的,我也不敢想我能乘上白鹤,可我说什么也不会让他们把我拉到西关去。

他们拉你到西关去干什么?小男孩说,谁要把你拉到西关去呀?

西关有个火葬场,老人对孙子比画了几下,嘴里发出噼噼模拟火焰的声音。他说,人到了西关就化成一股黑烟,看着你爹你叔叔你姑姑他们吧,等我一死他们就会把我拉到西关去,他们商量好了,他们要送我去火葬。

你不想去就不去呗,小男孩话一出口就知道自己说错了,于是他咯咯地傻笑起来。你要是死了就不能动了,我明白了,小男孩说,你要是死了,他们想拉你去哪儿就去哪儿。

对了,他们想拉我去哪儿就去哪儿。老人摸了摸孙子的头发,忽然剧烈地咳嗽起来,老人揪着自己的喉部,一边咳嗽着一边说,我让他们……长成……人……他们……要……把我变成……烟。

小男孩发现祖父的眼睛里突然噙满了泪,他用手去抹了抹祖父的眼睛。你别怕,小男孩想了想安慰祖父道,他们是吓唬你的,人怎么会变成烟?人不会变成烟的。

人会变成烟,老人终于止住了咳嗽,老人一动不动地靠在核桃树上说,人是会变成一股烟的。

春天午后的阳光照耀着祖孙三人,蜻蜓在池塘的水面上飞,粮食种子在池塘边的泥土下生根发芽,蒲公英在路边开出了黄色的小花,那些年幼的生命都环绕着七十三岁的老人飞翔或者生长,老人朝它们挥了挥手,他靠在核桃树上又闭上了眼睛,但他刚睡着就被孙女的声音吵醒了。

小女孩跳到地上的大圆圈里蹦着跳着。她大声说,为什么要在这里画一个大圆圈呢?

别在里面玩。老人睁开眼,他朝孙女摇着头说,那是爷爷的地方,你们别在里面玩。

这是你睡觉的地方吗？小女孩说，家里有床，床上才是你睡觉的地方呢。

等爷爷死了就不能睡家里的床了。老人摇着头说，爷爷只能睡在这儿，就连这儿也睡不成，他们会把我拉去西关的，你爹你叔叔你姑姑他们，他们肯定会把我拉去西关的。

你要是把自己藏在这里，他们找不到你就不会拉你去西关了。小男孩眼睛一亮，忽然拉住祖父的胳膊说，你要是钻到地下死了，他们找不到你，你不是可以永远躺在这里吗？

不能躺在这里，小女孩尖声说，这里没有床，还会有毒蛇来咬你的。

老人转过脸凝望着孙子，他把小男孩揽到怀里说，你刚才说什么？让我钻到地下去死？那是个好办法，可我怎么能钻到地下去呢？

活埋。男孩眨巴着眼睛想了一会儿，大声说，活埋就是挖个坑，把人埋进去，再把土盖住，你喘不出气来就会死，这样你不就钻到地下去了吗？

聪明的孩子。老人的身子哆嗦了一下，他的眼神黯淡无光，所以他的笑意看上去凄苦而无奈。多么聪明的孩子，老人紧紧地搂住孙子说，可是谁来给我挖这个坑呢？爷爷年纪大了，力气没了，挖不了这个坑，谁肯来为爷爷挖这个坑呢？

我来挖，男孩说，我会挖坑！

我也会挖坑！女孩也在旁边唯恐落后地叫起来。

你们太小了,老人推开了孙子,一边揉着眼睛一边埋下头来说,挖坑是个力气活,你们干不了的。

干得了,我挖过坑的。男孩在焦急之中暴露了一件秘密,他附在祖父的耳边说,你记得三叔家的那头羊吗?那头羊不是走丢的,是被我活埋的!

老人下意识地伸出手去,他想揪孙子的耳朵,但手伸出去后便疲乏地落下来,落在膝盖上,老人的手在膝盖上哆嗦着。他说,埋羊和埋人不是一回事,羊是牲畜,可爷爷是一个人,爷爷还是一个活人呀。

人也一样嘛,把坑挖大一点不就行了吗?男孩说。

可是你怎么能把爷爷活埋了呢?我是你爷爷,没有我就没有你爹,没有我也就没有你,你怎么能把你亲爷爷活埋了呢?老人捂着胸又咳嗽了一通,他卷起衣角抹了抹眼睛,说,那不行,你爹知道了非揍死你不可。

只要我们保密,他们就不会知道。男孩回头看了眼他的妹妹,他说,你别担心她,她不敢说出去的,她要敢说出去,看我不揍死她。

老人笑了笑,他不再说话。他闭起眼睛想着孙子的那一番话,老人的嘴角上残存着那丝宽和的微笑,但他知道眼泪正在不知不觉中流出来,他听不见眼泪滚落的声音,只听见四周的土地仍然散发着沉沉的叹息声。

男孩把手放在老人的鼻孔下试了试,他说,爷爷,你还在呼吸吧?

我还在呼吸,我还活着呢,老人仍然闭着眼睛靠在核桃树上,他说,带你妹妹到池塘那边去玩吧,别太吵,你们不是想看白鹤吗?太吵就会把白鹤吓跑的。

小男孩带着小女孩跑到池塘那侧捉泥鳅,他们站在一条新开的沟渠里忙乱了一会儿,没有再捉到一条泥鳅,却看见沟渠里扔着一把铁镐和一把铲子,不知是谁在挖好沟后忘在那儿了。小男孩起初没在意那两件农具,但是在不见白鹤也不见泥鳅的情况下,他觉得很无聊,后来他就捡起了它们,一手拖着铁镐,一手拖着铲子朝核桃树下走去。小男孩一边走一边对小女孩说,你什么都不懂,爷爷害怕火葬,他不想被火烧成一股烟,他想把自己埋起来,埋人一定要先挖一个坑!

他们走到核桃树下时发现老人睡着了,老人睡梦中的脸让兄妹俩想起了冬天里丝瓜架上的最后一条丝瓜,兄妹俩站在地上的那个大圆圈里,他们朝老人看了一会儿,又互相小声地嘀咕了一会儿,后来哥哥就模仿大人挥起铁镐,在大圆圈的中心挖下了第一块泥土。

铁镐的声音再次惊醒了老人,老人睁开眼说,我让你们别吵,怎么还在这儿吵?白鹤会被你们吓跑的。

没有白鹤,小女孩说,爷爷你骗人,我爹说你老眼昏花,把池塘里的鹅当成白鹤了。

白鹤会来的。老人抬头望了望天空，他说，太阳还很高呢，等太阳落山白鹤就会来的。

小男孩把铁镐藏在身后，把铲子踩在脚下，他看见老人的目光轻易地找到了它们，突然黯淡，突然又亮了。老人凝视着那两样农具，一直喘着粗气，小男孩便有点惊慌失措，他说，是你自己要活埋的，你可不能去跟我爹告状！

我不告你的状。老人笑了笑，垂下头用手揉着眼睛说，我睡糊涂了，睡这么会儿就把自己的话给忘了，是我自己要活埋的，我不想让他们拉去火葬，我不想变成一股烟，我想留在这里让白鹤把我带走嘛。

爷爷你忘了？要活埋就要先挖一个坑呀！小男孩说。

是得先挖一个坑，可是这个坑要挖得很大很深，要能把爷爷的身体藏住，你能挖得那么大那么深吗？老人说。

不用挖得很大，只要挖深就行了，你可以站进去的。小男孩说。

聪明的孩子。老人慈爱地看着孙子，还有孙子手中的铁镐，还有地上的铲子。过了一会儿老人说，那你就挖吧，抓镐抓得高，挖起来会容易些，挖吧，要是有人问你在干什么，你就说挖坑种树。

小男孩响亮地答应着，再次挥起了铁镐，他对他妹妹说，闪一边去，你什么都不会干，别在这儿碍我的事。

小女孩朝祖父跑去，她伏在祖父的膝盖上看着她哥哥挖坑。

她说，爷爷你别把自己埋起来，埋起来透不出气，你会死的。

老人在孙女的脸上亲了一口。他说，聪明的孩子，爷爷是会死的，可是死在土里比死在火里好，死在火里爷爷就变成一股烟，死在土里爷爷还能看见白鹤，爷爷想让白鹤带着走呢。

老人紧紧地搂着孙女，看着他的孙子挖坑。老人说，歇口气再挖，别累着，爷爷现在觉得有点力气了，让爷爷自己来挖几镐吧。

池塘那边的小路上偶尔有人经过，有人看见老人带着孙子孙女在核桃树下挖土，他们以为那祖孙三人是在种树，他们想老人疾病缠身，多年未做农活，那么个老人也只能栽栽树了，还有人看见老人带着孙子孙女坐在池塘边东张西望的，他们听说过老人与白鹤的事情，他们从来没见过白鹤，因此就不相信那件事情。他们捂嘴一笑，说，这老汉，今天带着孙子孙女来看白鹤呢。

黄昏时候池塘边仍然没有白鹅饮水的身影，核桃树下的土坑却挖得很深了，参加挖坑的祖孙三人都已经累坏了，他们坐在潮湿的新土堆上俯视着脚下的深坑，看见阳光无力地透过核桃树投在坑内，坑内似乎闪烁着许多碎金的光芒，看上去温暖而神秘。

老人替孙子抹去了额上的汗。他说，看把你累成什么样子了，可你不知道你帮爷爷干了件多大的事呀。

男孩说，不累，等会儿盖土就省力啦。

老人让孙子去听深坑里的声音。他说，你听见坑里发出的声音了吗？那是泥土在下面叹气呢，泥土其实一年四季都在叹气的。

男孩趴在坑沿上听了会儿,抬起头说,没有叹气,土里什么声音也没有。

你也听不见。老人摇了摇头说,你们都听不见泥土叹气的声音,只有我知道它在叹什么气,现在泥土正为我叹气呢。

爷爷,你是不是不想进去了?男孩端详着祖父的脸,他说,你怎么哭了?是你自己要这样的,你要是不想埋就别埋了,我们回家吧。

不,我就要进去了,老人缓缓地站起来,他扶住孙子的肩膀说,我是高兴才掉的泪,你才这么小,却帮了爷爷的大忙,现在爷爷真的要藏起来了,等会儿盖土的时候千万别怕,你得把爷爷盖得严严实实的,他们才找不到我,千万别怕,记着你是在帮我,爷爷不想变成一股烟呀。

我不怕。男孩看着手里的铲子说,我会用铲子,铲土很容易。

老人朝池塘上空观望了一会儿,自言自语着,太阳下山了,白鹤该飞过来了。老人扣好了衣服的扣子,又转向呆坐在旁边的小女孩说,等会儿你别朝爷爷看,你看着池塘,你会看见白鹤的,喏,白鹤就在那边喝水。

老人小心翼翼地滑进了深坑中,祖孙三人的劳动竟然巧夺天工地容纳了老人的身体,老人站在坑内,仰着脸对孙子露出了满意而欣慰的笑容。他说,好孩子,现在开始铲土吧,记住,一铲接住一铲，我不让你停你就千万别停，来，开始铲土吧。

男孩顺从地开始铲土，除了几声沉闷的咳嗽声，他没再听见祖父的嘱咐，祖父已经嘱咐过了，不让他停他就不能停。于是男孩一铲接一铲地往坑里填土，他看见潮湿新鲜的黑土盖住了祖父花白的头发，这时候他犹豫了一下。他说，爷爷，再填你会透不过气的，他听见了祖父在泥土下面的回答。祖父说，别停，再来一铲土，告诉他们，我乘白鹤去了。泥土下面传来的声音听来很遥远，但却是清晰的，男孩记住了他祖父最后一句话，他想祖父在泥土下面或许也能透气的，他还在说话嘛，他说他乘着白鹤去了。

那天夜里男孩一手拉着他妹妹，一手拖着把铁铲回到了家，男孩站在门口拍打着身上的泥土，他突然觉得有点害怕，他用一种尖厉的声音对大人们说，爷爷乘着白鹤去啦！

樱桃

对于邮递员尹树来说，枫林路是一个特殊的投递区。枫林路其实是一条被树荫覆盖的坡道，坡很长也很陡，从大钟楼前骑车下坡，假如不用刹把花费两分钟便可以纵贯整条路区，但一般来说邮递员骑到枫林医院便可以原路折回了，这个路区被医院和医学院的高墙所占据，门窗寥寥，邮袋里的信和报纸几乎都是送往枫林医院的。

以前的邮递员年轻毛躁，下枫林路的路坡时疾如流星，有一次恰恰就把路上一个拄着拐杖的老人撞倒了。出了这样的事，邮局方面很自然地想到要更换枫林路的投递员，于是尹树瘦小的慢条斯理的身影便在枫林路上出现了。

尹树确实是慢条斯理的一个人，其外形也与性格融洽，瘦小得没有任何多余的部分。在邮局人们视尹树为一个怪物，尹树能不说话就绝不说话，他的冷漠散淡的目光拒绝着同事们的任何交谈的愿望，同事们背地里都称尹树是个怪物，他们注意到尹树的一些古怪的习惯，每次投递前他都要使用许多橡皮筋，他给信件分类不仅按照地址和人名，还要按照信封的颜色和尺寸，这种自找麻烦的习惯，往往使旁观者暗自窃笑。尹树上路前总要用两只木夹子夹住裤脚，他的那条绿裤子其实是极小的号码了，根本没必要使用木夹子。但尹树毕竟是尹树，谁也不会去干涉他的自由，他有他的工作方式，与别人毫不相关，就像他洗手用的那块淡黄色硼酸肥皂，锁在抽屉里，是他单独使用的，是他自己花钱买的。

尹树从来不在乎别人对他的看法，只有他自己知道心里的那个怪物不是别的，只是报纸上常常探讨的孤独或者寂寞而已。

尹树每天早晨八点三刻骑车绕过那座古老的大钟楼，看见彩色的阳光把钟楼描绘得辉煌四射，而大钟的指针却永远停留在七点十分，尹树略略地把身子前倾冲上枫林路的顶端，然后他就看见了坡下的枫林路，一条长满了梧桐、红枫和雪松的街道，安静而洁净，空气中隐隐飘来一丝药水的气味，但那种气味也同样给尹树以安静而洁净的感觉，只有他自己知道，他喜欢这条特殊的投递路线。

那天早晨下过雨，枫林路的水泥路面积满了水渍和落叶，看上去有点潮滑，因此尹树是推着邮车走下去的，尹树走近医院的一扇边门前，注意到那扇长年封闭的边门几近腐烂，木缝里已经长出了薄薄的一层青苔，就是那扇门，它突然被谁慢慢地打开了。

一个穿白色睡袍的女孩从门后闪出来，她迎着尹树和他的邮车站定了，尹树惊愕之余下意识地扭过自行车龙头，但他发现女孩轻移莲步又挡住了他的去路。一个年轻而苍白的女孩，她的美貌和凄楚的表情使尹树怦然心动。尹树看见她从白睡袍宽大的衣袖中伸出右手，一双晶莹如玉的纤纤小手，与那双乌黑湿润的眼睛一样充满着某种渴盼之情。

你要干什么？

信。有我的信吗？

你叫什么名字？

白樱桃。

什么？

白雪的白，樱桃树的樱桃。也许信封上只写了樱桃，那就是我，只有我一个人叫樱桃。

尹树觉得这个名字又美又怪，但他没有说什么，他迅速地查看了一遍邮袋里的信封，没有寄给白樱桃的信。尹树就说，没有白樱桃，没有你的信。

怎么会没有？女孩慢慢地缩回她的手，现在她美丽的脸上掠过一丝灰暗的阴影。女孩说，怎么会没有我的信？我等了这么多天了。

女孩仍然挡着尹树的邮车，尹树打响了车铃铛，他说，让一让，让我过去。他发现车铃铛的响声把女孩吓了一跳，女孩闻声立即闪到围墙一侧去了。

尹树有点慌乱地推车跑了几步，回头一望，那个白色的背影正好消失在医院的边门里，门吱溜溜地关合了，而墙头门楣上的几丛藤草还在簌簌晃动。尹树觉得他碰到的这件事有些蹊跷，但转念一想医院的病人经常会偷偷跑出来，到外面散步或者只是为了看看街景，也许并不奇怪。尹树断定穿白睡袍的女孩是个住院病人，只是他无从猜测女孩患了什么病。

秋风一天凉于一天，枫林路一带的蝉鸣沉寂下去，枫树的角形叶子已经红透了,而梧桐开始落叶,落叶覆盖在潮湿的地面上,被风卷起或者紧贴地面静静地腐烂,从高处俯瞰枫林路的秋景,这条街道竟点缀着层层叠叠的红黄暖色,过路人极易忽略高墙里侧医院的存在,也极易忘记从你身边掠过的是一个疾病和死亡的王国。

邮递员尹树喜欢枫林路的秋天。

邮递员尹树听见自行车轮子柔和地碾过地上的腐叶,耳朵里灌满的是一种类似人声的喁喁私语。尹树抬眼四望,看见的是十月辽阔清朗的天空和天空下的老树新叶,这种时刻尹树觉得自己的呼吸与世界准确地叠合,他的心中充满了诗情画意。从来就没有人理解尹树在秋天特有的欢乐,正如没有人理解他在另外三季的孤独和乖僻,心中的怪兽只属于他自己,尹树从未想打开心扉让别人触摸它。邮递员尹树唱起一首东北老家的民谣,但是他的沙哑而温情的歌声很快地戛然而止了。

尹树看见那个穿白睡袍的女孩又出来了,她的手里抓着一枝从墙头拖坠而下的茑萝,倚门而立,看样子像是在等人,她在等谁?尹树很快从她的顾盼中发现,女孩等待的人就是他自己。

白樱桃,尹树的记忆中立刻跳出这个名字,他下意识地捻开了枫林医院的一沓信件,其实不用查找他也记得清楚,没有寄给白樱桃的信,他记得邮袋里从来没有出现过白樱桃的信。

邮递员,有我的信吗?

没有,尹树摇了摇头,他想绕过女孩,但是女孩凄楚的热切的目光阻止了他的脚步,尹树把手里的信捻成个扇形,送到女孩面前让她过目。他说,医院的信都在这里了,你自己看,你叫白樱桃,可是没有你的信。

他们都叫我樱桃,女孩朝那些信封凑近了,纤细如玉的五指轻轻地把每一封信翻过去,女孩的声音中仍然存有一线希望,也许他们就写了樱桃这个名字。

没有,你自己也看见了,没有樱桃的信。

尹树听见了女孩的那声幽怨的叹息,它使尹树第一次直视了她的红颜朱唇,如此幽怨的叹息中应该饱含岁月风霜之苦,而面前的女孩多么年轻多么美丽,她的乌黑柔软的长发泻下的都是青春之光。尹树看见女孩的手指在墙上轻轻划着,她的眼睛里已经沁满了泪光。没有她的信,从来都没有她的信。尹树觉得有一股温和的流泉化开了心中的冷血,对于这个名叫樱桃的女孩生出无边的怜悯之情。

尹树说,你老是站在那里等信,能不能告诉我是在等谁的信?

等我母亲的信,我天天在等,从去年等到现在,可是她没给我写信。

尹树对樱桃的回答,生出了一些疑惑,他说,你住进医院很长时间了,你母亲怎么会不知道?她没来看过你吗?

她在很远的地方,我知道她天天在想我,我也天天想她,可是她为什么不给我写信?我天天在等,她为什么还不给我写信呢？

尹树说，也许她不知道你的地址，也许信在路上寄丢了，这种事是常有的。

尹树听见樱桃的呜咽声渐渐清晰了，秋天的阳光从墙影藤丛里散落下来，投在樱桃的脸上和白色的睡袍上，斑驳而晶莹，倚墙呜咽的女孩，一举一动都是比海水更深的悲伤。

尹树就说，你再耐心等等吧，也许你母亲的信已经在路上了。尹树不安地摇晃着手里的那沓信件，他不知道该怎么安慰她。尹树咳嗽了一下又问，除了你母亲，还有谁会给你写信？告诉我可以为你留意信封，还有谁呢？

大春，大春也早该来信了，他知道我在这里。女孩抬起睡袍宽大的袖子掩住一半泪容，她的泣诉现在似乎又蕴含了另一种内容。大春，他该来信了，我把什么都给他了，我为他受了多少苦，别人忘记我他不会忘记，可是他为什么到现在也不给我写信？

不知道，也许他的信也在路上丢了。尹树这么说着，看见一辆白色救护车疾速驶下了枫林路路坡，朝医院大门拐进去了。救护车提醒了尹树，他该去完成早晨的投递了。我该去送信了，尹树怀着一丝歉意望着女孩。女孩身上的白色睡袍被风吹乱了，女孩脸上的泪滴却没有被风吹去。尹树推着他的邮车走了几步，又回过头说，天凉了，你该多穿衣服了。

城西邮政局的人们注意到尹树近来有了微妙的变化，一个最明显的迹象是他唇边偶尔浮起了微笑，人们猜测尹树也许找到了女人。尹树每天一反常态地跑到邮件分拣室去，帮那里的人分信。尹树仍然不愿说话，人们很快发现他醉翁之意不在酒，他好像在找信。就有人直截了当地问，尹树你要找谁的信？尹树迟疑了一会儿说，你们看见过一封寄白樱桃收的信吗？是寄往枫林医院的。人们又问，白樱桃是谁？是你女朋友吗？尹树听到这种庸俗的问题脸立刻沉下来，不予回答，他唇边残存的微笑也就显得倨傲而神秘了。

尹树还是尹树，他在这个秋天的奇遇只属于他自己。

秋天是湿润的落叶之季，雨水往往在夜间洗刷这个城市，城市的所有落叶乔木也在夜雨中脱下它们的枯叶。尹树记得那个名叫樱桃的女孩总是在雨后早晨出现，她的白色睡袍和倚墙而立的整个身体也散发出雨水或树叶的气息，湿润、凄清而富有诗意。

女孩又在等他了，女孩仍然穿着那袭难御秋寒的白色睡袍，而睡袍仍然纤尘不染，白得像雪像水。尹树朝女孩身边走过去，尹树对这种奇异的约会有了一种喜忧参半的心情，没有她的信，仍然没有她的信，尹树现在离女孩很近，但他愧于正视她的眼睛。

还是没有你的信，尹树的脚轻轻踢着地上的腐叶，他说，别着急，再耐心等一等吧。

不，我已经没有耐心了。女孩的声音似乎没有以前的悲切了，女孩站在门扉与垂藤之间，以手指为梳一遍遍梳理着她的长发。尹树感到她的目光久久停留在自己的脸上，他抬起头，看见的是女孩深如秋水的眼睛，有森森情意也有脉脉柔情。女孩说，我不再等信了，我只是在等你。

尹树对女孩的话一时无法领会，他挠了挠头，为什么等我？假如你不等信，等我也就没有意义了。

我想跟你说说话，女孩折过一条垂藤，拉扯着藤上的细叶，她的所有细小的动作都给尹树留下了仪态万千的印象。女孩说，我想跟你说说话，在医院里没有人跟我说话，每个人都不爱说话，我快闷死了，我寂寞得要疯了。

尹树觉得事情到这里突然发生了变化，女孩的表现使他猝不及防，说说话？只是为了说说话？尹树尴尬地望着女孩，他苦笑了一声说，我恰好是最不爱说话的人。

可是我每次偷偷跑出来，恰好都遇见你。

你是医院的病人，其实你应该多跟医生说话，尹树说，你需要医生，怎么不多跟他们说说话呢？

他们从来不听我说，他们不想听我说。你与他们不一样，我觉得你是唯一一个能交谈下去的人。你是人世间唯一一个好人。

为什么这么说？你其实一点也不了解我。

不，我已经了解你了。女孩突然莞尔一笑，她交叉双臂抱着肩膀，低头看着身上的那袭白睡袍，我一年四季都穿着它，天凉了，起风了，下雪了，我常常觉得冷，一年四季，从来没有人告诉我，天凉了，你该多穿衣服了，只有你对我说过这句话。

尹树的脸莫名地有点发热，他嗫嚅着说，天真的凉了，你为什么还穿着睡袍呢？

因为我只有这件睡袍。我什么都没有，我有许多辛酸的事情想告诉你，你想听吗？

我想听，可我是邮递员，我还要去送信。

尹树注意到女孩的脸上再次出现了幽怨和失望的表情，而她的双眼在瞬间已是泪光涟涟了。尹树欲离欲留，他紧张地考虑了一下适宜的措辞，最后他说，告诉我你的病床号好吗？到了休息天我会来看你。

九病区九号床，很好记的，女孩转过脸对着医院的高墙，她用一种哀婉的声音重复了一遍，九病区九号床，你不会忘记诺言，你会来看我的。

尹树说，我从来不忘记诺言，一定会来的。尹树跨上他的邮车骑出几米远，他觉得后面一阵清风一串脚步，女孩又追上来了，她挡住了尹树的去路，用一种奇怪的目光凝视着他。

怎么啦？尹树只能停下车，他说，我不会骗你，我会去看你的。

我相信你，女孩的目光突然变得羞涩起来，她低下头说，你能不能送我一件东西？随便什么东西，只要是你现在带在身上的。

随便什么东西？尹树狐疑地问，他先是摸了摸头上的邮帽，又摸了摸口袋里的钥匙,觉得都不合适,尹树充满歉意地说,真不巧,我穿着工作服,身上什么都没带。

随便什么东西,我不要礼物,只要得到你的东西。女孩的声音听来是焦渴而真挚的。

尹树终于在口袋里摸出一条手绢,是男人常用的蓝灰格子手绢。他说,给你这条手绢行吗?脏了一点,可只有它了。

尹树记得女孩接过手绢时幸福而满足的表情,女孩抓着他的手绢像一只白鹿跳进医院的边门。他最后看见女孩一路挥舞着那条手绢,手绢在风中轻盈地舞动,还有女孩的白色睡袍,它们一起在十月秋风中轻盈地舞动。

以后的日子晴光艳好,尹树去枫林路送信时注意到医院的边门都是紧闭着的,门扉上的青苔和锈蚀的铁锁再次证明那是一座禁止出入的死门。

穿白色睡袍的女孩不再偷跑出来了,邮递员尹树觉得奇怪,就像当初突然在那里看见她一样。尹树侧首凝望着那扇门,心里竟然是一片怅惘。

尹树没有忘记他的诺言,一个礼拜天的早晨,他脱下绿邮服,以一个普通男子的装束走进枫林医院,医院传达室的老人认出了尹树,他说,你今天是来看病人吧?尹树点了点头,并没有作任何解释,他的脸上浮现的还是倨傲和神秘的微笑。

医院很大,尹树几乎都是走在一片无尽的落叶残草上,走出秋天的花园就走进充满消毒药水气味的回廊式病房，如此循环往复，尹树突然惶惑起来，邮递员善于识路认门，但他怎么也找不到白樱桃所在的九病区，九病区在哪里？他终于拦住两个匆匆而过的女护士问询，你们这儿有九病区吗？而她们的回答使尹树大吃一惊，以至怀疑自己是否置身怪梦之中。

一个女护士说，现在没有九病区了，九病区早就改成太平间了。

另一个则指了指后面的树林说，过了树林有一座红瓦房，那儿就是太平间。

尹树不记得他是怎么通过树林走近红瓦房的，也不记得当时的勇气和冲动从何而来。有个工人正在太平间门口乒乒乓乓地修理推尸车，尹树就问他，这里有叫白樱桃的女孩吗？工人说，有，好像是九号。尹树就问，你知道她什么时候死的吗？工人说，好像夏天就死了，放在那里一直无人领尸，那女孩不知道是怎么回事。你是她什么人？尹树说，什么也不是，我是一个邮递员，我只想来看看她。

尹树脸色苍白，捂住胸口一步步走向九号尸床，他再次看见了穿白色睡袍的女孩，她的美丽的容颜栩栩如生，她的孤寂的神情一如既往。尹树看见女孩纤细如玉的右手，她的右手紧紧握着那块蓝灰格子的手绢。

吹手向西

到了后来,我再也想不起子韬的脸了,据其他同学回忆,子韬的容貌一般,或者说没有什么特色,他的左脚踝关节处长着一块酱色的疮疤,仅此而已。就是这块疮疤后来渐渐溃烂发炎,直至把他送到射鹿县的麻风病院。

那辆白色救护车停在操场上,大概是午后三点钟光景,子韬站在足球场上,看见三个男人从救护车里跳下来。子韬把足球踢给别人,低着头站着,双脚轮流蹭打地上的草皮。子韬穿着田径裤和蓝白相间的长筒线袜,他站在那里,抬头看了看天空,然后弯下腰把线袜拉下来,匆忙地朝自己的踝部扫了一眼,他的脸色立刻苍白起来。当三个男人走近子韬把他凌空架走时,子韬进行了顽强的抵抗。他蹬踢着那些人的脸,同时发出愤怒的狂叫。

我不是!

我不去!

操场上的人听见了子韬的叫声,他们看见子韬脚上的运动鞋在挣扎中掉下来了,而他的袜子也快剥落,露出踝部一大块酱色的疮疤。

还有一个女人戴着口罩从救护车里下来,她提着一架喷射器沿着足球场走,在每个地方都喷下了一种难闻的药水。她对围观的人说,你们快走,我在喷消毒药水。三天内足球场停止使用。

我所供职的报社收到一封读者来信。信中称他是从射鹿麻风病医院逃出来的唯一幸存者,他目睹了焚烧医院和病人的残酷事实。一百一十三名麻风病人被活活烧死,尸骸埋在公路边的麦田里。

我注意了一下来信,信纸是从小学生作文簿上撕下来的,信封是那种到处出售的印有花卉图案的普通信封。我洗了洗手,用铁夹把信夹着又仔细看了一遍,信尾没有署名,只有三个遒劲有力的大字:幸存者。幸好邮戳还算清晰,邮戳上盖的是射鹿湖里。

这封读者来信被套上了一个塑料袋,在我的同事中间传阅。第二天,我的上司就通知我到射鹿县去调查此事。

射鹿一带河汊纵横,空气清新湿润。公路总是傍着水面向前延伸,路的两侧是起伏均匀的洼地,长满茂密的芦苇和散淡的矢车菊。秋天水位涨高,河汊里的水时而漫过公路路面,汽车有时就从水中驶过,溅起无数水花。开往射鹿的长途汽车因此常常需要紧闭车窗。时间一长,窗外的秋野景色变得单调无味,而车内浑浊的空气又使我昏昏欲睡。

在一个水坝上,汽车莫名其妙地停住了,我随几个人下车探个究竟,看见司机和一个奇怪的男人对峙着。那个男人光着脚,身上裹一件肮脏油腻的军用大衣。他的脸被什么东西涂得又黑又稠,一手高举着一块牛粪状的东西,一手朝司机摊开,嘴里含糊地咕噜着。我问司机,他要干什么?司机笑了笑,说,拦路的泼皮,要两块钱。我凭什么给他两块钱?那个男人突然清晰地狂叫起来,不给钱不让走!司机无可奈何地说,好吧,我上车拿给你。说着眨了眨眼睛。司机把车下的乘客都赶上车。然后他坐到驾驶座上,猛地点火发动,汽车趔趄了一下后往前冲去。我看见那个男人惶乱地跳起来,摔在路坡上,朝木闸那儿滚动了五六米远。最后他趴伏在陡坡上,远看就像一只巨大的蜥蜴。

汽车在受到意外的惊扰后越开越快。我回头看见那个裹着军用大衣的男人已经重新站在水坝上,他现在变得很小,隐隐地传来他愤怒的骂声。根据动作判断,他好像徒劳地朝我们的汽车砸着那团牛粪。

射鹿这地方给我的最初印象很坏,这也影响了我后来的调查。

我在射鹿城里住了一天,发现这个小城没有任何趣味可言,唯一让我惊奇的是城里有几家棺材店,从窄小的门洞望进去,可以看见那些棺材在幽暗中闪着隐晦的红光。我所栖身的招待所房间、床单和枕头上都洒上了劣质花露水,香得让人透不过气来。一切都是刚洗净换上的,但是我无意中发现枕上有一块硬斑,不知以前擦过什么东西,头发碰在上面就咝咝地响。陪同我的县委宣传部副部长说,小地方条件差,请你多多包涵了。

我把那封信交给副部长看,他匆匆看了一遍就递还给我,说又是这个疯子,他又出动了,我说,他是谁?副部长苦笑说,要知道他是谁就好办了。这个人每年都要写信给报纸,说我们把麻风病医院烧了,把麻风病人都烧死了,纯属造谣惑众,在你之前已经有许多记者上过他的当了。我把信重新收起来放进包里,我说,射鹿好像是有一个麻风病院。副部长说,有过,但是五年前就迁往别处了,病人也随医院迁走了。我说,医院旧址还在吗?他说,当然在,那么好的房子怎么舍得拆?现在那里是禽蛋加工厂。每年为县里创收三十万元。他暧昧地对我笑笑,又说,你想去那里看看吗?去吃鸡,厂里有的是鸡,我陪你去吃百鸡宴。我点了点头,我说我最喜欢吃鸡了。

第二天我随副部长驱车前往射鹿湖边的麻风病医院旧址。旧址濒临浩渺的射鹿湖,远远地就看见一片白墙红瓦掩映在石榴树林里,空气中隐隐飘来鸡粪的腥臭。吉普车在狭窄的乡间公路上左冲右突,冲进了一片高高的颓散的铁丝网包围圈里。副部长说,这就是以前医院的地盘了,以前还有两圈铁丝网,后来被拉断了,麻风病很危险,隔离措施不严密不行,曾经有病人想逃,结果就被电网打死了,这也是没有办法的事情。

在禽蛋加工厂我参观了宰鸡车间,看见一种奇妙的宰鸡流水线,一只活鸡倒挂在电动铁钩上,慢慢送进宰割机中修饰加工,最后就从一个大喇叭口里晕头晕脑地飞出来,已经是光溜溜地开肠破肚一毛不剩了。我面对无数鸡腿鸡翅瞠目结舌。许多宰鸡工人在流水线上安静地操作,我逐个观察他们的皮肤,他们个个红润健康,脸上、手上、脖颈上没有任何可疑的疮疤,很明显,他们不是昔日的麻风病人。

午宴上果然都是鸡,加工厂的厂长热情好客,他竭力劝我把各种鸡都尝一下,并说明哪种鸡是出口的,哪种鸡获得部优称号,但我还是偏爱油炸鸡腿,一连吃了五只。我记得吃到第六只的时候我有点神思恍惚了,我看见第六只鸡腿的踝关节上有一块酱色的疮疤,于是我看见昔日的同学子韬站在足球场上,他慢慢地把线袜往下剥,露出一块酱色的溃烂发炎的疮痂。这时候我感到一阵恶心,捂住了嘴,我飞快地跑到外面,面对一只巨大的塑料鸡笼呕吐起来,吐得很厉害,我几乎把吃进去的鸡全部吐出来了。

副部长和禽蛋加工厂厂长都站在一边看我吐,等我吐完了他们上来扶住我。副部长说,我知道你为什么吐,其实习惯了就会好的。厂长则解释说,这些鸡都是很干净的,卫生检查完全合格,国内国外市场上都很畅销。我为自己的失态而窘迫不安,我说,这跟卫生无关,只是我的胃有问题。

关于麻风病医院旧址的情况,我无法再详细描述了。我沿着业已锈蚀的铁丝网,搜寻某些特殊的痕迹。这里的石榴树长得异乎寻常地高大茁壮,但很少有结果的。树下可以看见几张歪斜的石桌石凳,有一只木质羽毛球拍和袜子、手套之类的杂物在草丛里静静地腐烂。我不能判断它们是何时遗弃在这里的,也许它们同那座迁徙了的医院没有关联。

在射鹿城逗留的那些日子里,我时常有一些谵妄的阴暗的念头。一切都是那封群众来信生发的效果,我对所有的触摸保持高度警惕。除了自由流动的空气,我避免任何东西对皮肤的接触。我不跟人握手。我和衣而睡。我用自己的饭盒和匙子去餐厅吃饭。但即使这样,我在睡眠状态下仍然感到身上处处发痒,尤其是左脚踝关节处,那里奇痒难忍,我在睡梦中仍然记着对麻风病症状的验证办法,我狠狠地掐拧左脚踝关节处。那样的深夜,我听见远远的射鹿湖的潮声和第一声鸡啼,对左脚的疼痛又高兴又惶恐。

走在射鹿城枯燥单调的街道上,对旧友子韬的回忆突然会变得清晰起来,我会发现街上的某个行人很像子韬,我的视线下意识地扫向他们的左脚踝关节,什么也看不见。现在是秋天了,射鹿的男人大多穿着化纤长裤和黑色皮鞋,所以,在大街上寻找一个人常常会一无所获。

你知道一个叫黄子韬的人吗?我问副部长。

他是射鹿人?副部长说,说详细点,射鹿的人我都认识。

不,他是一个麻风病人。

我不认识麻风病人,我怎么会认识他们?

随便问问。我说,他是我的中学同学。

你如果想打听麻风病人的情况,可以去找邓大夫,副部长说,他以前是医院的主治大夫,退休后就留在射鹿了。

后来我真的按地址找到了邓大夫。那是个干瘪苍老的老头,独居在一个潮湿的种满花草的小院里。我是一个人去的,事实上调查至此已经纯属私人性质。我有点胆怯地推开一扇长满青苔的木门,看见台阶上站着那个老头,他背对着我,往墙上挂一只蝴蝶标本。当他回过头时,我猛地看见一只巨大的白纱口罩。那只大口罩把邓大夫的脸全部蒙住,只露出一双敏捷的鹰鹭般的眼睛。

你是谁?我现在不看病了,你要是有病请到县医院皮肤科去,那里有特别门诊。邓大夫在口罩后面发出的声音嗡嗡的。

我意识到发生了一场难堪的误会。我的心情立刻变得很坏,我提高声音说,我不是麻风病人,我来向你打听一个人。

谁?邓大夫依然在挂蝴蝶标本,墙上几乎挂满了五颜六色的蝴蝶标本。他说,他们都跟着医院迁走了。

你知道一个叫黄子韬的病人吗?

黄子韬?邓大夫猛然回过头,口罩外面的眼睛亮了一下,你是他的什么人?你是他兄弟?

没有什么特殊关系,我和他是中学同学。

如果是这样,告诉你也不要紧。邓大夫走下台阶,在距离我两米远的地方站住,他说,黄子韬死了,他逃,让电网电死了。

我一时无言。在满院的茑萝和美人蕉的阴影里,我看见一只白色线袜渐渐剥落,露出一块模糊的疮疤。除此以外,没有其他感觉。

他为什么要逃?我说。

他不相信自己是麻风病,怎么也不相信。他逃了七次,我们对他毫无办法。

明知有电网，为什么让他逃呢？

医生只管治疗他的皮肤，管不住他的头脑。他不相信自己有病，他要逃，你有什么办法？

确实没有什么办法。我想了想说，转身轻轻地离开小院。我把那扇木门按原样虚掩上，然后从门缝里最后张望了一眼邓大夫，我看见的还是那只巨大的白纱口罩。邓大夫自始至终没有摘下那只口罩。一些茑萝精致的叶子在他的头顶飘拂，让我联想起死亡所具有的诗情画意。

我在射鹿县的调查显然是劳而无功的。新闻就是这样，当一方提供的事实真实可信时，有关的另一方必须隐去，或者说，必须忽略不计。那个写匿名信的幸存者无疑属于后者。况且，在射鹿县的五十万人口中寻找写信人不啻海底捞针。

最后那天，我搭便车去了湖里。湖里是一个乡，在射鹿湖的西岸。我想湖里大概是射鹿县景色最优美的地方了，我独自在水边的乡间公路上走，拍下了一些典型的风光照片。我甚至在一片水洼地边拍到了野生天鹅的照片，那只天鹅风姿绰约，独饮清泉，它也可以替代那篇无法完成的惊人新闻登上报纸头版。我怀着一种愉悦的心情跟着那只天鹅穿越了乡间公路。天鹅步态轻盈欲飞欲走，它在一个大草垛上停留了片刻后，飒飒地飞离地面。我不知道它会飞到哪里去，我是无法测定天鹅的行踪的。

关键是那个大草垛，我突然注意到草垛上用石灰水刷写的几个大字：吹手向西。我觉得这个路标的语意很奇怪，在空寂的乡间公路上，它指点人们向西寻找吹手，吹手是凭借乐器送死者升天的行当，那么在荒凉无人的湖里地带，吹手能等到他的雇主吗？

我极目西望，方圆几里看不见一座村庄。在公路的西面，在一片瓜地中央，有一座低矮的窝棚。我似乎还看见一件白色的衬衫在两棵树之间随风飘动。我朝西走去，路标告诉我，吹手就坐在窝棚里等待。

我弯腰钻进窝棚，看见一个满面络腮胡子的男人坐在一张草席上，他在吃一只熟透了的西瓜。窝棚里光线暗淡，看不清吹手的脸，我只觉得他的牙齿很白而他手里的西瓜很红。

你家有丧事？吹手把瓜往地上一扔，朝墙上摘着什么。

不，我只是看看。

是你父亲还是妻子，还是孩子？

不，都不是，我有个同学死了。

我只吹唢呐。吹手将一只发亮的唢呐朝我晃晃，你如果要请吹箫人、打鼓的，还要往西走，再走三里地。

我往窝棚的门口挪了挪，坐下来。我闻见窝棚里有一种植物或者生肉腐烂的气味。我转过脸看了看挂在两棵树之间的白衬衫。我说，我有个同学死了。

同学是什么？吹手问，是亲戚吗？

吹手挨近我，他的一条腿懒散地斜伸着，伸到我的面前。阳光投射到窝棚的门口，照亮吹手光裸的粗壮的小腿，我差点叫出声来，因为我看见吹手的左腿踝关节处有一块酱色的疮疤。

我跳起来，离开了窝棚。我站着大口地喘气，四周是空旷的湖里野地，风从湖上来，拂动吹手晾晒的白衬衫，这个时刻，世界对于我变得虚幻不定。

我听见窝棚里传来了沉闷的唢呐声，戛然而止，好像呜咽，接着唢呐大概被吹手悬挂了起来，发出清脆的金属碰撞声。

喂，到底是谁死了？吹手在窝棚里问。

我没有说话。我的眼前固执地重复着一个画面：我看见子韬的白线袜渐渐地从腿上褪落下来，他单腿站在足球场上，沉重地抬起左脚，他的左脚踝关节处结着酱色的疮痂，它在阳光的照射下溃烂发炎。

你如果要请吹笛的、拉琴的，还要往西走。往西再走三里地。吹手在窝棚里说。

从射鹿回来的第二天，我发现我的左脚踝部开始发痒，细细一看，还有一块隐隐的红斑。我到医院的皮肤科挂了急诊，我怀着异样焦灼的心情观察医生对那块红斑的检查。但是我不能从医生漠然没有表情的脸上得出任何结论。

会不会是？当我的左脚被医生抓住时我欲言又止。

是什么？医生已经推开了那只脚，她说，什么也不是，你不过是被跳蚤咬了一口。

香草营

一

尽管香草营与医院的住院部仅仅是一墙之隔，梁医生却从来没有走进过那条小巷。除了名字，这巷子实在乏善可陈。巷口有个公共厕所的标示牌，告诉路人前进二十米有公共厕所，有一次梁医生上班途中内急，差点就向香草营深处走了，他只走了五米左右，巷子里杂乱的人流和露天摊档挡住了他匆忙的脚步，路边有两个老妇人突然停止了聊天，其中一个对他露出了突兀的热情的笑容，王医生！是王医生吧？你怎么上这儿来了？梁医生不清楚那老妇人是喊错了名字，还是认错了人，他的生理需要被莫名其妙地干扰了，他朝两个老妇人挥挥手，果断放弃了原计划。梁医生是个思维缜密行事讲求科学的人，他想，与其前进二十米去这么个公共厕所，不如后退，多走几步路去自己的医院，毕竟医院里的厕所环境好一些，而且是天天消毒的。

梁医生万万没想到，有一天他会住到香草营来。

租房的事情一直由三病区的勤杂工老孙替他张罗，多少带一点秘密的性质。他把这么重要的事情委托给老孙，是不得已，也是必然。一方面老孙是医院附近锣鼓坊的老居民，周围人头熟，信息来源广泛，另一方面也是出于私交，梁医生是三病区最出名的主刀大夫，多年来不知收到了多少病人的礼物，他习惯把一部分廉价的礼物赠送给底层人员，勤杂工老孙是受惠最多的，因此也格外领情，每次到梁医生的办公室去拿东西，老孙总不忘向梁医生表达他的感激之心,梁医生,你有什么事情尽管吩咐,你的事情就是我的事情!

为什么要在医院附近租房?租房派什么用场?不用梁医生多费口舌,老孙替他说了理由,梁医生,你家住得那么远,又不开车,早该在附近租个房啦,你们开刀的医生,不缺钱,就是缺休息,租个房好,什么时候想休息就可以休息啦!至于这件事情为什么需要绝密,梁医生强调他妻子比较小气,又生性多疑,如果知道他花钱在外面租房子,一定疑神疑鬼,家里会吵翻天的。老孙没有追问他妻子会在哪方面疑神疑鬼,只是暧昧一笑,那点租金算什么?你跟我们不一样,老婆乌眼鸡似的,天天盯着你口袋里那几文钱,我可是知道你们医生的口袋深呀,红包奖金夜班费什么的,你夫人怎么知道?梁医生察觉到他的理由没有让老孙信服,他说老孙我跟你说知心话,你怎么不相信我呢?要是让别人知道我在香草营租房,那我就是搬起石头砸自己脚了!随后梁医生开始抱怨他的病人太多太麻烦,其他科室不管有没有必要都喜欢邀他会诊,而实习医生凡事都要请教他,要是知道他在附近租房,一定会天天找上门来,那他反而得不偿失了。听起来梁医生说的确实是知心话,老孙感受到了某种莫名的压力,他一边思考,一边开始频频点头,脸上的表情显得愈加复杂起来,眼神也深邃了许多,最后他用戴着橡胶手套的手在梁医生肩上重重地拍了一下,梁医生你放心,我只管给你找房子,其他的事,不该说的不说,就是该说的,我也不说!

二

　　老孙告诉他房子就在香草营，单门独院，一切都符合他的要求，不知为什么，梁医生当时有点意外。老孙以为他嫌远，说，香草营就是医院隔壁的巷子呀，几步路就到了，你还嫌远？梁医生摇头，不，不是嫌远。老孙眼睛一亮，那你嫌太近了？近了也不好？梁医生敏感地瞥了老孙一眼，反问道，近了怎么会不好？我不是嫌远嫌近，是觉得那条巷子有点那个，那个什么。老孙初步理解了梁医生的意思，我知道了，梁医生是嫌香草营环境不好吧？环境是差一点，没法跟你们家花园别墅比，可梁医生你想一想，租那儿的房子不是为了享受，是图方便，环境计较不得呀，你就把它当小旅馆住，人家小马的房子什么都有，比小旅馆干净多了，也方便多了。

　　梁医生跟着老孙匆匆地去看了一次房子。房子离那个公共厕所不远，是一幢再普通不过的七层楼房，楼体像一块巨大而笨拙的积木竖在香草营深处，所有的窗子和阳台都朝向街道，分别展示着鸟笼，盆花，拖把，棉被，腊肉，雪菜，以及形形色色的湿漉漉的衣物。五个门洞依次开在大楼的背面，每个门洞里都塞满了自行车和杂物，看上去乱糟糟的。老孙其实夸了海口，小马的房子根本不是什么单门独院，就是一个普通的底楼单元房，二室一厅，但这房子的隐蔽性似乎好过了梁医生的预期，位于第一个门洞，进出方便，还带有个临街的院子，院子里高高低低地堆满了木板箱和杂物,乍一看好像是战场上的临时工事,也像是一排天然的保护隐私的屏障。

梁医生对室内的陈设和家用电器并不关心,他最关注卧室的隐秘性,对卧室窗外面的那个小院,他观察得尤其细致。院子里有一棵梧桐树,树枝被房东发挥了衣架的作用,挂满了晾晒的衣物,衣物以及梧桐的树荫遮盖着房子的门窗,室内的光线显得幽暗而神秘。梁医生隔着窗子研究满院子的杂物和木板箱,它们勾勒出了一座棚屋的轮廓,人在窗内,仍然可以听见鸽子低沉的咕哝声,空中偶有鸽哨清脆地掠过,几只鸽子从远处归来,落在白塑料和油毛毡铺成的屋顶上,左顾右盼,姿态安详。很明显,院子里的棚屋是一个鸽房,梁医生并不讨厌鸽子,但那些鸽子让他产生了第一个疑问,鸽子怎么办?我搬进来以后,鸽子怎么办?

老孙说,鸽子哪儿要你管?小马说了,房子归你,院子归他的鸽子,鸽子当然是小马管。

梁医生说,还是有问题,他怎么去管鸽子?房子归了我,他不能从房间里进出了,怎么进那个院子?院子里没看见有边门,除非他天天跳墙头!

跳墙头?对啊,他跳墙头!老孙突然笑起来,小马就是这么说的,暂时他就只好跳墙头,他准备在院子里开个边门,但是开那个门要向街道申请,还要等批准,十天半月开不了。

他们正要离开,房东小马风风火火地赶来了。一个三十多岁的男子,眉眼周正,体形微胖,剃了个板寸头,脖子上用红线挂了块玉坠子，胳膊上夹了个黑色的人造革公文包。乍一看，他的身上穿得衣冠楚楚，但总觉得什么地方不协调，细细观察，梁医生差点笑出来，原来，房东小马的脚上竟然穿了一双塑料拖鞋。

房东小马嗓门很大，寒暄也跟吵架似的，他说，梁医生，你不认识我，我可是认识你的，你是医院的大名人！

梁医生谦虚地说，什么名人不名人的，我就是动刀子动多了，有点小名气罢了。

老孙在旁边补充道，你忘了，梁医生还是市里的政协委员啊。

梁医生摆摆手说，那也没什么了不起的，开开会举举手罢了。

房东小马笑着点了点头，对梁医生的谦逊表示欣赏，随后他话锋一转，梁医生你肯定不知道，我其实也很有名的！不养鸽子的人不认识我，只要他养鸽子，他一定知道香草营小马的名字，我是养鸽爱好者协会的副秘书长啊！

梁医生看见小马在掏名片，掏半天没有掏出来，便客气地制止了对方，不用名片了，我租你的房子，以后打交道的机会多呢，我看你性格很豪爽，我也一样，说不定我们会成哥们呢。

那天梁医生有手术要做，他向老孙交代了几句，急着赶回医院去。他伸出手去跟房东小马握手，这一握握了起码有两分钟。小马似乎对他的手依依不舍，他兀自摊开梁医生的手掌，察看梁医生的掌纹，嘴里说，梁医生我看看你的手相，看一下，马上就好！小马的手劲道很大，也很执着，出于礼貌，梁医生不好挣脱，任凭对方紧紧地捏着自己的手，老孙的脑袋也凑了上来，一边调侃小马道，你既然会看手相，先把自己的命好好算算嘛，人家梁医生的命，你的道行是看不出来的。梁医生无奈地看着两颗男人的脑袋在他的手掌上方浮动，小马的头发油腻腻的，沾着白色的头皮屑，老孙则未老先衰，满鬓白发，头顶上散发出一股难闻的热乎乎的酸臭味。然后梁医生听见了小马对自己命运的宣判：看见没有？到底是大名人，手长得也跟我们不一样，生命线，财富线，爱情线，样样都是畅通的！

三

梁医生和女药剂师的私情发端于一年以前在海南岛的集体旅游，阳光沙滩和海浪并不一定能催生性欲，但在那样的环境里，匆忙的野合也容易给人浪漫的自我感觉。他们的私情就像海南森林里的亚热带植物，生长速度接近疯狂，一年以后就枝繁叶茂了，而且难以修剪。他们是一枚钱币的正反两面，肉体紧紧地纠葛在一起，心却是朝着不同的方向。他们都还深爱着自己的家庭，双方一直小心地逃避着某些严峻的话题，不谈家庭，不谈离婚，更不探讨将来。都是中年人了，或许他们清楚，偷欢是他们唯一正确的出路。他们巧妙地把幽会与工作结合起来。这一年间他们在医院各个掩人耳目的角落里做爱，仓促，紧张，有点刺激,但非常危险。他们互相思念对方的肉体,然后以快速的方法解决问题。当然,男女有别,对于梁医生来说,浇灭欲望之火是容易的,就像饥肠辘辘的时候吃一碗快餐面,谈不上美味,但可以果腹,而女药剂师总是要受点委屈。梁医生有点歉疚,毕竟都是从事医务工作的,有狂热的时候,必定会有冷静的时候,在医院附近租房幽会,是男方提议女方默许的结果。

他们去香草营的房子,大多是趁午休的时候,这个时间离开医院,可以有一个冠冕堂皇的理由,没有人会特别在意。通常是梁医生先到,五六分钟后女药剂师就闪身进来了。有时候女药剂师在外面转一圈再进来,那是因为有邻居在门洞前晒衣物或者给自行车轮胎打气,他们是很谨慎的,尽量不与别人打照面,毕竟是医生嘛,你不认识别人,不代表别人不认识你。

防盗门关起来,窗帘拉起来,室内就是一个安乐窝了。他们最初的几次幽会非常热烈,甚至有点狂暴,一切都很顺利,只是有一次客厅里的电话突然响了,他们不得不中断了好事,面面相觑之间,都从各自的眼神里发现了恐慌之色,梁医生说,是找小马的,我忘了,该把电话拔掉。女药剂师抬起头环顾着房间的四周,说,我怎么也忘了,这是别人的房子啊!梁医生拔掉了电话线,然而双方的激情自此打了折扣,都有点心神不定的。女药剂师说,你听,外面什么声音?我老觉得外面有人走动。梁医生劝她放宽心,说,不是人,是鸽子,外面有个鸽房,小马在院子里养了好多鸽子。

他们掀开窗帘一角，朝窗外的院子观望。午后的阳光照耀着小马的院子，院子显得愈加凌乱不堪，几只灰鸽站在鸽棚的屋顶上，正面看鸽子，它们似乎正在监视窗内的人，侧面望过去，鸽子却像是在守护他们的窗子了。女药剂师说，这些鸽子是信鸽还是肉鸽？梁医生说，不知道，不管是信鸽还是肉鸽，都好吃，听说信鸽的肉更鲜嫩。女药剂师指着院子角落里的一包饲料说，鸽子吃小米，小米很贵呀，这房东自己那么穷酸，还养这么多鸽子！梁医生说，穷人有穷人的乐趣，那小马还是什么养鸽爱好者协会的头头呢。女药剂师环顾着卧室的四周，脸上露出一种恍惚的神色，好奇怪，我老觉得这屋子里有堆人影子在晃，是一家三口人的影子，女的影子在厨房里晃，男的影子到处走，还有一个小男孩扒着房门朝我们张望。梁医生不以为然地笑起来，你是恐怖电影看多了！女药剂师沉默了一会儿，又问，那小马的老婆孩子，你见过吗？梁医生说，没见过，见他们干什么？小马离婚好几年了，老婆带着孩子又嫁人了。女药剂师说，我倒是想看看那一家子的照片，可惜他把屋子收拾得干干净净的，一张照片都没留下。他们这么说着话，两个身体渐渐地冷了，两双手却握在了一起，女药剂师突然吸着鼻子说，你能闻到这屋子里的气味吗，我能闻出来，这房子里有一股又酸又苦的味道。梁医生也吸紧鼻子，试图闻出房子的气味，但除了女药剂师身体的体味和床下电蚊香片的香味，他什么也闻不出来，然后他听见女药剂师问，你换过门锁吗？他说，门锁换了，小马当着我面换的，你放心，他保证不会进来的,三把钥匙都在我们手上了,这房子现在不是他的,是我们两个人的。

房子是他们的了,但利用率并不高。除了卧室和卫生间,他们什么也不需要。通往小院的卧室门反锁了,还额外加了一把挂锁。他们与一群鸽子为邻,鸽子是无害的,尽管一只鸽子曾经飞到卧室的窗台上,轻轻啄击窗子的玻璃,打扰了窗子那一侧的好事,但鸽子毕竟是鸽子,它的羽毛和眼睛都显示出罕见的纯洁性,室内的男女并不怪罪鸽子。他们受到的惊吓还是来自人,来自房东小马。

那天上午医院开会,他们开会的时候四目相对,临时起意,两个人先后溜出了会议室。这次他们去香草营去早了,巷子里人多眼杂,不知什么人在公厕那里吵架,厕所外面围了一群人,最初是一个女人和一个男人吵,后来是一群女人和一个男人吵,再后来就是一片噪声了,只有一个声音依稀可辨,流氓,流氓,流氓。梁医生莫名地有点烦躁,他等了很久,才等到了女药剂师。女药剂师一进门就显出了懊恼之意,以后上午来不得了,这破巷子怎么那么多人?出什么事了?人都站在街上聊天,聊天就聊天吧,还都抽空瞪你一眼,不会有人认得我吧?梁医生宽慰她说,公厕那边有人吵架,你别疑神疑鬼,他们最多认得我,不会认得你的,你既不门诊又不发药,这里的居民怎么会知道你是谁呢?

他们在宽衣解带的时候听见了院子里的动静,先是墙角处响起一阵均匀急促的水流声,似乎有人正对着院墙撒尿,然后那个人开始走动，很大声地刷牙，一边刷牙一边清理喉咙。室内的两个人脱了一半，又都慌忙地穿上了。透过窗帘的缝隙，他们看见了刷牙的房东小马，头发凌乱，睡眼惺忪，上身穿了一件西装，下身则套着一条紧绷绷的旧棉毛裤，嘴角上沾满了白色的牙膏沫，看那样子，小马一定是刚刚起床的，这令人起疑，他的床在哪里呢？室内两个人的目光不约而同地落在那个狭窄破陋的鸽棚上，鸽棚的网窗里隐隐可见一条悬空的绳子，绳子上晾着一条毛巾，三只衣架分别挂着一件西装，一件衬衫，一条藏青色的裤子，梁医生从女药剂师的身体语言中感觉到她有惊叫的预兆，赶紧捂住了她的嘴。

他们完全没有料到，小马住在鸽棚里，他和鸽子住在一起！

室内的两个人面面相觑，对于这个意外的发现，他们都没有承受的准备，一时也无法做出理性的分析。女药剂师的眼神被一片惶恐的乌云笼罩着，似乎发现了一场阴谋，她不仅有一种被算计的感觉，还有上当受骗的错觉，她涨红了面孔质问梁医生，你们这唱的是哪一出戏？怪不得我老是闻到院子里有尿臊味，那房东一直住在鸽棚里呀，他没别的地方住，为什么要把房子租给你？天底下哪儿有这样的房东？你和他到底是什么关系？梁医生发现他突然陷入了一个荒唐的困境之中，不由得苦笑起来，指天发誓道，冤死我了，我和他什么关系都没有！是老孙介绍的，我什么都不知道，早知道是这个情况，再方便再便宜我也不租这房子。

女药剂师不知什么时候爬到了床角，人倚着墙，两只手把脸蒙住了。梁医生过去要摸她的脸，摸到的是她的手，很奇怪，他从她的手指上感受到了她紊乱的心跳。梁医生说，真不知道这人怎么混的，还吹牛呢，什么养鸽爱好者协会，什么副秘书长！父母家，兄弟姐妹家，朋友家，都可以想办法的，为什么偏要住鸽棚呢？女药剂师的眼睛透过指缝注视着梁医生，目光里有一种明显的怨恨，我们也可以想别的办法的，你为什么非要租他的房子呢？我们这种事本来没什么，这会儿，我怎么觉得自己那么脏呢？她瞥了一眼梁医生被三角裤包裹的突出部位，又补充道，你也一样，你也脏，像一个臭流氓。梁医生试探着去搂她，被果断地推开了。女药剂师侧过脸，看着窗帘说，谁还有那个心情？这地方，以后来不得了。梁医生知道她的意思，人颓唐地躺下来，顺手捏着女药剂师的脚趾，一颗一颗地捏过去，忽然觉得自己很冤屈，愤愤地说，谁让他穷呢，是他穷疯了！我们出钱租房天经地义，只要不犯法，干什么都行，我们有什么错呢？女药剂师没说什么，但她的脚趾从梁医生的手里逃逸了，他要抓没抓住，就拍了拍床铺说，咳，你不必那么高尚的，其实也不关我们的事，没准他喜欢和鸽子住一起呢。

四

他们的罗曼史就像在高速公路上行驶的汽车，突然遭遇了一场交通事故，不得不停下来，再启程，发现这辆汽车的引擎发动机也出故障了。房东小马无疑是那个肇事者，肇事过程如此奇特，梁医生没有办法让他做出任何赔偿。

梁医生和女药剂师还是经常在医院的走廊上或者食堂里相遇，每次梁医生用眼神询问她是否可以幽会的时候，那女药剂师总是按一下她的鼻子，那是代表她不方便。梁医生起初以为她是不愿意去香草营，他悄悄地告诉她，还有别的地方可以去，女药剂师还是按她的鼻子，说她是真的不方便，又说她丈夫最近对她很好。梁医生心里清楚了，不是她不方便，是她不需要他了。他们炽热的私情已经被一阵风吹冷了，房东小马就是那阵冷风。梁医生是个理性的人，处理自己的私生活也一样理性，他不会对一个秘密情人死缠烂打，但心里多少有点失落，失落过后就有点迁怒于房东小马。他当着老孙的面发泄对小马的怨气，我见过不把自己当人的，没见过这么自轻自贱的，我见过穷人怎么挣钱，没见过这么挣钱的，他还人模狗样的，天天穿西装打领带呢！老孙替小马打圆场，说小马还有一套房子，是毛坯房，没来得及装修。梁医生思维敏捷，当场驳斥了老孙，你听他吹牛，他就会吹牛！住毛坯房也比住鸽棚强一百倍，他要真有毛坯房，还用得着跟鸽子一起住？我看他穷得只剩下那套西装了！

香草营的房子，梁医生再也不愿意去了。他每天上班经过香草营巷口，下意识地会偏转脑袋，不敢朝巷子里张望，唯恐不小心撞见了房东小马。他自己都觉得很奇怪，一个故事匆匆开始，又草草收场,他留下了一些记忆,扫除了一些痕迹,香草营,这条巷子,现在跟他又没有关系了。

好在梁医生只预付了三个月的房租。租期未到,他就把钥匙交给了老孙。老孙拿着钥匙很诧异,说,你不是说要租一年的吗?梁医生说,还一年呢,住这样的房子,摊上这么个房东,迟早要惹上一大堆麻烦!

老孙还钥匙的时候一定与小马发生过什么插曲,回来后一直躲着梁医生,一千元的押金也没了下文,估计拿不回来了。有人说老孙跟人打架了,脸颊上新添了一块瘀青。梁医生觉得蹊跷,去找老孙,一眼看见老孙的脸上果然有伤。是小马打的?梁医生问,他为什么打你?就因为我没住满一年?老孙吞吞吐吐的,自己要面子,还替小马要面子,什么要害都不肯说,只说没事没事,说小马的脾气来得快去得也快,这房子的事他负责到底了,有什么事都有他老孙挡着。

梁医生没想到房东小马会闯到他办公室来。那天小马仍然穿得西装革履,胳膊下夹了一只公文包,他径直走过来和梁医生握手,一边握手一边说,梁医生你不把我当朋友啊,租不租房没关系,住一年还是住三个月也没关系,你至少要跟我打个照面道个别吧?

梁医生说他忙。

忙?小马笑了一声,说,我知道你忙,你忙什么我也知道。

我忙什么?梁医生镇定地注视着小马的眼睛,我忙什么你说说看。

我不说。你忙那些事，跟我没关系，以前我生意好的时候，我也忙那些事。小马向梁医生挤眉弄眼，看对方脸色不好，自己拉了一把椅子坐下来，他从包里拿出一页纸，举起来给梁医生看，看看我在忙什么吧，梁医生，我忙什么跟你有关系的。我忙了一个多月，总算把院子开门的手续跑下来了，我刚刚找人把院墙砸开了，你却把钥匙送回来了。

这跟我没关系啊，房子以后租给别人，你又要养鸽子，那院子总要开个门的。

谁说我的房子还要租给别人的？我的房子，不是随便什么人都可以租的。是你梁医生梁委员面子大，我才租房给你的。

梁医生不置可否，耸了耸肩膀。

你不相信？小马说，你以为我是穷人？要靠房租吃饭过日子？

没有，我没那么说。

你没那么说，可你是那么想的。小马仍然目光炯炯地注视着梁医生，过了好一会儿，他突然叹了口气，我为你跳院墙跳了一个月，梁医生你不够朋友啊，你也够粗心的，你有没有注意到床底下的席梦思是新的？你有没有发现卫生间的热水器也是新的？

梁医生茫然地摇了摇头，席梦思？热水器？真的没注意。

我知道你们医生爱干净，我把旧的热水器拆了扔了，给你新装了一台，是阿里斯顿啊，进口的！席梦思也是名牌，你拿钥匙的前一天才放到床上的,还有沙发、台灯,都是新的!

那你的意思是?

没别的意思!你是名人,是知识分子,是政协委员,租我房子是我的荣幸,我不能怠慢你,你给我的三个月房租,我都花在房子里了,没赚你一分钱!你说要租一年,我相信你,我有计划的,可是你一点都不讲信用,才两个月多一点,你就拍屁股走人了。

你到底有什么计划?梁医生突然从小马的话里听出了悬念,他警觉地追问,你的计划跟我有关系吗?

有。小马点点头,直视着梁医生,忽然笑了笑,不过计划赶不上变化,你也不用打听了,现在我的计划要保密了。

梁医生的身体突然打了个冷战,他站起来,用一种强硬的口气说,我有手术要做,没时间陪你说话了,你就打开天窗说亮话吧,今天来你到底想要干什么?

不干什么。小马说,我就是来告诉你,我把手续跑下来了,我把院墙都砸了,你却把钥匙还给了我,我就是来告诉你,你要了我。

那要不要我赔偿你的经济损失?

我不稀罕钱,你那一千元押金,我也还给你。小马从公文包里拿出一沓钱,啪地砸在桌上。这一千块钱,我本来想请你去顺风楼吃饭的,他说,现在我明白了,你瞧不起我,不会给我这个面子的。

梁医生突然觉得过意不去，押金应该是归小马的，他拿起那沓钱要往小马的公文包里塞，但小马敏捷地闪开了，表情看上去不屑一顾。小马夹着公文包走出办公室，带上门，又反身推开，从门缝里露出半张脸，对着梁医生挤眼睛，他的神情看上去有点诡谲，又有点轻薄，他说，梁医生啊，你那个女朋友，看上去很面熟嘛。

五

梁医生有了心病，尽管他不能确定小马的所谓计划是什么，但是按照常规的思维，他一直提防着来自香草营的敲诈勒索。

他与女药剂师的关系，一点一点地降温，他的理性能够果断地放下这段感情，但是欲望一时是放不下的，他每次看见女药剂师丰满性感的身影时，总是要制服自己的欲望。他制服欲望的媒介就是房东小马，有时候他会想象那场敲诈勒索的细节，涉及多少相关人士，涉及多少金钱，有时候他会想象小马敲诈勒索的手段，是写匿名信？给他和她写，还是给他们的妻子和丈夫写，或者写给医院？他会不会直接闯到医院来摊牌？梁医生的想象往往会产生奇妙的效果，有一次女药剂师从他面前经过，他耳朵里忽然灌满鸽子扑闪翅膀的声音，然后他眼前出现了那个荒诞的幻觉，他看见女药剂师的两个肩膀上站了两只鸽子，一灰一白，两只鸽子！

夏天风平浪静地过去了，什么事也没发生。梁医生对小马的戒备渐渐地放松了。八月的一天，老孙突然来梁医生的办公室，有事要说的样子。梁医生很敏感，跟着老孙到了走廊上，果然，老孙劈头第一句话就是小马来了，小马来了！梁医生的心悬了起来，他向走廊两边张望着，故作镇定地问，在哪儿？来干什么？老孙说，在四病区，他胃癌，晚期了。结果令人意外，梁医生愣了好一会儿，一时竟然不知道该说什么。老孙观察着梁医生的表情说，小马的意思要麻烦梁医生去四病区打个招呼，他到处跟别人说，说他和梁医生是好朋友，别人不相信他，他说你去打了招呼就好了。梁医生点了点头，抬腿就往楼梯口走，走了几步又站住了，回头问老孙，这人怎么回事？晚期了才进医院？这胃癌很疼的，他以前不知道自己得病了吗？老孙说，他以为自己是胃溃疡，一直乱吃药撑着，到现在都不相信自己得这个病。

他们再次相遇是在梁医生的地盘上，几个月不见，梁医生胖了一点，小马则消瘦了许多。梁医生忘不了他走进病房的时候小马向他伸出的那只手，那只干瘦的手上布满了输液针孔的痕迹，剧烈地颤抖着，他的眼神在梁医生和病友之间游移不定，落在梁医生脸上时，那眼神是感激的，因为感激过度而显得有一点卑琐，落在病房里的其他人身上时，则带着明显的炫耀和得意，他握住梁医生的手不放，一边对病房里的一个护士说，我告诉你我和梁医生是老朋友，这回你信了吧？

梁医生不管辖胃癌病人，但小马的病他确实没少过问。他向四病区的同事打了招呼，也仔细看了小马的病历。依照医生的职业判断，他知道小马的性命凶多吉少，这使他对小马没有了任何戒备，多的是一种深深的怜悯。他以老朋友的姿态出现在小马面前，两个人的亲近不是那么自然，却来得正是时候。有一次病房里没有旁人，他突然想起小马的那个神秘的计划，干脆就开口问了，小马，你那个计划到底是怎么回事？你是想修理我，还是讹诈我？小马的反应出乎他的预料，他的脸涨红了，眼睛里几乎渗出了委屈的泪水，梁医生你把我当什么人了？冤枉死我啦！小马指天发誓，否认了任何恶意，他说，我的计划其实也不叫计划，就是想趁你租我房子的机会，和你交个朋友！梁医生觉得他的解释不够令人信服，反问道，为什么要花那么大的成本和我交朋友？我对你有什么用，就是看个病方便一点罢了。小马这时候又露出了他诡谲的微笑，他竖起一根手指摇着，梁医生你错了，我这大半辈子为什么失败？就是缺少你这样的朋友，路越走越窄，你是名医，又是政协委员，政界商界，什么头面人物你不认识？你神通广大路路通，我要是和你交上了朋友，没有大路还有小路呢，升官我不想，发点小财总是有机会的。我是没想到你走那么快，联络感情的机会都没有，竹篮打水一场空呀。梁医生看他说得有点动容，赶紧安慰他说，我们这不交上朋友了吗？小马沉默了一会儿，苦笑着说，是啊，算是交上朋友了，可惜人算不如天算，最后身体不争气，就落了个看病有照应啦！

他们都是中年人了，互相知道信任的意义，百分百的信任是不存在的。梁医生多年行医阅人无数，他始终觉得小马的真诚与浮夸是一体的，小市民特有的狡黠和谋略，有时候会以一张率真的面孔出现。梁医生隐隐觉得小马还会有求于他，很快这预感被印证了。小马有一天以非常直露的语言，要求梁医生去区里帮他疏通关系，他想当养鸽爱好者协会的秘书长，而不是副秘书长。梁医生又好气又好笑，他无法理解这个狗屁职务对一个胃癌病人的意义，又不便当面奚落他，就含糊地表了个态，你先养好病，养好了病才能当秘书长！小马听得出梁医生的推诿，一下发急了，他说，万一这病养不好呢？万一我翘辫子了呢？我要是在养鸽爱好者协会都扶不了正，这一生不是太失败了吗？梁医生你替我想想，死了连悼词都不好写呀！梁医生想笑又不敢笑，他意识到这件荒唐的事情对于小马是一个最真切的梦想，他既不忍心伤害他，也不愿意鼓励他，就随口说，好吧，什么时候遇见刘区长，我试试看。

　　梁医生其实没有把这件事情放在心上，他凭着常识认定这养鸽爱好者协会的职位，不值得他出马走关系。小马进手术室的前一天，他去看望小马，小马的床竟然是空的，原来他溜回香草营伺候鸽子去了。梁医生知道他对自己的病情盲目乐观，也许这是好事，也许并不一定是好事。傍晚时分他准备离开医院回家，发现小马穿着病号服在楼梯口等他，他刚要批评他擅自离开医院，小马先急迫地开了口，梁医生，你见到刘区长了吗？那事再不办，我的黄花菜都凉了！梁医生一下恼了，虎着脸从他面前径直下了楼梯,一边走一边说,什么刘区长刘主任的,我没兴趣,你还是给我准备一下明天的手术吧!

覆水难收,后来梁医生一直懊悔他那天对小马粗暴的态度。小马的手术结果很坏,主刀医生打开他的腹腔后又缝上了,因为癌细胞已经完全扩散,没有了做手术的必要。梁医生是第一时间知道这个结果的,很奇怪,他当时第一个想到的是香草营鸽棚里的那些鸽子,然后他眼前依稀出现了女药剂师丰满性感的身影,她从走廊上一闪而过,肩膀上驮着两块灰色的生动的影子,那应该是两只鸽子。

手术过后小马在四病区又住了一个多月。纸包不住火,小马最终知道自己是个没有未来的人了。梁医生去看望他的时候,发现他变得很沉默,他不再提养鸽爱好者协会的职务问题了,也不爱说话,他的眼神是冷的,怀着一丝敌意,还有讥讽,梁医生察觉到小马的心里涌动着仇恨,不公平的命运容易让病人情绪失衡,这一点梁医生能够理解,但他万万没想到,小马的仇恨最后是向他发泄出来的。有一天他收到病人送的一篮水果,一转身就提到四病区给小马了,小马没有接那篮水果,他在床上翻了个身,用屁股对着梁医生,然后他就听见了小马一串愠怒的叫声,少来这一套,谁要吃你的水果!你算什么名医,什么成功人士?什么政协委员?都他妈是骗人的,别人不知道你,我可知道你的底细,你是自私鬼,伪君子,大骗子,你还是一个大流氓!

梁医生是个自尊的人,各种各样的病人也见多了,他扪心自问，除了一次小小的食言，自己并不亏欠小马什么，实在没有理由遭受小马的侮辱，他不动声色地吩咐护士给小马服用镇静剂，走出了病房，从此以后再也没有去四病区看过小马。

小马出院的那天，老孙跑来告诉梁医生，说小马想跟他见个面，有话要跟他说。梁医生犹豫了一下，还是借故推托了，我要准备手术，他要说什么话尽管跟你说，你转告我就行了。老孙说，这话不好转告，他大概是要当面跟你道歉呢。梁医生假装糊涂，道什么歉？没什么可道歉的，他不欠我什么，我也不欠他什么呀。梁医生看了一会儿报纸，什么也看不进去，就走到窗边朝楼外面张望，正好看见四病区那里出来几个人，小马西装革履地坐在一辆自行车后座上，垂着脑袋，他的背影看上去像一个孩子，有个肥胖的穿红衣服的中年女人推着自行车，自行车后面跟着一个腰背佝偻的老妇人，手里提着大包小包，一路小跑着，梁医生知道他们是小马最后的亲人，推车的是他轻度智障的姐姐，另一个是他年迈的母亲。

梁医生与香草营小马的故事风起云涌，最后却是一个不太愉快的记忆，既然不愉快，干脆就忘了。他的职业容易忽略一些旧的故事，因为每天都有新的故事开始。这年秋天梁医生买了一辆小汽车，天天开车来医院，不从香草营走了。他与香草营小马的相识缘于一段隐秘的私生活，当私生活无疾而终，小马也淡出了梁医生的记忆。直到十一月的一天，梁医生从手术室回到办公室，发现外面的秋风已经带着深深的寒意，桌子上躺着几片干枯的梧桐叶，办公室里很冷，他去关窗，忽然看见两只灰鸽子一左一右，静静地站立在窗台上。鸽子不怕他，他也不撵鸽子，他和两只鸽子隔窗对峙，发现两只鸽子的脚上都拴着一条黑布，鸽子灰色的羽毛看上去很湿润，像是被雨水淋湿了，一股悲伤的酸楚的气息扑面而来。

香草营离医院这么近，那边在下雨吗？不，不是下雨。梁医生敏感地扳了扳指头，一个月，两个月，三个月，三个月了。梁医生的心抽搐了一下，作为医学专家，他能够估算小马这类病人的寿限，他猜，香草营那边一定是有丧事了。

但梁医生不知道小马的鸽子为什么飞到他这里来。鸽子不应该喜欢医院的窗台，也许它们只是来替主人捎话的？鸽子捎来的是什么话，梁医生一时半会儿还猜不透，他不知道鸽子是来替主人道歉的，还是来替主人索债的。

玛多娜生意

一

那些年，我也做过生意。

我和庞德合伙的鸢尾花广告公司开张了五个多月，人气很旺，庞德每天都在公司接待好几拨客人，咖啡机烧坏了两台，一次性纸杯用掉了好几箱，但我后来得知，并没有一份像样的合同，那些人都是来找庞德谈艺术的。有一个摇滚乐手喝啤酒喝醉了，捏着那玩意儿在公司里跑来跑去，对着每一盆植物撒尿，嘴里高喊，Come on！Come on！那些杜鹃、龟背竹、发财树不知所措，没几天，就一盆一盆地枯死了。

必须介绍一下庞德。他是我的朋友，一个业余诗人，一名音乐发烧友，本业则是美术设计，朋友圈公认他为最有艺术才华的人，但现在，他是我们公司的经理，才华不能挣钱，要它何用？大家可以想见我的恐慌，五个月颗粒无收，我对庞德的敬佩，已经变成了愤怒。我多次奚落了庞德的无能，也顺带抨击了他所热爱的一切事物，诗歌的酸腐、音乐的无用，甚至诋毁了庞德最崇拜的大师毕加索，说他不过是个色情狂。也许是类似的电话接多了，庞德的抵御非常理智，逻辑性很强，他说，我请问你，失去一点金钱，就有资格诋毁艺术吗？然后我听着他对经营的失败做出流利的辩解：一切都归咎于一个香港天皇巨星的爽约，朋友介绍来的合作伙伴极不可靠，其中一个是诈骗犯，还有一位洽谈户外广告的家具商人，竟然是目不识丁的文盲。后来不知怎么提到了公司的名称，他埋怨我们盲目听从一个女画家的建议，注册了鸢尾花这个倒霉的名字。鸢尾的花季很短很短，知道吗？凡·高画了鸢尾花就疯了，知道吗？现在可好，鸢尾的诅咒应验了，我也快被你们逼疯了。说到这里，他旧事重提，我本来是要叫南方草原的，记得吗？庞德大声嚷嚷，南方，草原，多么开阔多么好听的名字，是你们反对的。

那一阵子庞德还坚持续租太平洋酒店裙楼的写字间，悉数保留所有雇佣的员工，每天西装革履，开着他的桑塔纳轿车出没在太平洋酒店。他对人心惶惶的员工说，放心吧，苹果树上的最后一只苹果，一定是最红最甜的。有人告诉我，他女朋友桃子生日的那一天，他给桃子送去了九十九朵玫瑰，这让我怀疑他对浪漫与享乐的追求，会把公司账户上最后一点余额挥霍一空。我再一次打电话谴责了庞德，也就是那一次，庞德与我翻脸了。我听见庞德电话里的声音变得傲慢而尖锐，你那点钱，可以撤走，我根本不在乎。然后在一阵蓄意的沉默之后，他向我亮出一张底牌，令人难以置信。玛多娜，玛多娜你知道的吧？庞德清了清喉咙说，我透露一个消息给你，玛多娜要来了，我们的大生意，马上来了。

我在太平洋酒店的咖啡厅里看见了庞德。

他和一个陌生姑娘面对面坐着，喝咖啡，说话，耸肩膀。与以往一样，庞德与姑娘在一起的时候显得格外帅气，意气风发，耸肩的动作会极其频繁。我走过去的时候，他似乎忘了之前的不悦，很大度地向我介绍了身边的姑娘。深圳来的简玛丽小姐，玛多娜生意的合作伙伴。他这么说着，看我猜疑的表情，用胳膊肘捅了我一下，轻声补充道，简老大的侄女啊。

庞德嘴里的简老大，我当然知道是谁。所谓广告界的大鳄和教父，一个传奇的成功人士，白道黑道还有红道，路路皆通。我只是本能地怀疑这笔大生意的真实性，庞德社交生活的浮夸与芜杂，多少让我对这个陌生姑娘心存戒备。我记得很清楚，简玛丽当时没有站起来，似乎是回敬我多疑的眼神，她皱皱眉，将一只手懒懒地伸出来，让我握一下，明显是作为恩赐的。她将嘴里的咖啡渣吐在纸巾里，团了团扔在烟灰缸里，愤愤地说，这叫什么咖啡？瞟一眼远处的侍者，又宽宏大量了，说，什么样的地方做什么样的咖啡，不计较了。什么时候我带你去喜来登，那儿的蓝山咖啡，还算不错。

是一个时髦、高贵而且神秘的姑娘，穿皮裙，短靴，白衬衫。肤色微黑，脸形稍显方正，谈不上多么漂亮，但是，有某种说不出的动人之处。当她的面孔朝向庞德，眼神单纯清澈，微笑的时候，那一丝妩媚与羞怯，似乎还属于一个少女，偶尔目光朝我瞥过来，一切都不同，我从她的脸上发现某种明显的骄矜与冷酷之色，我相信那是刻意流露的，对我的多疑，她给予了必要的报复。

我其实插不上什么话。他们在热切地谈论玛多娜。她的音乐。她的舞台。她的造型和头发的颜色。甚至谈及她新婚的丈夫，一个英国导演，他最近拍了一部什么黑帮电影，杀人，杀得很浪漫。我急于打探玛多娜巡演的代理细节，庞德明确阻止了我，称现在我们还没有资格商谈细节，鸢尾花能否承接这笔生意，还要等简玛丽回到深圳再说，一切都要简老大决定。听起来这是可信的。我问简玛丽，简老大是你叔叔还是伯父？她抿了抿嘴唇，用征询的眼神看看庞德，庞德照例耸耸肩。她突然凌厉地看着我，你猜呢？我并没有从她眼睛里发现任何的虚弱，倒是看到一丝孩子气的调皮，我像庞德一样耸了耸肩，这怎么猜？她发出了突兀的一声冷笑，其实你猜得出的。然后她从包包里掏出一支口红，开始修补唇妆，问我，吕先生你听过玛多娜吗？我说我听过，就是一时不记得她唱了什么了。她斜睨我一眼，忽然灿烂地一笑，我知道你们这款男人最喜欢什么，《像一个处女》，你肯定喜欢吧？

玛多娜生意后来不了了之，这在我们很多人的预料之中。好在事情并未能向前推进，除了庞德陪同简玛丽去黄山和杭州的那点旅游费，鸢尾花公司并没有什么损失。那个简玛丽究竟是不是骗子，暂时成为我们心底的一个悬念，难以追究。

朋友圈内有人在上海遇到过简老大，有幸与他攀谈了几句，自然问起了那笔玛多娜生意，回答是确有其事，只不过中间人太多，演出承包商那边的预付没有谈拢，生意最后黄了。后来问起简玛丽这个人，简老大矢口否认，说他从来没有什么侄女。大家对简老大浪漫的私生活都有所耳闻，身边美女如云，否认是侄女，并不排斥是其他什么人，简玛丽与简老大的关系尚待多方查考，那朋友只好自己找台阶下，说，一定是碰巧了，姓简的人不多，那姑娘恰好也姓简。

鸢尾花真的很快凋谢了，广告公司关了门。庞德愤怒了几天，又沮丧了一阵，最后一次去公司的办公室，他枯坐在办公桌前，对着一本画册发呆，手里把玩着一把美工刀。有人注意到那是凡·高割耳后的自画像，立刻引起了警惕，告诫他道：庞德你别想不开，公司开开关关很正常的，割了耳朵你怎么泡妞？割了耳朵你怎么听音乐？庞德说，别吵，我离发疯还早呢，我不过是在体会，什么是背叛，什么是悲伤。还好，庞德最后化悲痛为力量，他只是用美工刀在办公桌上刻了四个大字：壮志未酬。刻得缓慢艰难，因为是篆体的。之后他把美工刀扔在字纸篓里，扬长而去了。

有一段时间庞德销声匿迹。谁也找不到庞德，包括他的女友桃子。庞德向我们描述过他的好多人生计划，最惊人的莫过于去青海塔尔寺做喇嘛，其中并不包括失踪这一项。有人猜他是设法去美国了，那是他多年的梦想。但桃子说庞德被美国大使馆拒签了，无论是去拉斯维加斯听玛多娜的演唱会，还是去哈佛大学留学的计划，暂时都还是庞德的空想而已。

桃子是少年宫的琵琶老师，也是圈内公认的淑女，容貌酷肖邓丽君。之前庞德狂热地追求她，追了三年，还是个朦胧的恋人。桃子的父母嫌庞德浮夸不可靠，一直反对女儿的爱情。等到桃子终于说服了父母，准备谈婚论嫁，庞德却不告而别了。我们都同情桃子的境遇。她的生活已经习惯了两个内容：被庞德宠爱、孩子和琵琶。庞德不在，孩子和琵琶的陪伴便可有可无，桃子的生活彻底失去了平衡。她憔悴了许多，跑到庞德的所有朋友那里哭诉，言辞之间多少流露出对我们这班朋友的抱怨，是我们把庞德拉上一条贼船，现在船沉了，大家都不管他了。哭到伤心处，桃子要大家设法转告庞德一个限期，如果在六一儿童节之前不回来，她会抱着琵琶从少年宫的塔楼上跳下去。有点危言耸听，但桃子以满眼泪水告诉我们，那不是威胁。看着一个知书达理楚楚动人的淑女形象，转眼成为一堆绝望恐怖的碎片，大家都心痛，也感慨爱情的变幻无常。都说他们的爱情是一坛浓烈的蜂蜜，可是这坛蜂蜜居然就打翻了，打翻之后凝结成一把锋利的刀，连我们都被刺伤了。

寻找庞德，就这样成了一件人命关天的事，当然也成了我们这个朋友圈的义务。证券公司的小辛先找到了一丝线索。是一张用傻瓜相机随意拍下的照片，背景灯光紊乱刺眼，导致影像有点模糊，但还可以分辨出庞德那张意气风发的面孔，倚靠在他身边的那个外国女郎，银发红唇，艳光四射，引起了我们的一片惊叫，玛多娜玛多娜！那分明就是大家错失了的玛多娜。庞德真的去了美国吗，这么快，他就见到玛多娜了吗？

很快就冷静下来，不可能的。定下神来分析那个玛多娜，应该是一次模仿秀，一个替身而已。细看照片的一角，隐约可见庆祝什么股份公司上市的横幅标语。至于庞德身边的那个冒牌玛多娜，她眼神里放出的空茫而妖媚的气息，几可乱真，但仔细甄别容貌，应该是我们的同胞。是谁呢？有人说出了几个当红歌星的名字，而我当时就联想起了简玛丽，只是印象里的简玛丽脸形稍显方正，做玛多娜的替身，她的脸该怎么拉长呢？还有鼻梁和眼窝，是怎么化妆的呢？

后来的消息证实了我的直觉。那个玛多娜，是蛇口玛多娜，所谓蛇口玛多娜，其实就是简玛丽。我们寻找庞德的义务，就这样演变成对一个外地女孩的暗中调查。

很快就水落石出了。简玛丽的履历背景，不像庞德说得那么神秘，也不像我们猜想的那么简单。她最初是川东一个小城的歌舞团演员，跟着几个朋友南下深圳，成立了一个舞蹈团，专门为晚会伴舞。舞蹈团不久散了，朋友各奔东西，只有她留了下来，拜师学声乐。有很多深圳一带爱泡夜场的朋友，见过她狂放的歌舞，说她唱功一般，经常对口型，但舞台形象令人难忘，劲爆火辣，性感无敌，蛇口玛多娜这个艺名，对于简玛丽来说是恰如其分的，她确实住在蛇口。有人了解到的信息属于隐私，说简玛丽曾经被一个香港的中年地产商包养，有一次不知为何拿了一只高跟鞋追打那个香港人，从电梯追到公寓大堂，再追到停车场，邻居们看见她用高跟鞋将香港人的轿车玻璃砸出一个坑，光着脚提着鞋子往回走，对邻居说，这下有点爽了。所以，她在那幢公寓里又有个特殊的绰号，叫作有点爽。还有一些人在电视上见过简玛丽。她参加过很多选秀活动，也在几部电视剧里跑过龙套，甚至还经商，是一种韩国美容乳液的代理商。关于简玛丽的种种消息，我们最关心的是她的现状。她的现状简洁明晰，却没有人敢告诉桃子。

听说在深圳，简玛丽与庞德已经同居了。

二

五月将尽的时候，桃子的父母和庞德的兄嫂联袂去了趟深圳，把庞德押回来了。

不知道为什么，庞德如此归来，竟仍然给人衣锦还乡的感觉。他约了我们一帮老友见面，不在以前我们的聚点太平洋，而是在喜来登酒店的西餐厅，喝香槟，吃牛排，花销明显要贵很多。桃子也在，她很少说话，只是以一种悲伤的手势握着庞德的手，告知我们爱情失而复得的艰辛。庞德穿了一套奇怪的镶白边的黑色西装，当我们对他的西装表示出好奇，他不以为然，说，你们是穿惯冒牌货了，少见多怪，知道吗？阿玛尼的新款，从来都这么出位。我们又问他出位是什么意思，他懒得解释了，耸耸肩，给我们递上了新的名片。公司名字叫热带风暴演出经纪公司，他身兼三职，法人、董事长、总经理。有个朋友讽刺地说，庞德你在深圳就这三个职务？不止的吧？庞德倒是不介意，自嘲道，别的职务，名片上就不写了。他身边的桃子听出了话音，脸上乍然变色，大家就不忍心再拿庞德开涮了。无论如何，六一的隐患已经消除,他们的复合是一件好事,至少省却了朋友们的烦扰。

最初谁也不知道,简玛丽尾随庞德,一起回来了。庞德后来声称他对此毫不知情,那是否谎言,我们一时无法证实。只是在事情发生之后,我们很多人联想起桃子那天在喜来登西餐厅的奇遇,她不过是去了趟洗手间,白色长裙的裙摆上,居然被人用口红打了一个红色的大叉叉。

那天是六月五号了,照理说桃子的通牒已经失效,但她还是上了少年宫的塔楼。学习琵琶的孩子们说,有个金色头发的玛多娜阿姨一直在等桃子老师,后来庞德叔叔也来了,他们在课堂里听见庞德叔叔与玛多娜阿姨在外面争吵,等到孩子们跟随桃子出去,庞德叔叔已经不见了。当天的琵琶课程因此草草结束。孩子们看见桃子和玛多娜阿姨说着话,先是在草坪上,后来桃子老师就拿着琵琶往塔楼上走,那个玛多娜阿姨跟在她身后。

她们站在塔楼上,塔楼上有一面鲜艳的少先队队旗迎风飘展,她们就站在那面旗帜下面,为爱情交涉。两个人影,一个是黑色的,一个是蓝色的。孩子们听不清她们在塔楼上的交谈,只是目睹了黑色与蓝色长时间的对峙,突然,他们听见了玛多娜阿姨尖厉的声音,你跳啊,你跳我陪你跳!

孩子们看见他们的桃子老师扶着栏杆哭泣,看起来真的有跃身而下的危险。有聪明的孩子叫来了别的老师。书法老师先来了,据说他一直暗恋着桃子,他径直冲向了塔楼,随后少年宫的负责人严老师也来了,严老师不敢上去,她脸色煞白,嘴唇哆嗦着,向着塔楼质问,那位小姐,你从哪儿来?玛多娜阿姨回答,从地球上来。严老师跺了跺脚,又向桃子发出了严正的谴责,这是少年宫!看看你头顶的旗帜吧!桃子你别让爱情冲昏头脑,孩子们都看着你呢,当着孩子们的面,就在少先队队旗下面,你怎么敢?立刻下来!

桃子被书法老师扶下来的时候,一直用琵琶盒子遮着自己的面孔,很明显她不想让孩子们见到她崩溃的样子,但琵琶盒子遮掩不了她颤抖的身体。桃子的身体在颤抖,她不停地对孩子们说,对不起对不起,我太软弱了,不配做你们的老师。有个女孩上去扶住了桃子,出于一颗爱憎分明的心,女孩朝玛多娜阿姨啐了一口,你不是玛多娜,你是女魔鬼!

少年宫的人们都看着玛多娜阿姨。那天她黑衣黑裙,戴着两个硕大的贝壳耳环,脚踝上套了一圈彩色布条,布条上系了一只红色的铃铛。他们看见她皱起眉头,用纸巾擦去了女孩的唾沫。再抬起脸来,她猩红的嘴角出现了一丝宽容的微笑。你那么小,还不懂玛多娜。她用手指在女孩脸上刮了一下,有时候玛多娜是仙女,有时候她就是魔鬼。

三

简玛丽就这样成了一个黑暗的传说。

六月发生的事情,让我们对庞德失望透顶,甚至无法确定他的归来,究竟是为了与桃子复合,还是为了与她做个了断,或者干脆相信,庞德到最后都没有拿定主意——他是需要桃子,还是需要简玛丽?对于庞德残存的友谊,迫使很多朋友向他晓以利害,告诉他简玛丽今天对桃子有多么冷酷,未来对你就有多么冷酷。庞德为简玛丽做出了辩护,你们不了解她。他说,她其实很善良。有人尖刻地问,跟一块石头比,还是跟一头狼比?他说,跟我们大家比。又说,跟我在一起的时候,你们不知道她是多么善良。这是可能的,因为爱情。大家没有反驳,他便来了精神,你们猜猜看,她收留了多少流浪猫?没人理睬,他自己回答,举起一个巴掌说,五只啊,她收留了五只流浪猫,一只叫白玛,还有一只叫花玛,跟我们睡在一起的。又期盼地看着大家,等待谁来提问白玛和花玛是什么意思,偏偏没人配合他,他只好自己解释,白玛是白猫,就是白色玛多娜的意思,花玛是一只花猫,花花玛多娜,懂了吧?看朋友们的表情充满讥讽,他无奈了,整了整领带总结道,我知道你们对她有偏见,你们不懂得爱,爱,是独占性的。告诉你们吧,是爱的独占性,才让她变得那么疯狂。

庞德留在了我们的身边。可以说,是在多种逼迫之下做出的选择,也许算是悬崖勒马,也许是出于对桃子剩余的爱,也许,仅仅是某种畏惧,他害怕桃子的以死相胁。不久之后,庞德与桃子举行了婚礼。桃子那天的打扮,以及她的一颦一笑,都酷似我们众人热爱的邓丽君。有个朋友注视着容光焕发的新娘,忽发感慨，说，毕竟是在我们的地盘上，看，邓丽君打败了玛多娜！

我们挽留了庞德，多少也为自己挽留了一些累赘。庞德的热带风暴公司还在，只是离开了简玛丽，也就离开了玛多娜，离开了玛多娜，他对自己能做什么陷入了空前的迷惘。他与桃子的婚房坐落在聋哑学校附近，有一天路过那里，他看见两个美丽的聋哑女孩在学校门口以手语激烈争论，忽发奇想，决定要组织一场聋哑人辩论大赛，让电视转播。必须承认，我们的朋友圈里不再有人愿意与庞德合作，却有人还愿意赞美他的创意和智慧。庞德受到了鼓励，开始为此奔忙。聋哑学校方面倒是有兴趣借此推广他们的品牌，电视台也勉强承诺，可以先录一台节目，看看节目效果再说。关键是赞助商，要找一个愿意赞助聋哑人辩论的商家，很不容易。那一段时间里我们频频接到庞德的电话，记得最清楚的就是庞德沙哑而充满激情的声音，类似宣言，也好像是恫吓。会轰动的，这一次，商业效益跑不掉，社会效益无法估量，一定会轰动的，他说，你们现在敷衍我，到时后悔也来不及！

只剩下桃子陪着庞德，到处游说。那个做大理石生意的郝老板，我们原来都不认识，听说是桃子琵琶班上一个学员的父亲。庞德能够与郝老板签署赞助协议，是琵琶，或者说是弹琵琶的桃子立下了汗马功劳。庞德那一阵子去赴郝老板的饭局，总是带着桃子，或者说，是桃子带着庞德和琵琶，吃完饭，她照例要为满桌客人弹一曲《春江花月夜》。我们知道，那是桃子最擅长的琵琶曲。

电视台录制节目的前夕，我们很多人受到了庞德的邀请。为了见证庞德这次辉煌的起步,我也去了电视台的录播大厅。庞德忙得团团转,无暇顾及我们,只是匆匆地向我们介绍了郝老板。那是个胖胖的黑乎乎的福建男人,笑起来很憨厚,眼神里又透出几许精明。桃子陪着他,不知为什么,看起来并没有多少成功的喜悦,倒是心事重重的样子。

聚光灯下的聋哑孩子们在辩论一个关于爱与怜悯的主题,相信那是庞德的构想,对于孩子们来说有点难了,所以我不断地看到一个美丽的聋哑女孩忘记台词,急得要哭的样子,另一个男孩则情绪激烈,以旋风般的手语向对手发起攻击。我问旁边的人他说了些什么,原来那男孩在控诉对手不配谈爱与怜悯,昨天夜里他还被对手逼迫,喝了一杯尿液。突然,那男孩涨红了脸,以手做枪,扳动扳机,向对手做了个开枪的动作。下面一片哗然,有人不停地哄笑,我隐约听见庞德在摄影机那边大叫,红方红方!二辩住嘴!Cut!Cut!

桃子和郝老板静静地坐在一起,有点混乱的录像场面并没有影响他们的坐姿。他们的腿应该在一起,挨得近一些,无伤大雅。但是我无意中瞥见,他们的手在暗处交流。郝老板抓着桃子的手,尽管很快被桃子推开,但我相信,那不是我的幻觉。在郝老板与桃子之间,似乎已经发生了什么。我所不能确定的是,在桃子与庞德之间,到底发生了什么这么快,桃子就决定背叛庞德吗?为了庞德,桃子背叛了庞德吗?他们之间那份以命相许的爱情,再一次让我陷入了疑惑之中。

庞德的聋哑学生辩论大赛在电视台播出了一期，紧急叫停了。有关部门认为节目导向不明，又涉及特殊人群，没有任何积极意义。庞德写了洋洋万言的申诉材料，奔波于各个部门，最终徒劳，不得不放弃了他的心血之作。之后他疝气发作，住进了医院。我们到医院去看他的时候，他有点委顿地总结了自己的得失，我跟官僚机构天生打不了交道，我还是适合做音乐。他说，你们知道吗，玛利亚·凯丽要到香港了！大家一下就都不说话了。庞德的眼睛放出光来，我过几天准备飞香港，去见见她的经纪人，我有个同学在纽约，认识那个经纪人。我们看他的眼神，等着他的下文，果然他的声音开始变得神秘，那个经纪人对中国市场很有兴趣啊，这是个好机会，你们有兴趣吗？

我们因此提前离开了庞德的病房。在走廊上，我们遇见了桃子。桃子一脸倦容地提着她的琵琶，说是刚刚去乐器行给琵琶换了弦。我们问她是否要跟庞德一起去香港。她露出一丝哀婉的微笑，还去香港呢，机票都买不起了。现在都是我在挣钱养家。她突然拨响了琵琶，拨出一声刺耳的杂音，我现在，上门给学生做家教啊！

四

那年冬天多雪。

庞德在一个雪夜不约而至，敲响了我家的门。一定是临时起意，我注意到他只穿着毛衣和睡裤，满身雪花，看见我他的手举起来，亮出一只料酒瓶子，你看，我家里的料酒都喝光了。他说，现在没地方买酒，你借我一瓶酒。

他的眼神是破碎的，走路的脚步已经踉跄。我把他扶进屋子的时候，他很感恩，忽然在我脸上亲了一下，喷出一嘴酒气。他说，还是朋友好，只有友谊，可以天长地久。

其实我猜到发生了什么，桃子去为郝老板的女儿做家教，做出了些意外的插曲，庞德与桃子分居多日，朋友圈里已经有所耳闻。大家没有想到的是，庞德悬崖勒马，桃子变了心。听说郝老板的妻子曾经找到少年宫去，不知为何，最终也跑到了少年宫的塔楼上。桃子跟着那女人，与她并排站在一起，桃子说，你想想好要不要跳，要跳就数一二三，我陪你跳。这件事听起来很像谣言，桃子这么快就变成了简玛丽，谁也不敢轻信，但有人认识少年宫那个美术老师，按照他吞吞吐吐的口径来推敲，似乎那是真的。

我不知道该怎么开导庞德。我们坐下喝酒。他不说话，指指喉咙，捂捂胸口，意思是嗓子哑了，心碎了。我害怕他跟我谈论他的婚姻危机，试探道，你喝成这样，我们还是谈谈诗歌谈谈音乐吧，要不谈谈毕加索也行。

他目光炯炯地审视着我，看透了我的畏惧，忽然发出一声尖锐的冷笑，诗歌，是狗屁。音乐，也是狗屁。顿了一下，打了个嗝，他哑着嗓子说，毕加索算老几？他不过是艺术的男妓。

我几乎要笑，不忍心，打岔道，玛多娜呢？玛利亚·凯丽呢？她们是什么？

　　他想了想，没有再贸然羞辱他曾经的偶像，只是坚定地摇着头，我现在不听她们了，一个太商业，一个太肤浅了。他说着从毛衣里挖出一张 CD 来，你可以放一下听听，震撼，震撼，我现在天天听这个，听一下，心情就好多了。

　　是一张黑色封面的进口 CD，银色的骷髅头长了两片鲜艳的红唇。我不认识那一排花哨的洋文。庞德介绍道，骷髅玫瑰乐队，曼哈顿的地下摇滚。我好奇地把 CD 放进音响，先听见一阵阵呻吟，伴随着玻璃碎裂汽车奔驰和推土机打桩机的噪声，然后各种电声乐器涌入，夹杂着一个女声疯狂的尖叫。正值夜深人静时分，我赶紧把 CD 退出来，问庞德，谁给你的 CD？吵死人了。他的脸上又出现了我所熟悉的神秘表情，你猜？我照例不猜。他说，是简玛丽给我的，她现在在纽约。又问，你知道那女主唱是谁？我摇头。他说，听不出来？就是简玛丽啊！她的乐队，键盘，吉他，贝斯，鼓手，不是白人就是黑人！他们去过黑暗厨房演出，黑暗厨房你听说过的吧？简玛丽现在不跳舞，做地下摇滚，成功了！

　　我知道简玛丽去了纽约。我以为她是去寻找玛多娜的，预计她暂时会在一家中餐馆或者服装厂洗衣店打工。庞德嘴里简玛丽的成功，我凭本能觉得可疑。然而，庞德不容我对简玛丽的成功提出任何质疑，他捏着拳头捶了下大腿，我错过了她，我说过只要给我五年时间，我就会把她打造成国际巨星，你们都不相信我。庞德说着说着伤感起来,抱住头说,我错过了她。也错过了我自己的幸福,我不怪你们,怪我自己被绑架了。我一惊,谁绑架你了?他愤愤地看着我,突然吼道,道德!还有你们这帮虚伪的朋友!你们利用了我的善良!然后是他所擅长的自问自答环节,善良是什么东西,你知道吗?他说,告诉你们吧,善良,是个最大最臭的道德狗屁!

窗外大雪飘飞。我想象此刻纽约的街道上说不定也在下雪,此刻的简玛丽会在做什么,我头脑里却一片空白。我与简玛丽匆匆一面的印象已经模糊,说起简玛丽,我眼前浮现的竟然都是玛多娜且歌且舞的样子,有点吵,有点窒息,但某种妖娆的挑逗隔空而来。真的有点奇怪,一个川东姑娘,就这样以玛多娜的形象驻扎在我记忆里了。

那个雪夜庞德留宿在我家里。他酒醉严重,去卫生间吐了两次。第一次呕吐的间隙,他还清醒,向我透露了下一个人生计划,说他在等简玛丽的绿卡,她有了绿卡,他就可以去美国了。第二次呕吐很厉害,庞德抱住马桶,流出了眼泪。他抱着马桶哭泣,有点胡言乱语了,他说他恨不能从马桶里钻到美国去,要是可以钻过去,简玛丽一定会在下水道的出口等他。

五

现在看来,庞德的去国之路,其遥远程度堪比丝绸之路。简玛丽的绿卡遥遥无期，而庞德等不及了。是一个旅行社的朋友替他安排了一条漫长而诡谲的路线。他先去了云南，从云南去了越南，从越南去了澳大利亚。按照他们事先的计划，最终还是要越过太平洋，目的地确定不变，是美国。

大多数朋友都收到过庞德在悉尼歌剧院门口的照片，是与卡拉扬的演出广告合影，他说他听了卡拉扬的音乐会，无比震撼，还将去听瓦格纳的歌剧《尼伯龙根的指环》，必将更加震撼。这如果是真的，当然令人羡慕，只可惜无从证明。悉尼有我们的朋友。最初我们听到他的消息，大抵是找工作找住房之类的琐事，庞德没少去麻烦别人，后来便失去他的音讯了。大家以为他是设法去了美国，后来知道，庞德没有能去美国，不清楚是他无能，还是简玛丽那边的变故，他瞒着悉尼的朋友，去了新西兰，到一家葡萄园摘葡萄去了。

没有人料到他在新西兰摘葡萄，摘了那么多年。也是葡萄，后来与庞德结下了不解之缘。大约是五年之后的一个夏天，朋友圈里纷纷得知一个消息，庞德回来了，兜里揣着一本新西兰护照。他以一个葡萄酒酒庄经理的名义回来，回来开拓营销市场，顺便邀约了过去的朋友，参加一个品酒会。

五年后的庞德依然相貌堂堂，衣着考究，我们想象的艰辛与沧桑在他的脸上并没有留下多少痕迹，只是白色的紧身西裤夸大了他的肚腩，看起来是发福了。他向我们展示了几款葡萄酒，不停地说着单宁、甜度、果香、黑品诺之类的词汇，我们都听不懂,只是注意到席间有个戴耳环的白人男子,看起来四十岁左右的样子,忙着招呼几个洋人,不时与庞德传递眼神,热烈,多义,还有点诡秘。我们都察觉到他与庞德之间关系亲密,悄悄打听他的身份,庞德说,他是杰克,伟大的酿酒师啊。庞德忽然笑了,笑得有点腼腆,大家都看着他,不明白他笑什么,然后我们就听见庞德压低声音说,他妈的,我明明是一串西拉,被他酿成了一杯夏多内!

我们都对葡萄酒一无所知,也就没有人听得懂庞德隐晦而真诚的告白。庞德的美国梦,他自己已经放下,我却记得清楚。我想起那个雪夜庞德的誓言,忍不住追问他,这些年来,你究竟去没去纽约,见没见过简玛丽?他叹口气说,去了,见了,人家已经是两个孩子的妈妈。我问他简玛丽嫁给了什么人,他说,谁也没嫁,一个女孩,是跟白人的混血,一个男孩,是跟黑人的混血。我一时默然,问,现在呢,她会不会还在等你?他又耸肩,做了个天知道的动作。我试探庞德,你为什么还是单身,你还在等她吗?他发出一种短促而夸张的笑声,不知道是对我的愚蠢表示轻蔑,还是表示感伤。你知道我在等谁吗?他的笑容很快变得狡黠起来,瞥一眼远处杰克的身影,打了个响指,告诉你,我和杰克在等李嘉诚,李嘉诚已经收购了我们隔壁的酒庄,我们在等他收购我的酒庄。又晃了一下手里的酒杯,你看我们的酒,这酒体,这果香!庞德说,都是黑品诺,都在玛尔堡,我们不比他们差啊!

庞德与简玛丽依然隔着太平洋，天各一方。他们之间，似乎还刻意保留着朋友关系。两年前的一个春天，我忽然接到庞德打来的电话，说简玛丽要带着孩子回国探亲旅游，会在我们这个城市停留，他要我们几个朋友替他招待一下简玛丽。坦率地说，大家都想看看这个传奇的简玛丽，现在是怎样的一位母亲，朋友们都一口应允，为了纪念大家的相识，也为了向一个破碎的爱情故事致意，我们特意将他们安排在太平洋酒店。

我们请简玛丽一家吃饭。简玛丽带着两个混血孩子，姗姗而来。她那天穿了件白色镶嵌蓝边的旗袍，头发恢复了黑色，盘成一个复古的圆髻，她的脸被很厚的粉底罩住，口红很重，岁月的痕迹被谨慎地涂抹之后，看起来很像是从前三十年代的烟草广告女郎。有人这么直白地说出自己的感受，她淡然一笑，说，我的打扮很正常啊，现在纽约流行复古风。

我带去的葡萄酒来自庞德的酒庄。她瞥一眼酒瓶就猜到了，说，基佬酿的酒，味道都很复杂，我要多喝一点。果然就喝了不少，人也显得松弛了。席间不知是谁提起了桃子，被人在桌子底下踢了脚。没想到她倒坦然，主动问，听说桃子后来嫁给一个大富翁了？听说有几个亿？大家猜到是庞德夸大其词了，在任何时候，我们都需要掩护庞德的虚荣心，没有人轻率地接茬，简玛丽也没有再追问下去。庞德酿造的葡萄酒在她身上起了奇妙的效用，她勤于回忆往事，又毫无保留地披露她在纽约的生活。是她自己主动提起了少年宫塔楼上的那件往事。说到跳楼，真的没什么大不了的。我在曼哈顿,差点也要跳,三十七层的大厦啊,比少年宫那塔楼高多了。她这么说着,诚恳地看着我们,我不光是为了爱情,也是为了房租,为了,为了——心碎。她艰难地选择了心碎这个词汇,眼睛里忽然闪烁出一丝泪光,我都已经写好遗书了,我已经走到楼顶了,知道是谁救了我吗?空气骤然紧绷,大家都紧张地看着她,猜测她要宣布的人选,我记得我当时思维偏向电影化,脑子里跳出的是玛多娜,而我注意到对面小辛的嘴型,他明显轻轻吐出了庞德的名字。简玛丽抿了一口酒,以莞尔一笑,原谅了我们的轻浮或愚昧。别猜了,你们猜不到的。她突然用手指着她的混血女儿,是露西亚,露西亚那年才五岁,她穿着睡衣追到楼顶上来了,她对我说,妈咪你别丢下我,我陪你跳,你抱着我,我们一起跳。

一时满桌静默,谁也不敢说话,大家的目光都聚焦在露西亚脸上。露西亚是一个美丽的混血女孩,腿很长,头发是亚麻色的,眼睛有一点点发蓝。我们很少见到蓝眼睛,难以定义露西亚的眼神,它流露的究竟是纯真还是早熟,是羞怯还是无畏。她正与弟弟一起玩游戏机,这时候抬起头,以一种谴责的目光看了看她母亲,她用英语说,妈咪,你喝多了。我不准你再说话了。

简玛丽吐了下舌头,果然不说话了。为了调节气氛,有人小心地与露西亚搭讪,露西亚,小美人,你喜欢玛多娜吗?

露西亚摇了摇头,说,不喜欢,玛多娜早就过时了。

茨菰

姑妈回家先看见了两只芦花大公鸡,它们被网线袋包围着,一只蹲,一只站,但看上去都还乖巧。看见芦花大公鸡,姑妈就知道我表哥回家来了,她仔细地看了看地上,也不知道是鸡讲卫生,还是饿着肚子无法便溺,总之地上很干净。姑妈抓过一只公鸡的鸡冠检查了一下,说,不会是病鸡吧,光知道带公鸡回来,又不能炖汤,又不能下蛋的,早晨还吵死人。姑妈走到厨房边,正要去抓米给鸡吃,看见天井里坐着一个穿桃红色衬衣的陌生姑娘,正在用瓷片刮茨菰。

　　她以为是我表哥带女朋友回来了,有点喜悦,又有点紧张,像做贼一样地往厨房里一闪,闪进去了,又出来,捋着头发,站在那里咳嗽。刮茨菰的姑娘抬起头来,抬起一张黑里透红的脸,一看就是个乡下姑娘。她从板凳上跳了起来,说不上来是害羞还是礼貌,正努力地向姑妈笑着。姑妈听见她嘴里含糊地吐出一个称谓,是乡下方言,分不清是在叫她什么。姑妈下意识地皱起了眉头,那姑娘垂着手,目光在姑妈身上撞了一下,缩回去,怯怯地看着我表哥的房间,突然叫起来,小杨同志,你出来一下,出来一下呀。我表哥就睡眼惺忪地出来了,他一出来那姑娘就埋着头钻了进去。看见我姑妈愣在那里,表哥挠着肚子干笑起来,对她说,你眼睛瞪那么大干什么?以为我带女朋友回来了?我思想还没那么先进呢,找乡下人做女朋友!我姑妈等他往下面解释,他却不解释了,指着房间里的人,又指指地上的两只芦花大公鸡,敷衍了事地说,是顾庄的顾彩袖,人家遇到了麻烦,要在我家住几天，避一避风头！

　　无论彩袖的故事怎么曲折，本来应该发生在我姑妈家，与我们家是没什么关联的。但那天夜里我姑妈提着一篮茨菰心急火燎地跑到我家来了，说是要和我母亲商量个急事。其实那急事就是彩袖的事，急不到哪儿去，只不过我姑妈用了一种人命关天的语气描述，就显出事情的棘手来了。我那会儿还小，不知道换亲这种农村盛行的婚姻形式，光是听清了其中的交换关系，很像我们数学课上学的方程，$X+Y=X1+Y1$。彩袖的哥哥娶媳妇，那媳妇的哥哥就要娶彩袖。姑妈强调说那男人年纪很大，有羊角风，发病的时候把自己舌头咬掉了，所以还是个没有舌头的男人。听到这儿我母亲便失声大叫起来，这怎么行，好好个姑娘，让她嫁个没舌头的？顾庄不归毛主席管呀？把女同志不当人，他爹妈做下这等糊涂事，党组织就不管呀？姑妈说，你就别来这套了，乡下的党组织忙着学大寨嘛，都忙不过来，哪里管得了谁家换亲的事？又说麻烦在于生米煮成了熟饭，彩袖的哥哥已经把人家妹妹娶回家了，这边彩袖却被一帮知识青年做了思想工作，不肯嫁过去了。

　　我姑妈提到了一个叫巩爱华的女知识青年，说彩袖本来是准备为她哥哥牺牲自己的，是巩爱华不答应，替她做主，还帮她制定了一个详细的出逃方案。我姑妈一方面数落彩袖的父母狼心狗肺，为了儿子，把女儿往火坑里推，另一方面她一直在数落那个巩爱华，她就是个爱出风头的人，是野心家！不要她下乡她要下乡，就为了上报纸！到了乡下还要先进，还要上报纸，就拿人家彩袖垫她的脚了。我姑妈心怀怨恨，说，她先进我也不反对，她救人我也不反对，可她不能光荣归自己扛，把麻烦丢给别人，我们家大猫没脑子呀，他就听巩爱华使唤，让他领回来他就领了。你说我们家那么窄，又都是男孩子，留个乡下姑娘住在家里算怎么回事？不让人家说闲话吗？我姑妈说到这儿，见我母亲收了茨菰却没有什么表示，终于把那件急事兜出来了。我们家没地方搭她的床呀，你们家阁楼就小妹一个人睡，让那姑娘跟小妹一起住阁楼吧。住五天，就五天，算帮我一个忙吧。我姑妈伸出一个巴掌在我母亲面前晃着，晃着，一直等到我母亲点头为止。最后她松了口气，说，我家那个没脑子的说了，我们家是第一交通站，还有其他联络站指挥所呢，他们把这事当革命大业做！等巩爱华国庆节回来，我就让大猫把人家姑娘送到巩爱华家去，我告诉大猫了，我们家那么多孩子，交通够忙的了，哪儿还做得了别人的交通站？

我对那个叫彩袖的乡下姑娘一无所知，但姑妈提到的巩爱华我是知道的。她和我表哥是不一样的知识青年，被有关方面树了典型。我们学校的宣传橱窗里挂着她的照片，一个大眼睛女孩，脸盘尖尖的，胸口扎了一朵大红花。由于拍照的时候微微侧身，摆了姿势，她的目光看上去非常悠远，而且是向上的，在我看来那是一种胸怀共产主义理想的姿势。

夜里我表哥打着个手电筒，把彩袖和一只公鸡送到了我家。他就像押送两件行李似的，货进仓库，人就掉头跑了。我母亲让他把盛茨菰的篮子带回家去，他嘴上答应得好好的，最后篮子还是让他丢在门后的角落里了。

彩袖就这样成了我们家的客人。

公鸡被一只木条箱倒扣在天井里，彩袖和我姐姐一起睡在阁楼上。我们家从来没有接待过这样的客人，不是亲戚，但接待亲戚的礼数少不了。第一天早晨，我母亲煮了一碗水潽蛋给她，她忸怩了一会儿，不知道怎么客气，就接过碗吃下了一个鸡蛋，突然瞥见我的眼神，一下就知道客气的方法了，把碗推给我，说，给弟弟吃吧，我们乡下鸡蛋多，经常吃的。我母亲嘴里威胁我，眼睛里却对彩袖表示着赏识，我看得出来，所以我把水潽蛋端到外面吃，我母亲并没有再阻止我，随口对彩袖说，那你喝粥吧，早晨还是喝粥最舒服，容易消化。

我瞥见彩袖喝粥的样子，碗盖住了她的脸，她不用筷子，几乎是像喝水一样，捧着碗往嘴里倒。

彩袖你慢点喝，粥一大锅呢。我母亲说，彩袖你夜里睡得好吗？

她不会城里人的敷衍，想了想，摇头道，醒了好几次，怎么半夜里还有火车叫，轮船也叫，吓死我了。

你不是睡得挺好的吗？八点钟才起床！我听见你还打呼噜呢。我姐姐在旁边斜着眼睛看她，发牢骚说，我才没睡好，六点钟就醒了，让你磨牙磨醒的！

就你耳朵眼娇气，磨个牙就把你磨醒了？人家乡下喝生水，肚子里有蛔虫，夜里睡觉都磨牙的。我母亲制止了姐姐的抱怨，又问彩袖，彩袖，你在乡下也八点才起床呀？

公鸡没叫，我以为天没亮呢，在乡下我听鸡叫起床的。也怪了，你们夜里火车叫轮船叫，公鸡倒不叫的。她朝天井瞥了一眼，轻轻地嘟囔道，公鸡也怕生的，到了城里都不打鸣了。

公鸡不在啦。我母亲说，孩子他爸一大早已经把鸡宰了，腌了做咸鸡，过年吃正好。

厨房里静下来了，彩袖放下了粥碗，她的表情看上去很惊愕，不知为什么要惊愕。那种表情让我们一家人都感到某种莫名的不适。我姐姐刺耳的声音便响起来了，我们这儿是卫生先进街道，不让养鸡的！

彩袖斜着身子往天井走，脸色有点发灰，她朝晾衣绳上那只光裸的公鸡瞟了一眼，靠在门框上，她没说什么，但是我看得出来，她很不开心。

我们这儿不让养鸡的。我母亲追过来，一边打量彩袖的表情，一边开导她，是只公鸡呀，又不是小兔小羊的，有什么不舍得的，鸡养大了都要宰的。

不是不舍得。彩袖摇头否认，说，那公鸡是我从孵房里挑的小鸡，是我喂大的。

那还是不舍得。是你喂大的，就更不舍得了。我母亲试探地看着她，说，宰都宰了，也没办法了吧？

彩袖依然摇头，说，不是不舍得。我母亲等着她的下文，她却没有什么下文，闪烁其词地说，一只公鸡宰了也吃不到几块肉，我们乡下，不兴吃公鸡的。

我母亲听出来那是有点谴责的味道了，偏偏是个乡下姑娘在谴责她，我母亲有点下不来台，丢下她走了，边走边说，你们乡下要听公鸡打鸣，我们不要，有闹钟的，公鸡还是腌了吃实惠！

公鸡茂盛而漂亮的鸡毛被我父亲拔下来，摊在旧报纸上晒太阳。彩袖蹲在那堆鸡毛前，挑起一根金黄色的鸡毛，捏了捏又放下了，留着鸡毛干什么呢？她问，做毽子吗？弟弟你踢毽子的？

谁踢毽子？我又不是女孩子。我不耐烦地告诉她，晒干了卖给收购站，鸡毛可以卖钱的！

毕竟彩袖是我们家的客人，无论她是否讨人欢喜，待客之礼是一样少不了的。第一天我姐姐带着彩袖出去，说是去逛公园，但彩袖对公园不感兴趣，草草地转了一圈就出来了。彩袖说就那些大树，就那么个池塘，池塘边堆个假山，假山上搭个亭子，就是公园了？就要收钱了？出来了看见别人都往公园里面走，彩袖又后悔，对我姐姐说，不该这么快出来的，反正不能把三分钱要回来，不如在里面多走走。我姐姐说彩袖一路上都在为那三分钱心疼，直到经过了东风照相馆，她才忘了公园给她的伤害。

彩袖站在东风照相馆门口不肯走了，对着橱窗里陈列的那些漂亮姑娘的照片左看右看的。我姐姐反正也喜欢照相馆的橱窗，就耐心地陪她看。彩袖说她从来没有拍过照片，又打听拍照要花多少钱。我姐姐猜到了她的心思，有点犯难，说，我妈就给我一块钱，说是你的招待费，只够拍半寸的小照片，拍出来就手指甲那么大。彩袖竖起手指掂量了一下，说，那什么也看不见呀，拍了也白拍，再大一点的尺寸有吗？我姐姐说，怎么没有，一寸两寸的都有，就是要你自己贴钱了，你有钱吗？彩袖犹豫了一下，看看街上的行人，把我姐姐拉到了自己身边，你挡着我。她嘱咐我姐姐。我姐姐便用身体挡着她，听见她窸窸窣窣地在裤带下面忙碌，最后摸出了一卷毛票，是用橡皮筋捆好的，彩袖说，我有钱。我们顾庄的女孩子，我钱最多。

　　她们之所以回来那么晚，就是因为在东风照相馆排队拍照。女孩子在照相馆拍照大多是矫揉造作的，她们回来时还是那种模样。彩袖穿着我姐姐的白色绣花衬衣，两条长辫子卷成一堆马粪似的，盘在了头上。她的头发现在和我姐姐是一样的了，也许是故意没有把照相馆提供的口红抹干净，彩袖的嘴唇很红，看上去像是刚刚从舞台上下来，有点亢奋，有点害羞的样子。由于弄不清楚样片的意义，我听见她一再地问，那么多女孩子去拍照，照相馆会不会弄错，把别人的照片给她，她的照片反而给了别人。怎么会呢？我姐姐被她问烦了，说话不免有点刻薄，告诉你多少遍了，取照片都是要看样片的，谁要别人的照片？你又不是美女，别人拿了你的照片有什么用？

我被迫和彩袖相处了五天。我不认为彩袖有我父亲说得那么朴素，也不认为她像我母亲说得那么有心计。那五天时间里彩袖留给我的印象几乎是一个谜。比如说我不明白她为什么在饭桌上吃得那么少，却要趁厨房里没人的时候打开菜罩子。她像做贼一样地偷吃茨菰烧肉，我看得很清楚，她用手去扒开茨菰，挑里面的肉吃。她偷吃菜不稀罕，我也经常偷吃的，但她把我们家放白糖的罐子抱在怀里，偷吃白糖的动作让我很惊讶，我就向她大喊了一声，你在干什么？我把彩袖吓了一跳，糖罐子落在地上，很干脆地变成一堆碎片，半罐子白糖都撒到了地上。

彩袖的脸吓得煞白煞白的，她傻站在那里，半天回过神来，跺着脚对我喊，你看你干的好事！

我没想到她倒打一耙，尖叫起来，你偷吃糖，是你干的好事！

我干什么了？糖罐里飞进了一只苍蝇，我把它抓出来了。她很快镇定下来，跪在地上，小心地把白糖拢到一只碗里，我不喜欢吃糖的，我的嘴也没那么馋。她抬起头看着我，语气不那么坚定了，就算我嘴馋，你不吓我糖罐子也不会掉地上，弟弟你也有责任的。

我没有责任，是你在偷吃白糖！

她不怎么慌乱了，眼睛闪闪烁烁的，一定是在开动脑筋。阿娘他们就要回来了，她把一碗白糖放回到木架上，试探着看我，这糖罐子，就说是我不小心弄碎的，不过弟弟你不能诬赖我偷吃白糖，千万别诬赖人，啊？

谁诬赖你？我看见你偷吃了。我突然对这个乡下姑娘充满了歧视和仇恨，一句残忍的评价脱口而出，你这种人，只配嫁一个羊角风男人！

彩袖一定没料到我会说出如此刻薄的话来，她惊恐地瞪着我，谁教你的这句话？我看见她的眼睛里有一道暴怒的白光一闪，预感到她会做出什么危险的举动，要跑来不及了，彩袖喉咙里咯地响了一声，她低下脑袋，像一头野兽一样向我的胸口冲撞过来，我一下就失去控制，一屁股坐到我家的水缸上去了。

那也许是我和彩袖唯一的一次正面交锋。这么个不伦不类的事，没有失败也没有胜利，胜利也没意思。糖罐事件后我没有和彩袖说过话。后来她一定后悔用头撞我了，我去上学的时候还殷勤地替我整衣服领子，我对她的手充满厌恶，一下甩掉了她的手。她识趣地退到一边，不知道是安慰我还是安慰她自己，说，没事的，小孩子家，没事的。我当然没什么事，只是每次走过学校的宣传橱窗，看见巩爱华的照片就会想起彩袖，想起彩袖就觉得那橱窗里还匍匐着一个人影，是一个陌生的乡下男子，没有舌头，口吐白沫，于是那个明亮的橱窗一下变得阴森起来。

我姐姐把她和彩袖的样片取回来了。她们像是举行一个隆重的秘密活动，躲在阁楼上看，我听见她们在上面又笑又闹的，照片给我姐姐带来的永远是不满，她总觉得摄影师把她拍丑了，而那张一寸大的样片，给彩袖带来的是一种惊喜，不仅与容貌有关，也许是与生命有关了，我看见彩袖那天从阁楼上下来，黑红的脸上洋溢着一种无与伦比的喜悦。然后彩袖带着那份喜悦在厨房里刮茨菰，我姐姐在一旁给炉子换蜂窝煤，她突然想起那个有羊角风的男人，回头问彩袖，羊角风什么样子？为什么叫个羊角风呢？

彩袖沉默了一会儿，大概是等待我姐姐放弃这种损人不利己的问题，但我姐姐不仅没有放弃的意思，还更深入地问了一句，羊角风要打人吗？彩袖这次毫不含糊地回答，不打人，他怎么打人？人不打他就算好的了。她的声音听上去异常冷静。你见过得病的疯羊吗？就像羊犯疯瘟病一样，倒在地上，抽筋，发抖，嘴里吐白沫。彩袖说到这里突兀地干笑了一声，然后笑声一下沉下去，又过了一会儿，我听见彩袖在厨房里说，其实他们都糊涂，我嫁谁都没有好日子，嫁给他，不是我苦，是他的日子更苦。我姐姐听不懂她的意思，还要打破砂锅问到底，彩袖就把手里的瓷片往地上一扔，蒙着脸冲出厨房，又往阁楼上去了。

我记不清楚那是彩袖到我家来的第四天还是第五天了，只记得是傍晚，我们一家人和彩袖正在吃晚饭呢，我姑妈仓皇地跑来，一来就对彩袖摆手，别吃了，别吃了，快上阁楼躲起来！

原来是彩袖的哥哥长寿来了。我姑妈明显没有做好应对这个突发事件的准备，她满头虚汗，把彩袖推到阁楼的梯子那里，对彩袖说，你哥哥吓死我了，蹲在我家门口，带了一只化肥袋，里面装的是一条大麻绳,他是要来绑人呀!我父亲拍着桌子说,光天化日的带绳子来绑人,还有没有王法了,把他扭送到派出所去!大家都对那条大麻绳感到愤怒,愤怒过后却有点发慌,毕竟是人家的家务事,不好那样对待他的。我母亲对姑妈说,是认准门牌号码来的吧,会不会蹲到我家门口来了?我姑妈让她放心,说长寿认到了她家的门,不会认识我家门的。我母亲却不放心,说你们家旁边那几个邻居我还不知道,都是长舌头,不问她们都会说出来的。我姑妈嘴里一迭声地否定着这种可能性,心里却是虚的,她的脑门上急出了汗,捞了一块毛巾擦着,突然眼睛里冒出怨恨的火光,巩爱华,都是她弄出来的麻烦!姑妈叫起来,她做好人,什么也不管,天下哪有这么便宜的事,我不管她有没有回来,明天就把彩袖送她家去,长寿认识我家,我认识她家!

　　大家一下子都不表态。我父亲示意姑妈降低她的大嗓门,别让阁楼上的彩袖听见,姑妈压低了声音,但是凭着那股怨恨,她说,不怕她听见,无亲无故的,我们对她很不错了。

　　太平无事的香椿树街一下风声鹤唳了,我母亲让我去门外看一看,门外没有人,是对面铁匠家的大黄狗蹲在我家门口,我朝街东方向望过去,远远看见我姑妈家门口堆了一团人影。也不知道是我眼花了还是过于敏感,我依稀看见那里的人都在向我家指指点点的。

　　等我回到屋里的时候,姑妈已经做出了决定,她要马上把彩袖从我家转移出去。你们替我招待她好几天了,不能再连累你们家了。姑妈说，乡下人蛮不讲理的，万一她哥哥来闹，闹出个什么意外来，我对你们家没法交代。我母亲问，现在就送巩爱华家去？巩爱华不是没回来吗？姑妈说，夜长梦多，绍兴奶奶和钱阿姨她们的嘴，我也不放心。迟早要送，不如现在就送，巩爱华不在家怕什么？不都是做父母的替孩子受过嘛，我不是心狠，是要个公平，该轮到巩爱华的父母照应彩袖去了。

　　姑妈把我父亲的自行车推了出来，她要亲自把彩袖驮到小柳巷的巩爱华家，她不去也不行，只有她认识巩爱华的家。我母亲和姑妈商量着行车的路线，怎么能绕过姑妈家门口，掩人耳目，她们一致认为从油脂加工厂穿出去是最科学的路线。为了更加稳妥，我母亲还拿了一套蓝色的工作服出来，准备让彩袖穿上。然后我听见姑妈在楼梯那里叫彩袖的名字。彩袖，彩袖，下来吧。姑妈说，我们去巩爱华家了。阁楼上没有声音。姑妈又对着阁楼喊，彩袖彩袖下楼吧，去巩爱华家最安全，你哥找不到你的。彩袖的沉默让大家都聚到了楼梯那里，每个人的脑袋都不安地向上面仰望着。我母亲说，彩袖，不是我们怕事，是为了你好，你哥哥带绳子来的，你们怎么闹都是亲兄妹，都是家务事，我们夹在中间不好办。姑妈看上去很急躁，她用自行车钥匙敲打着楼梯，彩袖你倒是快下来呀，马上你哥哥就来了，他来了你要走也走不了啦，我们只好看他把你绑回乡下去。姑妈一急就有点像骗小孩子了，她不再把矛头指向巩爱华，反而向彩袖夸大巩爱华家的种种优越性。巩爱华家在曲里拐弯的小弄堂里，你哥哥找不到的。又说，巩爱华家旁边就是派出所，她又是先进人物，你哥哥敢到她家去闹，派出所就把他绑起来！

彩袖白着脸下了阁楼。也不知道她是不是哭过，她始终垂着眼睛，是被羞辱过后的严峻的表情，也可以说是悲伤释放过后轻松的表情，我注意到她的下巴颏那里是湿的。彩袖提着她那个灰色的人造革旅行包，慢慢地走下来，走到楼梯最后一格，我看见她突然扔下旅行包，捂着肚子，坐在了梯子上。

我姐姐冲过去扶她，彩袖你肚子疼？

彩袖先点头，看看我母亲已经抻开了那件蓝色的工作服，又摇头，推开我姐姐，自己站了起来，像个木头人一样站着。她们七手八脚地替彩袖穿好了工作服，我姐姐端详着彩袖，彩袖你去照照镜子，你不像你了！她的建议受到了我母亲和姑妈一致的抗议，你来添什么乱，都什么时候了，哪儿有心思照镜子？

穿上工作服的彩袖仍然是彩袖，她不说话，你就不知道她心里在想什么。然后是彩袖跟着姑妈的自行车，我们跟着她，一行人小心谨慎地来到街上。看看街东方向，姑妈家门口的一堆人影子厚了好多，说明泄密的危险越来越大。快点走！彩袖几乎是被我们一起架到了自行车后座上。彩袖坐到自行车上，我才知道她为什么走得魂不守舍的，照片，照片！她突然回过头对我姐姐喊，我的照片，你怎么给我？

那天夜里长寿果然跑到我家门口来了。他敲门，敲门没人开,他就用拳头擂门,一边擂门一边喊,彩袖,你给我出来,死出来!我父亲后来去开门了,不是为了让他进来,是他自己要出去叫人。我父亲冷静地从那只化肥袋上跨过去,瞥了一眼袋子里的绳子,冷笑了一声,你还带了绳子来捆人,还不知道这绳子最后捆谁呢。

我从床上爬起来的时候,父亲的人马已经到了。一大群男人,有老人,是来做说服工作的,还有几个都是我表哥的朋友,三把手之流的人,都是膀大腰圆的,一看就知道他们是来干什么的。三把手他们把长寿从门里拽出来,一边拽一边骂他,你这个乡下佬,把自己妹妹当畜生卖,还敢跑我们这里来闹事?你这种人,买块豆腐撞死算了!

长寿矮小,但很粗壮,他的身体被抬出我家门框,很快又顽强地进来了,彩袖,彩袖,你给我死出来!他被按倒在地上,但一只手死死地抓住我家门框,要往里边来,对于别人的辱骂他并不计较,也不反驳,只是一味地叫喊着他妹妹的名字。昏黄的灯光照着他的脸,可以发现他的脸和彩袖异常地相像,方脸,鼻梁是塌的,眼睛却很大很亮。这样混战了好一会儿,长寿终于安静了,不安静也不行,三把手他们趁他的裤腰带掉下来,干脆把他的裤子扒下来一半,威胁他说,你再闹就这样把你送派出所去,流氓罪把你抓起来!长寿拼命拉着自己的裤子,终于安静下来。三把手他们停不下来,他们把长寿推来搡去的,又开始骂他,娶不到老婆就不娶了,你们乡下那么多猪那么多羊,你不会 × 老母猪去，×母羊去，为什么把亲妹妹换给羊角风老头？把裤腰带还给你，你用裤腰带把自己吊死算了！

长寿不还嘴，目光躲避着那几个青年，似乎他们的辱骂都是某种事实。他也不听老人们对他的政治教育和道德教育，似乎他们是在教育他们自己。他坐在地上，一只鞋子被谁踩掉了，长寿就一条一条地拨开别人的腿，找他的另一只解放鞋。那只鞋就在我父亲的身后，长寿探起身子去捡那只鞋，三把手手疾眼快，一把捡起来，扔到很远的地方去了。去捡吧，捡完了不准再回来！三把手推了长寿一把，给我往东走，到长途汽车站过一夜，天一亮就有班车了，你哪儿来的就给我滚哪儿去！

看得出来那只鞋对长寿很重要。我们看见长寿站在三把手身边，愤怒地瞪着他。三把手说，你瞪我干什么？又脏又臭的解放鞋，你不赶紧去捡，狗就把它当屎给啃啦。长寿试着推了推三把手，三把手怪笑起来，你还敢推我，你别敬酒不吃吃罚酒，再闹我把你的人也扔出去，你信不信？

长寿去捡那只鞋了，他走路有点罗圈腿，走得很艰难的样子，又有点像伤到了什么关节。我们看着他去捡鞋。我父亲有点不安，对三把手说，你吓唬他一下就行了，怎么那么整他？三把手说，这种乡下人，要无产阶级专政的，不专政治不了他，等他回来还要吓他。大家都以为长寿捡了鞋还会回来的，但出乎大家的预料，长寿只是在远处停留了一会儿，停了一会儿就真的向东走了。他走得很慢，一条矮小的身影，慢慢地在香椿树街的灯光里飘移，大家都以为长寿被驯服了，突然一声凄厉的叫声又在远处炸响，彩袖，彩袖，你给我死出来！

他又开始叫他妹妹的名字了，这回是沿着深夜的街道叫，所以声音听起来有点恐怖，伴随着空旷的回声，我记得很清楚，隔着很远，能依稀听见长寿哽咽的声音，令人同情的哽咽过后，还是那恐怖的叫声，彩袖，彩袖，给我死出来，跟我回家去！

几天以后我姐姐把照片送到小柳巷去。她千辛万苦找到了巩爱华家，却没有看见巩爱华，也没有看见彩袖，只是隔着厨房的窗子，见到了巩爱华的老奶奶。

巩爱华的奶奶也在厨房里刮茨菰。我姐姐说她一眼认出那是来自顾庄的茨菰，胖胖的，圆圆的，尾巴是粉红色的。看见顾庄的茨菰就看见了顾庄来的人。可是我姐姐没能把巩爱华喊下楼来。巩爱华的奶奶满头白发，也许是老糊涂了，也许不是糊涂，是精明，我姐姐在窗外朝里面张望，她不动声色地注视着外面，严密监视我姐姐，我姐姐喊巩爱华的名字时，那老妇人才颤巍巍地站起来。别这么大声叫，邻居有上夜班的，正在睡觉呢。隔着窗子，她忙不迭地对我姐姐摆手，爱华不在家，她是大忙人，又去省里开会啦！

我姐姐说她看见一个短发姑娘的脸从楼上的窗边一闪而过，她怀疑那是巩爱华，而且楼上支出来的晾衣架上有一件白色的年轻姑娘穿的胸衣，还在滴着水，这加深了我姐姐的怀疑。她不知道巩爱华为什么会不在家。我姐姐只好向老妇人打听彩袖的下落,老妇人更加警惕起来,她问我姐姐,你是谁?哪儿来的?这么个简单的问题偏偏把我姐姐难住了,她说不清楚她是谁,一赌气就把彩袖的照片扔到了临窗的桌子上,我才不管别人闲事呢,我就是送照片来的。扔进去了我姐姐又不放心,退回窗台,手伸进去挡住老妇人,从小纸套里摸了一张出来,说,人家拍一张照片不容易,你们家这个态度,我不放心,替她留一张下来吧。

我姐姐临走听到了彩袖最后的消息。那消息是巩爱华的奶奶透露的,老妇人明显对彩袖的事情有偏听偏信之处,或者说她完全误解了巩爱华在这件事情上所起的作用。她隔着窗子批评我姐姐,你们不要把我家爱华当枪使,什么麻烦事都来找她。人家姑娘的婚事也要她来管?你们就不怀好心,看着爱华是先进,故意影响她的前途!我姐姐让她批评得摸不着头脑,站在那里向老妇人翻白眼,老妇人就愤愤地扔了个茨菰尾巴出来,说,你别跟我翻白眼,那乡下姑娘的事,不归我家爱华管,归妇联管,你要找她,去妇联找!

关于彩袖去了妇联的消息,是我姐姐带回来的。后来我们知道彩袖确实去过市妇联的办公室。是巩爱华的父亲带她去的,他也是个机关干部,最知道什么机关解决什么问题,哪个上级单位管辖哪个下级单位。但是很明显,我们这里的妇联一时无法解决彩袖的麻烦,巩爱华的父亲让彩袖向妇联的干部详细反映她的情况,他急着要去上班,便给彩袖画了张自己家的地图,让她自己找回家来。他们说彩袖那天坐在妇联的办公室里,坐了很长时间,也说了很长时间,旁人都不知道她是在说自己的事,看上去她是在描述一桩别人的可怕的婚姻。后来她被送出办公室,并没有离开,她很安静地坐在一张长椅上,听一对闹离婚的男女在走廊上互相谩骂,互相揭露对方的私生活,她还上去劝了那女方几句,劝什么,别人也听不懂。再后来妇联下班了,干部们都走了,接待处的一个女干部路过铁狮子桥,看见那个顾庄来的姑娘坐在铁狮子桥的桥堍下,一边喝一分钱一杯的热茶水,一边东张西望地对照着那张画在信纸上的地图。女干部去桥堍下的贩米船上买了一包籼米回来,再瞥一眼茶摊,那彩袖还坐在那里,但彩袖的悲伤已经像早晨的太阳喷薄而出了,彩袖捧着一杯茶哭,彩袖看着铁狮子桥上来来往往的人哭,茶摊的主人和几个热心的路人都围到了彩袖身边,他们以为那乡下姑娘是为了那张信纸哭,可是信纸被摊展开来,那些热心的人们看见的是一张简陋的用圆珠笔勾勒的地图。那个女干部犹豫了一会儿,最终还是急着回家做晚饭了,因为她听见有人热心地站出来了,说,小柳巷?你要去小柳巷?我认识,我来带你去!

现在我们都知道了,那个热心人后来并没有把彩袖带回巩爱华的家。这是一个令人费解的结果,直到现在,与此事有关的人们还在争议,那个带路的人到底是谁?他到底把彩袖带到哪里去了。长寿后来没有找到他妹妹,他在巩爱华家闹了两天,没看见彩袖的人影,巩爱华也始终没露面,倒是派出所的人来了,按照有关条文，他们把长寿强行押到长途汽车站，遣送回去了。

我们这一边后来谁也没见过彩袖，我姐姐有一天回来告诉我母亲，她在铁狮子桥下面看见一张寻人告示，是找彩袖的。我母亲说，彩袖失踪了，当然要贴告示。但我姐姐哭了起来，一边哭一边嚷，那张照片，照片！我母亲一下明白过来，明白过来脸就发白了，说，你现在知道哭了，让你带她出去玩，你偏带她去拍照片，为什么要拍那张照片？为什么？这张照片拍了干什么用的，啊？啊？我母亲冲动地质问着我姐姐，把自己也问得哭了起来。她们从逻辑上推理出来的结果是沉重的，我姐姐脱不了干系，因此我母亲在道义上承担了沉重的压力。为了宣泄这份压力，我母亲必然要问责我姑妈，最后的结果可想而知，我母亲和我姑妈绝交了，我们两家住那么近，住在一条香椿树街上，我姑妈是我父亲的亲妹妹，我父亲是我姑妈的亲哥哥，可是我们两家就这么绝交了。

彩袖后来是搭一条贩茨菰的船回到顾庄去的，这些消息都确凿，因为确凿让我们和姑妈一家高兴了一阵子。只是彩袖消失的那几天里，她到底是在哪里度过的，怎么度过的，和谁在一起度过的，这些细节从来都是个无头案，我们大家一点也不清楚。

表哥说彩袖后来兑现了家里的许诺，嫁给了那个患有羊角风的中年人。我表哥春节回来过年时还说他们的婚姻不错，看见彩袖和她男人去赶集，女的卖了小鸡，男的买了锄头，在路上一前一后地走。到了五一节回来，表哥不肯提彩袖的名字了，一追问就问到了那个令人震惊的消息,彩袖服农药自杀了。表哥说彩袖死得很有计划,她在菜园里打农药,打完农药别人看见她拿着个塑料桶坐在地里,都以为她是在喝水,说彩袖刚才还看见你喝水的,怎么一会儿又渴了?彩袖说今天天热,渴死人了。彩袖当着好多人的面喝了半桶农药。我姑妈那边,我们家这边,都被这个消息吓着了。我表哥闪烁其词地提到了村里的一些流言蜚语,说彩袖死的时候可能怀了身孕,大家都怀疑彩袖怀的孩子是野种,不是羊角风的。姑妈立刻大叫起来,羊角风不影响生育的,不是他的是谁的?

然后大家都突然沉默了。想到了彩袖失踪的那段时间,想到她是带着一个秘密回到顾庄去的,一下谁都不敢说话了。每个人都在掩饰自己慌乱的内心,却掩饰不住那种带有犯罪感的表情。后来我姑妈突然站起来,一句话让大家都得到了解脱,她说,我们对彩袖问心无愧的,彩袖苦命,怪不得别人呀,要怪就怪那个巩爱华,不是她惹这个麻烦,彩袖她也不至于落这么个下场。

香椿树街一带的居民,习惯于把亲朋好友的照片压在玻璃台板下面,彩袖的那张照片一直压在我家五斗柜的玻璃台板下面,平时那位置上是放一瓶塑料花的,那瓶塑料花常年盖着彩袖的照片,就像是盖着一件隐私一样,无法丢弃,也不愿暴露。我们有我们庸常而烦冗的日常生活,谁会无端地想起顾庄的一个乡下姑娘来呢?我们几乎把彩袖遗忘了。直到那年搬家,我和我姐姐清理玻璃台板下面的照片时,突然看见彩袖的照片,一时竟然都想不起来照片上的人是谁了，我努力地揭下那张粘连在玻璃上的照片，是什么人，脸那么熟？我姐姐突然叫起来，是彩袖呀，怎么她的照片还在这下面？

于是我也想起了彩袖，不知为什么，想起彩袖我就想起了茨菰，小时候我不爱吃茨菰，但茨菰烧肉我爱吃，现在人到中年，我不吃茨菰，茨菰烧肉也不吃了。

万用表

一

大鬼第一次看见小康，是在红旗瓷厂的宿舍里。

小康当时正站在窗边。大鬼推门的动作很野蛮，吓到了小康，他的身体颤了一下，脑袋向后转，转一半，又坚定地拧回去，对准窗外了。看小康的身形，还是个少年。一头乱发灰扑扑油腻腻的，脖子细长，背部稍显佝偻，他穿着肥大的深蓝色西装，衣袖是挽起来的，手在西装的口袋里掏，掏出了一个东西，是小孩子吃的那种彩色果冻。大鬼看着小康用牙齿咬开塑料封纸，吐掉，然后是哧溜一声的吸食，那一小团橙色立刻消失了，剩下一个空瘪的果冻壳，被他随手扔在地上。大鬼叫起来，往哪儿扔？小康僵住，慢慢蹲下来，捡起果冻壳放在墙角的字纸篓里。大鬼嗤地一笑，说，你是小弟弟还是小妹妹，喜欢吃果冻的？

等不到小康的回应。大鬼坐下来换鞋，瞥见对面的床铺已经铺好，花布被子和花布枕头，都是用旧了的色泽，看起来脏兮兮的，枕边放了一只铝皮手电筒。床底下已经塞满，两双旅游鞋，一双黑色的在地上，里面窝着袜子，一双白色的应该是新鞋，隆重地放在纸箱上。有一只鼓鼓囊囊的红白条蛇皮袋很抢眼，袋子中央用墨汁写了个大大的"康"字。大鬼咳嗽了一声，说，你就是老康的儿子？到窑上做加料工？好，你前途无量嘛。小康在吃另一个绿色的果冻了，又是哧溜一声，他似乎在犹豫是否要回应这次搭讪。大鬼已经失去了耐心，拍一下桌子：你是哑巴还是聋子？你他妈的只会吃果冻，不会说话的？

小康终于回过头来，目光像一只惊鸟撞过来，撞在大鬼的脸上，稍作停留，又匆匆飞走了。大鬼听见了小康的嘟囔声，说什么？我不说话的。

并不像他父亲。小康的面孔算得上白净、清秀，唇上一圈又黑又密的胡须，不知道是刻意蓄留的，还是因为懒得修剪，看起来那是男性荷尔蒙张贴的告示。他的无礼，甚至是那圈胡须，都冒犯了大鬼，但那张脸上的少年稚气无可隐藏，它提示大鬼，对方几乎还是个孩子，不必过于计较。

说几句话会把你累死？大鬼脱下袜子，在空中啪啪地摔打，他说，老康是你爸爸不是？老康那么懂礼貌，见人三分笑，怎么会教育出你这么个儿子？你是扮哑巴还是学高仓健？你到底是不是老康生的？

这次，小康说话了，小康对着窗外说，驴日的二球货。

大鬼确定小康是在用方言骂人，只是不太相信自己的耳朵。他走到窗边朝外面瞟一眼，窗外并没有人迹，大鬼搭住了小康的肩膀，问，你刚才在骂我？二球货，是你们那边的骂人话吧？

小康要扒开大鬼的手，没有成功。手放开。小康说，我没骂你。我没跟你说话。

你没跟我说话，那你在跟树说话？你没骂我，那你在骂树？树是驴日的二球货？我请教你，什么驴能日出一棵树来？

小康转过脸，避开大鬼的眼睛。我没跟树说话。他说，我也没跟你说话。

窗台上放着一只搪瓷碗,面条早被大鬼吃光了,汤和葱花还在碗里,大鬼端起来闻了闻,怪笑一声,我们食堂的面条汤,很香吧?猝不及防地,大鬼将搪瓷碗扣在了小康的脸上。面汤四溅之际,小康愣在窗边,大鬼甚至有时间欣赏酱色的面汤在小康脸上流淌的辙痕。大鬼说,怎么样,香不香?小康的嘴边有一撮葱花,他对着地上啐了一口,忽然跳起来,像一头疯牛朝大鬼俯冲而来。小康的脸像一块石头,尖锐而沉重地撞在大鬼的手臂上。

而且,小康咬了大鬼一口。

咬得很深,也很精确。小康的牙齿似乎长了眼睛,恰好咬在大鬼的刺青部位上。事情顿时就严重了。大鬼的刺青在瓷厂是著名的,它是上下结构,内容互相冲突。上方一只虎头,下方一个文字:忍。它们代表虚无的荣耀,也是最通俗的座右铭。现在,一排牙痕镶嵌其中,虎头开始刺痛,荣耀在破碎,忍字开始刺痛,座右铭在摇晃。大鬼把小康推到了门边,轻易地掐住了小康的脖子。从小康脆弱的喉结上,大鬼感受到了自己非凡的腕力。小康挣扎了几下便不再抵抗,他在窒息中流出了眼泪,目光绝望地瞪着大鬼的手臂。大鬼不清楚小康是在欣赏自己的牙痕,还是在品味刺青的意味。虎头。忍。大鬼说,现在,你还能不能好好说话了?小康的喉结在大鬼手里蠕动,大鬼听见他艰难的声音,我,忍。大鬼说,不是你忍,是我在忍。我问你,你到底为什么不跟我说话?大鬼看见小康闭起了眼睛。

再睁开，那双眼睛里的泪水已经干涸，小康的怒吼冲出了大鬼五指的封锁，我偏不说话，驴日的二球货！

二

大鬼在瓷厂当电工，已经很多年了。

他的家在城北桑园里，离瓷厂不算很远，照理说没有资格住集体宿舍，但他自称家庭关系不睦，看见父亲就想骂，看见弟弟就想打，家里不宜久留，总是赖在厂里。他原本带了条毯子在各个宿舍打游击，东睡西卧，是模具工老秦给了他机会。老秦患了白血病，常年住在医院里，大鬼趁机占了他的床铺。那间宿舍还住了杨会计，人很文静，又要求上进，平素醉心于各种自学考试。他不敢驱逐大鬼，只能向有关领导诉苦，说跟大鬼住一起，他度日如年，已经连续两门自学考试没有通过了，再这样下去肯定影响工作，瓷厂的账目若是出了差错，怪不得他。厂里的领导对大鬼都有所忌惮，不想惹他，又格外器重杨会计，便专门在阅览室里为他隔出一个小房间，供他学习。杨会计起初是回宿舍睡觉的，回宿舍便会受到大鬼的骚扰。有时候骚扰以谈论国家大事为名，有时候是黄色笑话，有时候是半夜咕咚咕咚喝啤酒的声音。最离谱的一次遭遇，缘于杨会计不屑于回答大鬼的一个问题，大鬼问他，你怎么不交女朋友？问了三遍不回答，当天夜里大鬼便动手，扒了杨会计的内裤检查，说，你问题不大，就是包皮过长，割了就可以了。杨会计忍无可忍，第二天就把床铺被褥也搬去了阅览室。过了很多天，杨会计没有回来，也没有其他人愿意做大鬼的室友，大鬼便用红色墨水在宿舍门上写了两个大字：鬼屋。既是宣示产权，又威胁了别人。久而久之，别人的集体宿舍，便被大鬼独占了。

小康搬进来之前，后勤科来过人，带来一瓶油漆，刻意用白色油漆刷了宿舍的门。鬼屋两个大字被盖住了，门板上隐隐泛出些红色，像是两朵被埋葬的大红花。大鬼没有追究此事，他心里清楚，这个小康无处可去，从此以后，他必须与小康朝夕相处了。

他们之间的敌意是一场暴风雨，来得猛，去得也快。应该说，这是大鬼的功劳，他觉得与小康这种山里人较量，总归是杀鸡用牛刀，还落个欺负人的名声，没意思。大鬼当时正与东方电影院的一位女售票员恋爱，那姑娘有个美妙的绰号，叫东方梦露。每逢周末他都要去与东方梦露约会。这样的早晨，他的心情总是很好，盥洗完毕便来到小康的床边，用牙刷刷小康的唇须，嘴里还用英文喊早安，古德毛宁！古德毛宁！那把牙刷被小康打飞了好几次，直到有一次，小康不再还手，只是在枕头上转过脸来，打量着大鬼脚上锃亮的尖头皮鞋以及身上时髦的丝光T恤衫，突然问，你女朋友，见过你的刺青吗？大鬼一愣，说，你难得说句话，我怎么听不懂？小康转过脸去说，要是在我们那儿，正经姑娘不敢跟你的。大鬼明白过来，咯咯笑起来，真是乡下人。刺青算什么？人家是东方梦露，该见的不该见的，都见过啦！

大鬼对小康的热络，多少显得鲁莽。这一点，大鬼自己也是清楚的。他的与人相处之道一向怪诞，若是作恶，一切便自然而然，若是善意或友爱，偏偏就表达不当，弄不好就令人生厌，成为别人的负担。对于小康来说，这负担便是骚扰式的交谈。小康终究不是哑巴，渐渐愿意跟大鬼说话了，只是谈话不对等，通常大鬼说了半天，只能等到小康的只言片语，不是否定，便是拒绝。大鬼最擅长的黄色笑话，有一半小康听不懂，再三提示解释之后，才能勉强博他一笑。大鬼觉得无趣，邀请小康一起到别的宿舍打扑克，小康说，不打。大鬼说，你不会打扑克？小康说，你们赌钱，我不赌。又邀请他一起去外面的卡拉OK唱歌，小康摇头，我不会唱歌。大鬼说，你不是陕西的吗，陕西人不会唱歌？山丹丹开花红艳艳不会？小康茫然，谁说陕西人都会唱歌？我就从来不唱歌。我们那里，男人不唱歌。大鬼同情地看着小康，问，那你会什么？看电影总会的吧，我陪你去东方电影院？美国的香港的，枪战片警匪片武侠片什么都有，不花你一分钱。小康想了想，似乎有兴趣，最终却还是摇头，反正都是瞎编的，算了。小康说，我明天还要上班。

遇到发薪水的日子，大鬼都要出去与东方梦露约会，有一次不知为何留在了宿舍里。他邀请小康一起去瓷厂后面的新丰村走一趟。小康说，去那儿干什么？大鬼对他挤眼睛，那儿有个洗头房，叫夜巴黎，对面还有一个维纳斯，洗脚的，你不知道啊？小康说，花钱去洗头？花钱去洗脚？不去。大鬼怪笑起来，你是真纯洁还是装糊涂,你不知道夜巴黎维纳斯有小姐?小康眼睛一亮,闪避着大鬼的目光,你去过了?犹豫了一下,又问,你跟你女朋友,吹了?大鬼挥挥手说,小姐归小姐,女朋友归女朋友,你别管我,我看你憋了一脸青春痘,为你考虑呢。看小康僵在窗边,大鬼先发制人地说,别再跟我说不会不会,打炮你总会吧?这件事情,你总会的吧?小康对着窗子说,不打,我的钱不往那儿扔。大鬼说,我就知道你不舍得钱,我请客,你出炮我出钱,这样总行了吧?小康拿起窗台上的水杯,咕咚咕咚喝了一大杯水,忽然正色道,请客也不行,犯法的,我不做那种事。

大鬼很失望。无论是作为他的马仔,还是作为他的哥们,小康都没有培养前途。毕竟不是一路人。大鬼对小康有一种恨铁不成钢的遗憾。有时候他尝试与小康认真地说说话,谈谈瓷厂的前景,谈谈各自的前途,谈谈爱情的困扰,甚至严肃地谈谈女人的肉体,一看见小康多疑而警惕的目光,他就泄气了。他知道自己在小康的眼里,已经丧失了严肃与认真的资格。

三

窑上有人告诉大鬼,说小康已经结了婚,老婆在老家的山村里,是个民办教师。还说看到过他们的结婚合影,小康的老婆虽然土气,但有一双乌溜溜的大眼睛。

这个消息让大鬼很惊讶,在他的眼里小康还是个少年,怎么也没想到，小康竟然已经结了婚。大鬼多少有点悻悻然，想想别人居然能够看到小康的结婚照，他跟小康朝夕相处，他待小康那么友好，却享受不到任何信任。小康那天下班回宿舍，顺手从桌子上拿他的香烟抽，大鬼拍了下桌子，那是谁的烟？要抽烟自己买去！小康不知所措，看看他的脸色，又把那支烟塞回香烟盒里去了。大鬼冷眼注视着小康，这样过了几秒钟，他的表情缓和了一些，但也显出一丝异样的严峻，他说，小康，我要和你好好谈谈。小康眨巴着眼睛打量大鬼，眼神里渐渐有了一种惧色，他下意识地转过身，嘴里嗫嚅道，谈什么？你能跟我谈什么？大鬼怪笑一声，谈你，谈你的事。大鬼走过去，一只手重重地搭上小康的肩膀，小康慌张地甩脱了他的手，但大鬼的手不依不饶，又在小康的头皮上拍了一下，然后手掌摊开，对准了小康的脸。结婚照拿出来！大鬼以命令的口吻说，你的结婚照，还有你的老婆，拿出来让我欣赏一下！

小康的表情与其说是腼腆，不如说是一种不安。他垂首思考，起码过了一分钟，从墙架上抽出一本杂志，抖出来一张彩色照片。看就看吧。小康的目光在照片上一跳，弹起来投在大鬼的脸上，忽明忽暗的，像是在期待什么，也像是躲避什么。

但大鬼用手掌把照片捂住了。大鬼闭上了眼睛，一副享受悬念的样子。听说有一双乌溜溜的大眼睛？大鬼夸张地做着呼吸的姿势，啊，激动人心的时刻到了，我要深呼吸。小康的脸已经涨得通红，要看就看，少来那一套，你女朋友是东方梦露，我老婆一个山里女子，土里土气的，有什么可激动的？

说不定你老婆是山里梦露呢。大鬼盯了小康一眼，嘴角上仍有笑意，但揶揄的目光几乎有点凛冽了，小康，你要跟我比老婆吗？小康一惊，想说什么又没说。他紧张地瞪着大鬼的手，目光缓缓爬行，爬上大鬼手臂的刺青部位。虎头。忍。昔日的牙痕已经消失不见了。小康抱住了脑袋，喉咙里咕噜一响，他说，不该给你看的，你快点啊。

大鬼的手慢慢移开了，他低下头，以一种庄严的姿态欣赏照片。是那种典型的县城照相馆风格的结婚照，背景是一片蓝色幕布，有两根白色罗马柱，一片粉红色的玫瑰，两个飞翔的小天使悬在空中，手里拿着爱神之箭。他看见小康穿着那件肥大的深蓝色西服，喜悦之色被拘谨与腼腆遮蔽，看起来接近无助的状态，他的脸上当时没留胡须，显得格外稚气。旁边的姑娘穿一件红色的呢子大衣，黑色健美裤与白色球鞋，怀里抱着一束鲜花，仔细看，她烫了头发，戴了一个红色的发箍，容貌稍显老气。两个人站在一起，是各自僵立，谈不上甜蜜，也谈不上亲密，似乎一切都只是强人所难。姑娘的一双眼睛确实很大，很黑，但因为紧张地关注着摄影师的镜头，眼神凝滞，并没有多少神采。大鬼是忽然狂笑起来的，乌溜溜的大眼睛？乌溜溜倒是乌溜溜，眼袋怎么这么大？你养过金鱼吗？那是乌溜溜的大水泡啊，哈哈，山里梦露！她只比你大一岁？你要不说，我还以为是你妈！

只是一刹那的震惊。小康瞪着大鬼，面孔发白。他在辨别什么，很明显他从大鬼脸上发现了某种深刻的恶意，但并不确定它的来历，这使他的眼神出现了短暂的迷茫。那一丝迷茫很快消退，有一片隐隐的泪光，交织了羞耻与痛楚，开始在小康的眼睛里涌动。小康突然朝大鬼扑过来，夺下了大鬼手里的照片，小康嘴里发出一声莫名其妙的冷笑，你们这些二球货，我骗你们的。这不是我老婆，是我姐姐！

四

大鬼知道自己伤了小康，伤得不轻。

做错了事，他心里有歉意，只是没有道歉的习惯。照片事件过后的第二天，他特意买了一包中华烟，趁着小康上班时放到他的枕边。傍晚，那包香烟原封不动出现在桌子上，大鬼猜小康是不接受他的歉意，不接受他就自己抽，拆开烟盒抽出一支，叼着香烟去食堂吃了晚饭。等他回到宿舍，发现桌上那盒香烟不见了。他好奇，擅自去检查小康的抽屉，抽屉上了挂锁，勉强还能打开一条缝，大鬼看见了那包中华烟，它已经躺在了小康的抽屉里。

锁好了那包香烟，并不代表小康接受了大鬼的歉意。小康变回了哑巴，好多天没与大鬼说过话。直到有一天，大鬼下班回宿舍，发现小康正摆弄他忘在桌上的万用表，神情专注，像一个孩子在钻研新鲜玩具。大鬼莫名地高兴，说，这是万用表，要不要教你用？小康没有搭理他，过了一会儿，突然丢下万用表，轻蔑地说，不就是测个电吗，凭什么叫万用表？

大鬼本能地维护起万用表的名誉，凭什么？我告诉你，这玩意不光能测电，它什么都能测，所以才叫万用表！

小康笑了笑，笑声也是轻蔑的，他懒懒地躺到床上，用左脚挠着右脚，还能测什么？好人坏人能不能测出来？穷人富人能不能测出来？谁要是得了癌症，能不能测出来？

很少听到小康一口气说这么多话，口齿如此流利。大鬼依稀觉得小康在发泄什么，影射什么，同时，似乎向他发起了某种挑衅。他不习惯这样一个小康，先是有点恼怒，继而莫名地亢奋起来。万用表还能测什么？大鬼的想象力经过了一番茫然的飞翔，之后忽然下坠，大鬼的目光也下坠，嗖地滑向了小康的裤裆，测那些有什么意思？大鬼说，我先问你，你搞过多少女人？

小康愕然，怒声道，你问这个干什么？

我研究这个。大鬼说，其实不用你告诉我，你搞过几个女人，自己说了不算，我拿万用表一测就知道了。

你自己测自己吧。小康冷笑了一声。

看起来，小康再也不会上他的当了。大鬼拿着万用表在小康身边绕了几圈，没有造次，最后将万用表的端子搭在了自己的两侧腹股沟上，你看着，我很诚实的，不像你假正经。大鬼一本正经地说，你看你看，看见了吧？我搞得太多，一测就爆表了。

小康当时就笑了，只是笑得不甘心，为了不让大鬼看见他的表情，他朝墙的一侧翻了个身，并且补充一声：二球货。大鬼听见他又在骂人，这次是笑着骂人，大鬼没有计较。不管怎样，他在小康面前的表演总算成功了一次。

说起来，那是大鬼在瓷厂的最后一个春天了。

最后这个春天，大鬼失恋了。他与东方梦露的恋爱开始得容易，结束得更加容易。为了一只来自法国的包包，他们在百货公司赌气分手，分手以后东方梦露就再也不愿见大鬼了。大鬼痛定思痛，将一切归咎于他拮据的荷包，他动了下海经商挣大钱的念头。曾经有几次，大鬼很想与小康探讨女人的心，探讨下海挣钱的各种方法，但只要他正经起来，小康便高度防范，用戒备的眼神告诉他，别来这一套，我不上当。有一次他拿出一张裸女照片，试图让小康辨认，那是夜巴黎还是维纳斯的小姐，小康居然从抽屉里拿出一张纸，用圆珠笔写了几个字，谢绝交谈！一眨眼，那张纸已经被小康张贴在宿舍的门背后了。大鬼一时张口结舌。小康的目光从他脸上一掠而过，眼神里是刻意张扬的厌恶之色。大鬼清楚地意识到，那不仅仅是冒犯，更是一种绝交的宣誓。他当时心寒，说了声好吧，走出宿舍去厕所撒了一泡尿，撒尿的时候他嘴里还骂骂咧咧，之后就想通了，想想这个春天他不仅放弃了爱情，还准备放弃工作，难道还在意放弃一个小康吗？

大鬼骗取了病假单，跟着几个朋友到广东福建的沿海地区走了一趟，在广东的时候他有心贩卖电磁炉，转到福建晋江一带，他决定参与朋友们的走私服装生意了。回到瓷厂已经五月将尽，他径直去了厂部办公室，办好了停薪留职的手续。之后，大鬼到宿舍去收拾他的东西,首先发现了门的变化。他不知道门上的油漆为什么会发生如此奇异的剥落现象,白漆到处都是好好的,唯有鬼屋那两个字,脱颖而出了。大鬼看着自己当初的杰作,一时竟然有点心惊。他把耳朵贴在门上,听了听里面的动静。对于大鬼来说,这是一个极其反常的动作,大鬼自己都难以解释,那动作代表了对小康的关注,还是意味着某种忌惮。他甚至不清楚,自己到底是希望小康不在,还是希望遇见小康。

迟疑了一会儿,大鬼终于拍了下门,大声问,屋里有鬼吗?

小康一定在窑上上班。宿舍变暗了,也变乱了。凝滞的空气里弥漫着一股浓烈的香烟味,混合着腐烂的水果与运动鞋散发的臭气。一条破床单被两颗图钉钉在窗框上,强充了窗帘。大鬼留在床底下的一双名牌新运动鞋,虽然还在原处,但鞋头反了,他敏锐地发现了问题,摸一下鞋垫,还湿湿的,很明显,那是被小康穿过的。大鬼有点惊讶,半个月的工夫,小康成功地把这间宿舍变成了他一个人的世界。大鬼去扯窗上的床单,发现窗玻璃上多了一张电影海报,是玛丽莲·梦露撅着臀部,在风中捂着裙子。梦露。好莱坞的梦露。大鬼有点惊讶。他不清楚小康的动机,他把原版的梦露请到窗玻璃上,是为了瞻仰她,还是为了亵渎她?是为了比较什么,还是为了反省什么?大鬼走到门背后,摘下他的电工包,发现那张纸条还勉强地粘在门背后,谢绝交谈!四个大字仍然透出一股锐利的寒意。大鬼心里忽然有点难受,难受过后是愤懑,他揭下那张纸团了团,扔到小康的床上。

纸团落在小康的枕边。大鬼看见自己的万用表替代了原先的手电筒，它正静静地躺在小康的枕边，闪烁着一小片矩形的幽光。

大鬼有点惊讶，他不明白小康为何对万用表如此着迷。万用表总是有用的，他决定把它带走，留作纪念。大鬼拿过万用表扔到电工包里，食指上粘了一根软软的乌黑发亮的头发。毫无疑问，那是小康的头发。大鬼对着头发吹了一口气，那根头发飘进了他的电工包，仍然粘在万用表上。应该说就是一根柔软的头发，让大鬼动了恻隐之心，他最终把万用表放回了小康的枕边。

五

大鬼的创业生涯是从锦绣街开始的。

锦绣街在我们这个城市算得上是个热闹去处，大鬼随时随地都会遇到瓷厂的熟人。熟人们给他带来瓷厂的种种消息，大鬼并不在意，一切都与他无关了，小康也淡出了大鬼的生活，但偶尔有人谈起小康时，大鬼还是有兴趣听。人们告诉大鬼，他一走，小康就跑到厂部要去顶他的缺，厂里当时没有答允，后来听说是送了礼通了关系，现在他跟着贾师傅到处爬上爬下的，开始做电工了。人们指着大鬼脖子里的金项链说，小康脖子上最近也开始挂金项链了，不知是真货还是地摊货。有人断言大鬼是小康心里的偶像，小康从发型到穿着都模仿大鬼，甚至走路的样子，现在都有点像了。大鬼摇头说，怎么可能？我老寻他开心，他都恨死我了。但持此观点的熟人越来越多,大鬼相信了,得意之外多少有点迷惑,说,那他不是不学好了吗?他原本可是好孩子啊。

夏天的一个黄昏,大鬼在锦绣街的时装店里看店,发现玻璃门外有一对打扮时髦的年轻情侣,对着橱窗里的模特指指点点的。男孩女孩都面熟,他先认出了谈小菲,她是瓷厂医务室的护士,因为大鬼不正经,她曾经拒绝为大鬼注射青霉素。然后,男孩摘下了墨镜,也就是这个瞬间,大鬼几乎惊叫起来,那个染了一绺金发的墨镜男孩,那个穿着红色无袖衫和夏威夷短裤的时尚男孩,竟然是小康。

大鬼不敢相信,他的离开如此有效地改变了小康,甚至加快了小康的成长发育。小康长高了,变魁梧了,大鬼清晰地看见小康结实的大臂肌肉,上面文了一个醒目的硕大的刺青,是彩色的,是一条张牙舞爪的飞龙。

他迎出去的时候,谈小菲的身影在旁边的巷口一闪,不见了。小康也想走,一条腿跨下台阶,身体却留在台阶上,转过来面对着大鬼。有一丝不自然的表情在小康脸上掠过,很快他就坦然了,主动向大鬼伸出手掌,生意怎么样?大鬼潦草地碰了下小康的手,问,谈小菲呢?她跑哪儿去了?小康的微笑看起来有点狡黠,什么谈小菲?大鬼指着小康,脑子里蹦出来一句老话,他说,士别三日真要刮目相看嘛,他妈的。

他们在店门口站了一会儿,谈及瓷厂的现状和未来。小康说,瓷厂迟早要倒闭,我也准备不干了,到时候来给你看店,混口饭吃怎么样？大鬼笑起来，你要给我看店，我不也没饭吃了？做服装生意，赚少赚多全凭一张嘴巴，你不是谢绝交谈吗，怎么替我做买卖？小康略显尴尬，眼睛看着橱窗里模特身上的一条裙子，欲言又止的样子。大鬼说，谈小菲现在越来越漂亮了嘛，很多人追她追不上，没想到看上了你，这不是鲜花插在牛粪上吗？小康不接话茬，眼神里有掩饰不住的骄傲，他的手在牛仔裤口袋里掏了一会儿，又空手而出，手指弹了几下橱窗，问大鬼能否把橱窗里那条裙子先给他，等下个月发薪水再把钱送来。大鬼慷慨地答应了，他把那条裙子包好交给小康，小康抓住塑料袋，他抓住了小康的胳膊，这么大一条龙，让我欣赏一下。大鬼说，我要好好欣赏一下。

大鬼记得小康的大臂肌肉当时绷得很紧，那条龙的眼睛便一下瞪大了，看起来很凶恶。大鬼说，这么大一条龙？不是贴纸？文得还很细，是东门卷毛的手艺吧？小康说，怎么样？刺了二十天，把我的钱都刺光了。大鬼不置可否，忽然捏了一下龙的眼睛，捏得很重，小康一下便把胳膊抽回去了，面露愠色，你捏我干什么？大鬼笑了笑，我没捏你，我捏的是龙，龙眼睛。大鬼端详着小康，神色渐渐严峻起来，我劝你以后注意一点，这么大一条青龙文在胳膊上，出门要小心了，你知道我现在为什么穿长袖吗？大鬼拍了拍胳膊上的刺青部位，声调听起来很诚恳，懂我的意思吗，我知道你是个老实人，别跟人学坏了。小康看着自己的胳膊，伸出左手，揉了揉龙的眼睛，目光斜斜地升起来，射到大鬼的脸上，我跟谁学坏了？你怎么知道我是老实人？大鬼讪笑起来，挥挥手说，我才不管你要做什么人，我现在做服装生意，提醒你一句，你要是到北门一带，千万别穿这种无袖衫，北门的三霸你听说过的吧？他说遇到你这样的人，见一个收拾一个。

小康愣了一下，低头注视着自己的刺青，突然一笑，说，怕个球，我最近在练散打，我的堂兄是陕西省散打冠军。

整整一个夏天，大鬼都没有等到小康。倒是谈小菲爱逛锦绣街，大鬼在国庆假期期间见过她一次，身边的人不是小康，是一个胖姑娘。谈小菲从邻近的服装店袅袅婷婷地出来，几个购物袋都在那胖姑娘手里提着。路过大鬼这里，她们欲走还留，目光在橱窗的模特身上一番流转，看见大鬼出来，谈小菲脸上浮现出一种嫌厌的表情，扭身便走。大鬼对她喊，你跑什么？我又不找你打针！小康呢？谈小菲头也不回，是那个胖姑娘站住了，愤愤地朝大鬼翻了个白眼，什么小康大康的？我们不认识他！

大鬼没有想到，小康后来真的惹了麻烦。当然他也没有料到，小康遇到了麻烦，会来向他求助。离开瓷厂宿舍两年之后，他终于获得了小康的信任，或许小康最终把他当成了一个朋友，遗憾的是，大鬼不再是瓷厂的那个大鬼，小康怎样看待自己，大鬼早已经不作计较了。

是十月里的一个下雨天，锦绣街上人迹寥寥，大鬼在店堂里与人下棋，忽然有个人头顶一摞报纸，湿漉漉地走进来，站在门边对他哈腰，说，鬼哥，我来还钱了！

又见到了小康。他穿了一件条纹衬衫,手臂上醒目的刺青被遮蔽了,脸上却多出一只大口罩。大鬼注意到他的眼角上有明显的瘀青,过去摘下他的口罩,发现小康鼻青脸肿。大鬼下意识地问,你去北门了?遇上三霸他们了?不听我的警告,吃苦头了吧?小康颓然地坐在一只纸箱上,说,我没去北门。是我老婆。我回了一趟老家。让我老婆打了。大鬼想笑,忍住了,观察着他的神色,你回家做什么,去离婚了?为了谈小菲?小康不说话,似乎默认了大鬼的猜测。大鬼说,你老婆用什么东西打你的,打得脸上这么花哨?小康沉默几秒钟,说,万用表。大鬼一时反应不及,什么表?小康叫起来,万用表,我们的万用表啊!大鬼一愣,然后便没心没肺地大笑起来,笑过之后想想此事蹊跷,他又追问小康,我还是糊涂,她为什么要用万用表打你?小康迟疑着,他眼角的瘀青在店堂的灯光下泛出紫色的光芒,我们村里的人没见过万用表,我带回去了,给他们看个新鲜。小康开始躲避大鬼追询的目光,他转过脸看店堂里的试衣镜,捂住了脸孔,又掉转脑袋,望着门外的锦绣街,锦绣街上仍然一片雨雾。我骗她了。她不肯离婚。小康说,谁让她不肯离婚?我测了她,我用万用表测她了。大鬼心里已经猜到了什么,嘴里还是忍不住问,测她什么?小康终于低下头,用手捂住脸,过了一会儿抬起头,用一种怪诞的眼神看着大鬼,测那事。她自己让我测的。小康说,是她自己嚷嚷要测的,还让我当着家里人的面测,说她清清白白,测一百次也不怕。小康抱着脑袋思考了一下,喉咙里似有一阵哽咽，又很快恢复了镇定，我不是故意给她栽赃，我就是想跟她离婚。小康的目光热切地投在大鬼脸上，眼睛开始释放求助的信号，她疯了。昨天她找到瓷厂来了，她要把我拽回家，去给她恢复名誉。我也要被她逼疯了。

大鬼打量着小康，脸上的笑意慢慢地冻结。他的棋友已经离去，留下一颗烟蒂，还在烟灰缸里燃烧。大鬼穿越店堂，走到小桌边掐灭了烟蒂，他看着残存的棋局，忽然说，小康，不是我把你教坏的吧？

鬼哥，我没那么说。我从来没那么说过。我是来找你还钱的，那条裙子的钱，还记得吧？小康的表情看起来有点卑下，又有点可怜。他跟到大鬼身边，看看棋盘，看看大鬼的面孔，从口袋里掏出几张钞票，压在棋盘下。鬼哥，你不是认识三霸吗？能不能帮我个忙？小康又掏口袋，这次掏出一盒皱巴巴的中华牌香烟，递一支给大鬼，我老婆最怕三霸那种人，鬼哥你能不能让三霸到瓷厂跑一趟，吓唬吓唬她，让她别闹，赶紧回家去？大鬼斜睨着小康手里的那支香烟，嗤地一笑，你好聪明，可惜生意太小，三霸不会做的。小康说，怎样才算大生意？多少钱以上才算大生意？大鬼冷冷地看了小康一眼，动刀子，做掉，都是大生意，做掉你懂吗？大鬼说，你要不要把你老婆做掉？

小康打了个冷战，大鬼清晰地看见他打了个冷战。不，不动刀子，不做掉。小康的声音已经发颤，他说，只要吓唬吓唬她就行了，她一个山里女子，就是犟一点，吓唬一下她肯定就走了。

大鬼笑了一声，推掉小康手里的香烟，说，自己吸吧，我现在不吸烟，只喝茶。然后大鬼开始动手泡茶，他只泡了自己的一杯，呷了一口说，普洱茶，养生的。小康茫然地瞪着他茶杯里深红色的茶汁，好，养生好。大鬼又呷一口茶，说，我好像是把你带坏了。你是不是要让我对你负责到底？我就负责到底，干脆我去瓷厂跑一趟，亲手把你老婆做掉，怎么样？店堂里的空气顿时凝固，小康手里的那支香烟掉到了地上。小康瞪着大鬼，似乎在竭力判断那是否是大鬼对他的又一次作弄。大鬼在微笑，那种微笑持续了几秒钟，渐渐露出讥讽的端倪，带着些蔑视，还带着些厌恶，然后大鬼在椅子上欠了欠屁股，对不起，大鬼说，我要放个屁。喝了普洱茶，我老是放屁。

　　大鬼知道他在刹那间压垮了小康，不仅靠那句话，不仅靠那一个屁。小康忽然蹲在地上，号啕大哭起来，我知道你在耍我，我就知道你又耍我，你这个二球货，驴日的二球货！

六

　　大鬼没有见到小康的老婆。
　　后来，他也没有再见过小康。
　　听瓷厂的人说，见到过小康老婆的人寥寥无几。他们只是听见过那山里女子沙哑的哭声，她从早到晚待在小康的宿舍里，从不出来，唯有哭声确凿地证明了她的存在。偶尔几次，小康夫妇用家乡方言激烈地争吵，大多内容是能够听懂的，住在隔壁宿舍里的人，能分析出女方此行的目的，她誓死要把小康带回老家。至于那对小夫妻之间到底发生了什么事情，为什么小康刚回来又必须回去，当时整个瓷厂无人知晓。

有人八卦，以为小康的老婆会去医务室大闹一场，但这样的热闹并没发生。医务室离集体宿舍其实不远，谈小菲也曾经听到过小康老婆的哭声，她还问别人，那是猫在叫，还是有人在哭？有人机智地开玩笑，谁知道，那儿不是有间鬼屋吗？说不定真的是闹鬼了。当时有很多人在场，听到了那个精彩的玩笑。很多人后来都为谈小菲做证，说要相信谈小菲，她与小康不过是普通的朋友关系，什么都没有发生。

大约是一个礼拜之后，鬼屋终于安静，一切都平息了。那天天蒙蒙亮的时候，两个食堂女工去市场买菜归来，看见小康提着一只漂亮的拉杆箱，铁青着脸走出瓷厂的后门，后面跟着一个穿红色呢子大衣的女人，左手右手各提了一只纸箱，对他们谦恭地微笑。食堂女工眼睛打量着她，嘴里问小康，这就送老婆走了？不留她多住几天？小康没有说话。那女人说，不住了，我在这儿待不惯。低头走了几步，忽然对着食堂女工说，我不是小康的老婆，我是他姐姐呀。

瓷厂的人们后来都在谈论这件事。两个食堂女工口径不同，一个说小康的老婆当时流着眼泪，另一个则坚持，小康的老婆说那句话时，脸上挂着不正常的笑容。大家不知道该相信哪一种说法，想想她能说出这样的话，无论是哭是笑，都是正常的。

还有人在她到达瓷厂那天见过她，说那山里姑娘的水泡眼，或许是哭得太多的原因，如果忽略了水泡眼的得失，她看起来并不丑，精神似乎也是正常的，只不过，相比如今的时尚青年小康，那样子确实是有些显老，有些土气了。

没有人料到小康会一去不返。走之前他跟瓷厂请了五天假。五天以后，他打了长途电话给厂里，说家里出了点事，还要过五天才回瓷厂。此后就没有音讯了。瓷厂的生产经营当时已经很不景气，常常发不出工资，少一个人，便少一份负担，所以并没有人去过问小康的下落。过了好久，有个小伙子穿着硫酸厂的工作服，跑到瓷厂的集体宿舍来，说是小康的表兄，受小康委托来收拾东西。人们问他小康为什么不回来，表兄说是家里人不准他回瓷厂了，看别人茫然不解，又补充一句，小康在瓷厂学坏了。有人打听小康家里出了什么事。表兄说，他老婆跳了崖，没死成，落了个全身瘫痪。人们一片惊叫，急着追问究竟。表兄摇头，似有难言之隐。拗不过众人热切的目光，他勉强开口，这件事也不好说，清官难断家务事。表兄说，反正家里人都怪小康，是小康不好，他在瓷厂学坏了。

小康留在宿舍里的东西，都被表兄扔进了一个蛇皮袋里。最后撬开了小康的抽屉，一眼看见一个万用表，静静地匍匐着。表兄也没见过万用表，拿起来问，这是什么东西？是听音乐的吗？旁边有人说，那不是听音乐的，是电工用的万用表。又提醒表兄,那不是小康的东西,是厂里的公物。表兄的手像是被烫了一下,把万用表扔回了抽屉,是公物我就不收拾了。他说,麻烦你们,把它交还给厂里吧。

大鬼有一阵子老是接到一个莫名其妙的电话,对方从不说话,偶尔可以从电话那端听见狗吠鸡鸣之声。查找来电区域,应该来自陕西。大鬼猜到了对方的身份,不知为何发慌,再也不敢接听。有一次恰逢酒后,酒意为大鬼平添几分勇气,他接了电话问,你是不是小康?又变回哑巴了?那边还是沉默。大鬼说,你什么时候回来我给你接风,先喝酒吃饭,再去水晶宫洗桑拿,怎么样?也就是这时候,大鬼听见那边有什么东西掉在地上了,咣地一响,发出清脆的震颤,然后是杂沓的来回穿梭的脚步,伴随着一个女人的哭声。大鬼拿着电话听,一边耐心地等待,终于等来了小康,准确地说,是等来了小康的呼吸。小康急促的呼吸慢慢转变为压抑的哭声,他在哭,哭得越来越响,像个伤心的孩子。酒意让大鬼的心肠变得很软,平生第一次,他的眼睛也湿润了。小康,你又不肯说话了?大鬼说,你不肯说话就别说了,我替你说,大鬼是二球货,大鬼是个驴日的二球货。

大鬼掐掉了电话。从店堂的试衣镜里,他看见自己的面孔,有点苍白,有点浮肿。他喝了一口普洱茶,想起电话那端咣的一声脆响,是什么东西掉在地上了呢?不是万用表。那不是万用表。大鬼思索了半天,断定那是一只搪瓷扁马桶的声音,是一只搪瓷扁马桶掉在地上了。

私宴

最后一班长途汽车在暮色中抵达马桥镇。正如乘客们一路上所担忧的那样，汽车终于抛锚了。幸运的是抛锚地点在大牌坊，距离终点只有五六十米了，司机决定就地停车，可控制车门的开关不知怎的也出了问题。司机起初还有耐心，沉着地按着什么按钮，渐渐地动作走样，一上一下拍打起来，一车人都站起来向驾驶座那儿看，后面的人问前面的人，为什么不开门？前面的人说，不是不开门，是门打不开啦。

车厢里此起彼伏地响起一片焦躁或者气愤的声音。不知是哪个精明人高声建议，这样的车子，应该举报它，让运输公司退一半票钱！有人冲动地附和着嚷嚷，有人则以忍让的口吻淡淡地说，这是马桥镇，又不是北京、广州，这点事情去举报，他们把你当神经病！还有知情者无意中透露了长途汽车的产权归属，说，要举报你们就去举报大猫黄健吧，你们都不知道，这条长途线让他承包了。车门在众人的哄闹声中咯嗒咯嗒地响，响了好一会儿，冷不丁弹开来一半，差点跌下去一个人，那小青年反应快，拉住了栏杆，他手里的行李却夹在门缝里了。小青年火气大，张嘴便骂，×你老娘的，怎么开门开半扇？我的包夹住了，快把门都打开！司机正没好气，回击道，×你老娘的老娘！打开半扇就不容易了，这老爷车早该报废了，骂我有屁用，你要有本事去×大猫的老娘！车厢里的人都急着下车，后面的人顾不上批评谁，也懒得帮忙，一个个抬高腿跨过那个拦路的旅行包，挤挤搡搡着从半个车门缝里一起冲下来了。

汽车站的广播员不知道去哪儿了，喇叭里没有抵达信息，仍然是《运动员进行曲》欢快的旋律。迎候的人群中有眼尖的，看见牌坊那儿的动静，说，是车来了吧，怎么停在牌坊前面了？人群动荡起来，有人疾步地跑过来，说，晚点了啊？下车的人说，怎么不晚点？车也不好，路也不好，门也打不开，不晚点才怪！

已经是农历小年的傍晚了，该回家的人终于都回来了。包青不和别人争，就落到最后一个下车，他提着行李箱走到车门口时，看见他的小学同学李仁政穿着长筒胶靴，左手拿着长把刷，右手拖着一条橡皮水管跑来洗车了，包青赶紧转过脸，侧着身子下了车。

包青是典型的马桥镇人嘴里所说的那种知识分子，那种知识分子对人缺乏热情，与几声信口而来的寒暄相比较，他们往往选择一个笨办法，装作没看见。包青就是这样，他做贼似的绕过汽车向牌坊的西边走，可是李仁政的声音却在后面追他，包青包青，你回来了？包青不好再装聋子，就很不情愿地回过头，回过头他发现李仁政脑袋上突然多了一顶红色棒球帽，帽子上印了一排醒目的白字：新马泰八日游。包青笑起来，说，你怎么戴了红帽子，我都认不出来你了，你出国旅游了？李仁政的手伸到帽子里摸了摸，说，我哪有那个福气，人家给我的帽子，我的头发，哎，回头跟你说。包青站在那里，看李仁政的表情还有话要说，他以为他要交代头发的事情，结果却不是，他突然提高声音说，大猫要请你喝酒，他关照我好几次了，你一回来就通知他，他要请你喝酒。包青说,谁,大猫?黄健吗?李仁政对准汽车后窗玻璃喷着水,说,就是大猫嘛,大猫你都不记得了?包青愣了好一会儿,最后低声嘀咕道,怎么会不记得他,喝就喝嘛。

远在北京的包青又回来过年了。不回来是个麻烦,回来也是麻烦,对于包青来说,回乡过年已经成为一种仪式的包袱了。过去母亲身体还硬朗的时候会跑到汽车站等他,他不忍心,就不告诉她准确的归期,不告诉她她也来等,从小年夜前两天开始,天天等,一个小小的枯瘦的身影,迎风站在牌坊下,让包青想起来就心疼,他不能不回来。包青的回乡之旅其实是一次孝心之旅,他对马桥镇没有多少牵挂,他妻子清楚这一点,也就不拦他,每逢过年一家三口便各奔东西。母亲也清楚这一点,她对儿媳妇近年来的缺席并不埋怨,母亲在电话里直率地对包青说过,我没几年活头了,你再尽几年孝,以后就可以跟你媳妇去广东过年了,你媳妇不是说了吗,广东过年热闹,天气也暖和,只穿一件毛衣就够了。

下了新民桥,包青就看见他姐夫推着辆自行车从肉联厂那里向他跑来,后面跟着他姐姐。他们一定是被什么事情耽误了,现在匆匆地跑着,似乎要努力弥补什么。看得出来姐姐在怪罪姐夫,姐姐的身上还穿着肉联厂的白色工作服。包青不喜欢家里人兴师动众的样子,他皱了皱眉,干脆站在桥上不动了。桥下有个穿紫色皮大衣的女人,牵着一条狗上来了。包青起初没在意,是那条小鬈毛狗先来嗅他的鞋和裤脚,然后他闻见了一种在夏天北京大商场里弥漫的香水味道，一回头，包青看见了程少红。程少红风情万种地站着，斜着眼睛看他，包青一眼认出了她是喇叭花，就是想不起来程少红这个名字，以前镇上的男孩子都叫她喇叭花的。还是程少红主动，把小狗朝这儿牵了一下，又朝上面拉了一下，命令小鬈毛狗说，欢欢，给大博士鞠个躬！

这么多年过去以后，包青见到程少红仍然有点慌张。他习惯性地伸出手去，见对方没有那个意思，又缩回了手，盯着她皮大衣上的一颗扣子，说，好多年没见面了，你还在果品公司吗？程少红说，哪儿还有什么果品公司呀？早散了，我现在在私营企业做。没办法，瞎混，没你那么聪明的脑子，做不了你那么大的事业。包青说，我也没做什么大事业。程少红啪地在包青胳膊上打了一下，你就别谦虚了，马桥镇这么个小地方，谁几斤谁几两大家都知道。大猫说他在电视上看见过你的。包青摆摆手，说，那叫什么上电视，我在会议上念论文，人家抓了一个镜头。程少红说，你还谦虚，这倒不容易，从小到大都谦虚。程少红说着想起了什么，扑哧一声，掩着嘴笑了。包青尴尬起来，他猜得到她在笑他的过去，只是不知道具体是哪件事情，包青就转过脸看着他姐姐姐夫，他们正满面歉意地往桥上赶，包青说，我得下去了，我家里人来接我了。他感到程少红在他背上又轻轻地拍了一下，然后他听见她说，大猫说要请你喝酒呢，你架子大，前两次让你推掉了，这次你跑不了啦。

初二下了雨。街上阴雨绵绵,马桥镇正在铺设光缆的道路一片泥泞。包青打着伞,带着礼品奔波在几个亲戚家中拜年。在舅舅那里包青再次听见大猫要宴请他的事,包青的舅舅还嘱咐他说,大猫要请你的话,你跟他提提,能不能让你表弟进羽绒厂,要不去长途汽车上跟车也行。你身份高,没准他会给你面子的。包青一听就不耐烦,又不好发作,对舅舅说,我哪儿有时间吃他的饭,镇长的饭局我都推了,明天就走了,教委刘主任那里还要应酬呢。包青从舅舅家出来,雨忽然下得大了,他就抄近路从小巷子里走,路过他从前上学的马桥二小的时候,他习惯性地朝校门那里看了一眼,看到的却不再是熟悉的小学,正好是大猫的羽绒加工厂。厂门口挂着四个红灯笼,组成"欢度春节"的字样,围墙两侧刷了醒目的标语:向管理要质量,向质量要效益。包青打着伞站在那里,听见雨点响亮地打在红砖楼的漏雨管上,还有宣传栏的塑料阳棚上,声声清冷,包青打了个寒战,然后他莫名地愤懑起来,嘴里说,买了学校做厂房,暴发户,暴发户呀!

大猫的宴请对于包青来说几乎是他探亲日程中的一个阴影,他准备用天气作借口,推掉大猫在富利华饭店的酒宴。母亲也不主张他去,她至今记得儿子当年与大猫做朋友付出了多么屈辱的代价。包青在电话里推托的时候,听见母亲在一边声讨大猫,她说,现在把你当人看了,当初把你当用人的就是他,用人还不如,主人不欺负用人,他骑在你头上拉屎的呀。包青不乐意听母亲唠叨这些事情,他示意母亲别在电话旁边监听,母亲就挪了几步坐下来,说,他有钱,有钱怎么的?山珍海味怎么的,谁爱吃谁吃去。母亲的态度提醒了包青,包青就把一切推到母亲身上,对着电话说,不是我不给面子,明天就回北京了,这顿饭我母亲不让在外面吃。

包青以为他成功地推掉了大猫的宴请。晚上一家人正要在餐桌前坐下来,门外响起了一阵摩托车尖锐的刹车声。有人在外面敲门。包青的姐姐出去开门,回来告诉包青是李仁政,说李仁政不肯进门,要包青出去说话。包青一出去就看见李仁政僵硬而笔直地站在雨中。李仁政摘下了头盔,包青恰好见到一个半秃的脑袋,几缕头发被压得紧贴在脑门上,还在滴着水。李仁政就那样站在雨中,他的表情看上去有几分惶恐,有几分不安,也有几分神秘,大博士,你的架子太大了吧,人家老同学跟你喝杯酒聚一聚,又不是请你上刀山下火海,怎么就这么难请?

李仁政果然是替大猫来接包青的,看来他已经知道了包青的态度,因此准备了一套逼人就范的措辞,包青,你今天不给这个面子,我就站这儿等。李仁政抬头看看天,说,我不怕淋雨,反正没听说雨能把人淋死。

是包青的母亲首先过意不去了,她让包青的姐姐去给包青拿伞,说,人家这么诚心,不去就是你不对了,人家会说闲话,说我家包青地位高了摆架子,传出去影响不好。临走母亲夹了块熏鱼塞到包青嘴里,包青是嚼着一块熏鱼出的门。

包青一手打伞,一手抱住李仁政的腰,坐着摩托车穿越马桥镇的街道。街上仍然是冷风冷雨，节日的小镇之夜显出一丝不合时宜的凄凉。包青能感觉到李仁政腰部那一小片温暖的区域，尽管隔着劣质的被雨淋湿的皮革，包青的一只手还是感到了李仁政的体温。这样的情景很陌生也很熟悉，包青突然清晰地记起来，好多年前的一个春节的夜晚，他和大猫、李仁政合骑两辆自行车去县里看一个歌星的演唱会，回来时候李仁政的自行车爆胎了，结果大猫逼他跟李仁政换了自行车，他们像卸包袱一样把包青卸下来了，包青记得他一个人推着一辆报废的自行车走了三十里地。

　　包青不知道程少红也是大猫邀请的宾客之一。他们一进富利华饭店，先看见的是花枝招展的程少红。程少红站在通往二楼包厢的地方对镜补妆，她打扮得过分认真，看上去像舞台上的民歌手，看见包青她慌忙把口红往包里一扔，嘴里尖叫起来，说，你怎么肯来的，没去十八顶轿子抬你，你也赏脸来了？
　　包青不说话，只是不自然地微笑着。他对程少红说，你打扮得很漂亮呀。程少红说，漂亮个鬼。你心里怎么想的我知道，打扮得像三陪嘛，三陪怎么的，今天大猫就是让我来当你的三陪的，大猫说了，给你大博士当三陪，是我的荣幸！
　　穿红旗袍斜佩着金色欢迎条幅的引座小姐迎上来，把他们带到了一个叫巴黎厅的包间。包青看见一个肥胖的穿着西装的男人从椅子上慢慢地站起来，貌似大猫，不像大猫，但看他额头上的一块红色胎印，一定是大猫。大猫原本是要和包青拥抱的，由于包青不由自主地退缩，改成了握手。大猫温热的手紧紧地抓着包青，不肯放松。他说，包青呀，你摸我的心，跳得多厉害。他拉着包青的手贴在他的西装胸前，包青，我不骗你，省长接见我我也没有这么紧张。包青笑起来，把手抽出来，说，要是在路上见面，肯定认不出你来了。大猫说，你不认我，我可是认得出你来，你在电视上就那么闪了一下，我就把你认出来了。旁边有几个男女立刻附和道，是的，那天看电视，我们经理一下就把博士认出来啦！

包青被大猫拉到他身边坐下了。除了李仁政和程少红，桌上还有几个人，都是大猫的员工，其中一个戴眼镜的女孩子穿着粉红色的毛衣，一直用一种躲闪却是灼热的目光看着包青，包青不好意思问，大猫却先知先觉地介绍了女孩的身份，原来是马桥中学钟老师的女儿小钟，现在在大猫的厂里做会计。钟老师现在？包青话没有全部出口，从众人表情里就知道究竟了，小钟立刻埋下头。大猫在旁边踢了踢包青的脚，轻声道，去世了，去年，癌症。包青哑然，突然想起当年教物理的钟老师是唯一宠爱他的老师，因为他学物理有天分。包青正不知所措，那个小钟却突然站起来，举起酒杯过来，说，包大哥，我从小就听我爸爸说，他培养出了个博士，今天见了面，我要敬你一杯。

包青就喝了第一杯酒。来的时候包青准备好了一套说辞，胃不好，酒精过敏，第二天赶路，不能喝。但小钟特殊的身份以及特殊的眼神使他丧失了拒绝的勇气，他开了一个头，后来便是覆水难收了，大猫那些员工还可以推挡，李仁政的劝酒顽固得难以拒绝，而程少红的劝酒则带着某种胁迫，某种没有分寸的色情隐喻，让包青很难堪，也难以抵挡。她要和他喝交杯酒，包青惊讶于程少红的狂放，他涨红着脸说交杯酒不是随便喝的。程少红说，当然不是随便喝的，这算我罚自己的，当年我狗眼看人低，就没看出你包青的出息，我后悔死了，要不然我也是个博士太太啦。包青不知道说什么好，只好赔着笑，人却赖在椅子上，不肯接受程少红环绕过来的胳膊。旁边的人都起哄，程少红被晾得尴尬，突然架不住了，把酒往地上一泼，说，不喝也羞不死我。现在成大人物了，当初偷我胸罩的是谁？啊？包厢里突然一下静了下来，包青不提防程少红这一手，恼了。你疯了？小时候胡闹的事你现在拿出来说。包青提高了嗓音说，那是大猫拿了塞在我口袋里的，大猫就在旁边，可以做证的！大猫在一边笑，推了包青一下，说，你认什么真呢，开玩笑的，小时候的事谁记那么清楚，我都忘了什么偷胸罩的事了。包青却不肯顺台阶下，你忘我没忘，他正色道，是你塞到我口袋里的，她妈妈追出来的时候你塞的。你现在不承认，不是让我背这个恶名吗？大猫局促的表情只停留了一瞬间，很快释然，笑着说，好了好了，我现在想起来了，是我塞到你口袋里的，以前我们是老拿你当炮灰的，我承认还不行吗。包青看到大猫向李仁政挤了挤眼睛，包青记得好多年前他们总是这么互相使眼色的，每逢那时候他就感到一丝莫名的恐慌。现在他不怕他们交换眼神了，但是他感到不快，他突然把酒杯倒扣在桌子上，说，不喝了，我酒量一直不行，已经喝多了。

扣酒杯的时候包青感觉到众人都在盯着他，所有人的眼神都流露出不悦或者紧张之色，他故意忽略他们，对着小钟说，我有胃溃疡，血脂也高。小钟点了点头，她说，喝酒伤身，杂志上都这么说的。除了杂志上的话，女孩子似乎还想说什么，又不敢说，忍了一会儿，终于忍不住了，贸贸然提了一个问题，包大哥，我一直很奇怪，你那时候是个好学生，怎么会和黄经理老李他们做朋友的？她这么一问，把包青给问住了，包青的筷子停在菜碟上不动了，大猫那些员工都半真半假地批评小钟说错话，倒是大猫豁达，自嘲地说，这么说我是坏学生？坏学生就坏学生吧，瞒她瞒不住，谁让她是钟老师的女儿呢。

包青确实让女孩子点到了痛处。这也是他母亲和姐姐以前经常责问他的问题。他从来都答不上来。事实上他没有勇气剖析自己当年追随大猫李仁政他们的动机，他无法正视这份屈辱的选择，又没有足够的才智躲避这个问题，所以包青的脸颊一下涨得通红，只是敷衍地说了一句，我也不知道，小孩子的事情，没有道理可说的。而刚刚一直挂着脸的程少红这时突然冷笑一声，说，我知道，就是小鸡给黄鼠狼拜年，求它去吃别的小鸡，别吃它自己。小钟一定觉得程少红说得新鲜有趣，她咯地一笑，发现别人都不笑，就识时务地捂住了嘴。

大猫看看包青的表情，转过脸来瞪着程少红，勃然而怒，×你娘，你还说人家不会说话，你自己说的什么×话！让包青吃惊的是大猫用一种异常粗暴的方式惩罚程少红，而程少红并没有反抗。大猫骂她的话很脏很粗鲁，你个烂×，就你聪明会说话，你不说话会死吗？程少红说，好，那我不说话。我本来就攀不上人家大博士，说什么都是放屁。大猫说，你就是在放屁，让你陪着热闹热闹的，你倒好，人话不会说，只会乱放屁！程少红欠起身说，好好，我不放屁了，我在这儿惹大家不高兴，我走。大猫怒喝一声，说，说得轻巧，走？走你妈个×里去，李仁政，给她倒酒，拿大杯子，罚她三大杯！

包青万万没想到大猫会这么对待程少红，按照常识推理，他觉察到他们的关系非同寻常，亲戚们说过大猫暴富以后的私生活如何如何地放纵，但他没想到程少红在大猫面前会如此驯服，让他吃惊的还有李仁政，他以为李仁政会劝大猫息怒的，但李仁政什么也没说，他真的拿起白酒瓶向程少红走过去了。包青站了起来，包青几乎是本能地冲过去拉李仁政，抢他手里的酒瓶，李仁政笑着躲闪，说，没事的，少红的酒量你不知道。包青说，人家是女士，怎么样也不能这么灌她。他们这边扭在一起，程少红却冷不丁地把酒瓶抢过去了，她把瓶子往桌上重重地一拍，说，喝就喝，喝死了拉倒，反正人老珠黄不值钱了，卖×也卖不出这瓶酒钱来，喝下去不死人，就是赚了！

外面有服务生推门，惊恐地探进头来察看，大猫对着门喊，滚出去，再进来我让你们老板炒了你。光骂不解气，大猫抓起一把瓷调羹朝服务生砸了过去，旁边的人都一惊，听见砰的一声，瓷调羹像一颗迷你型炸弹在墙上爆炸了，碎片飞了一地。

随后包厢里变得鸦雀无声。包青脑海里突然跳出鸿门宴三个字，尽管自知多虑，他还是敏感地认定宴席毁灭性的气氛将越来越浓。他坐不住了，对大猫说，我明天赶路，今天得早点回家。大猫却摇头，说，你不能走。包青感到大猫的一只手有力地钳住他的手臂，像一只铐子。大猫说，没喝好，谁也不能走。包青说，我喝好了，再也不能喝了。大猫说，你喝不喝的，随意，她冒犯你要罚，我没招待好你，我也要罚酒。李仁政小钟他们也来陪酒的，没有把酒陪好，都要罚！然后包青就听大猫向外面吼叫起来，人都死哪儿去了，快拿酒来，别一瓶一瓶地拿，给我搬一箱来！

包青如坐针毡，现在他很后悔自己心软，糊里糊涂跟着李仁政上了摩托车。服务生抱着一箱酒进来的时候，包青感觉到了一丝恐惧。他对大猫说，这是干什么？拿一瓶出来就行了，让他们把箱子搬回去。大猫拍拍包青的肩膀说，不一定喝一箱的，我待客就是这习惯，你别慌，你是知识分子，有减免政策，喝好了就行，不想喝就不喝。包青直截了当地说，我喝好了，明天动身，又换汽车又换火车的，得早点回家休息了。大猫说，这是什么事，你还怕回不去北京？要是喝我的酒误了车，我派奥迪车把你直接送回北京。包青笑着摇了摇头，一咬牙站了起来，说，不行，我得告辞了。他注意到大猫的脸色霎时变得阴沉了，大猫这次没有动身拉他，但桌上其他人几乎用一种惊慌的眼神看着包青，李仁政看看大猫，一个箭步冲过去堵住了门，他低声说，包青，给点面子，现在不能走，喝几杯再走。包青从李仁政脸上看见的是哀求的神色，如此近距离地面对李仁政，包青发现他充血的眼角四周已经布满了鱼尾纹，而他半秃的脑袋似乎也在倾诉满腹的辛酸。两个男的正在门口对峙着，程少红跟跄着撞了过来，勾住包青的脖子把他往椅子上推，她说，你个大博士就这么难伺候呀，我说错话，已经罚了三大杯了，你还不满意，要不要我表演脱衣舞呀？包青来不及否认什么，那边大猫咯咯一笑，拍起手来，好，就再罚她一个脱衣舞。

看来程少红只是借酒劲说着玩儿的，真让她跳她又清醒了。程少红开始嘴犟，说，人家小钟还是黄花闺女，怎么能当她面跳这舞？大猫说，别找理由，让小钟先出去一会儿。小钟羞了个大红脸，站起来要走，被程少红一把拉住，程少红说，你们真把老娘当小姐了？呸，看脱衣舞是白看的？钱呢，钱在哪儿？大猫坐在椅子上转过身，抓住小桌上的一只公文包，说，钱在这儿，门票多少小费多少，你开个价。包青看看玩笑开得不可收拾，就拉住大猫说，不闹了不闹了，少红的表现已经够好了，是我不好，我扫大家兴致了，我也罚自己一杯吧。

包青隐隐约约觉得他需要做出一点牺牲。他喝酒了，他一喝桌上的气氛就缓和多了。包青想好了，等气氛正常了他就走，但大猫突然让他的司机抱来一个大锦缎盒子，说要让他看一件东西。打开盒子，一只彩绘瓷瓶隆重地躺在里面。大猫说，你是搞专业的，给我鉴定一下，这瓶子值多少钱。包青说，我搞地质学，不搞文物鉴赏。大猫说，你就别客气了，怎么说你也比我们懂得多。李仁政过来小心地抱出瓶子让包青看，包青一眼瞥见瓶子上的花卉图案有一个落款，唐寅。包青疑惑起来，说，唐伯虎画的瓶子？大猫有点儿紧张地反问，唐伯虎画的瓶子不值钱？包青说，不是这个问题，恐怕是瓶子的问题。包青拿着瓶子上上下下仔细观察了一会儿，终于忍不住笑了，说，你上当了，虽然我不懂文物鉴赏，可是这瓶底写着嘉庆年号，人家唐伯虎早成灰啦，怎么会在上面作画！大猫乍然变色，说，你再细细看看。包青说，不用看了，你买的一定是假货，说不定连瓶子也是仿冒的，多少钱买的？包青没有听见大猫的回答，他抬起头，发现所有人都瞪大眼睛看着他，似乎在等候他收回刚才的话，大猫的表情非常古怪，有点窘迫，更多的是暴怒，他斜着眼睛睨视着李仁政，李仁政的脸已经白了，李仁政说，我明天就去上海找小三子，他向我拍胸脯的，他保证不是假货的。大猫鼻孔里哼了一声，说，你在里面拿了多少回扣？李仁政急了，叫起来，我要拿了一分钱，天打雷劈，出门就让汽车轧死。大猫坐了下来，逼视着李仁政，李仁政无辜地仰着脸，一副问心无愧的样子，大猫先放弃了，他把椅子往后压着晃了两下，环顾着众人，咦，你们干吗都像死了亲爹一样的，是我赔了钱，关你们屁事！大猫挥挥手,说,算了,也就是二十万,我做生意这么多年,也不是没让人骗过,骗我二十万走,就赚它二百万回来嘛。

人都端坐着沉默不语,只有桌上的鸡鸭鱼肉和海鲜兀自散发着热情的香气。包青意识到一切的不愉快根源其实都在他这里,他因此充满了内疚,包青站起来和李仁政碰杯,李仁政先是哭丧着脸不动,突然惊醒似的站起来说,我罚酒,罚酒。包青觉得程少红也间接地受到了自己的伤害,就敬了程少红一杯。程少红说,这才像话,你脸都不红,还能喝呢。包青注意到小钟的视线一直停留在他身上,不该忽略小钟,就敬了小钟一下,他又提到小钟的父亲钟老师,说他其实一直记得他的好,只是回乡探亲总是匆匆忙忙,没顾上去看望他。小钟没说什么,程少红在一边插嘴说,现在还可以去看,去墓地看看他嘛。包青知道程少红是在奚落他,但他还是认真地对小钟解释道,这次没时间了,下次吧。

然后包青回到了座位上,他有一个错觉,以为自己尽力地做完了他该做的事,他拿起汤勺准备喝一口鸡汤。但是一只酒杯横刺里伸了过来,和他的汤碗撞了一下,是大猫。大猫说,包青,我们还没喝呢,要不你喝鸡汤我喝酒,我们干两杯?包青放下碗,拿起酒杯,说,再喝我就躺倒了。大猫说,躺倒了我用车送你回去,在马桥镇喝酒,你还怕回不了家吗?

包青不胜酒力。人到四十,包青第一次这么狂饮。包青吐了。他记得是李仁政扶着他去厕所吐,他对着洗手间的窗子吐,看见外面雨停了，夜色微微发蓝，镇上传来零碎的鞭炮声，包青记得回家的事，他对李仁政说，我要回家，我妈一定急坏了。李仁政说，大猫让走你就走，你再跟他喝一杯，让他放你走。李仁政一直半推半架着包青，包青记得那年秋天他们把他扔进河里以后他自己爬不上岸，也是李仁政好心来拉他，半推半架着把他送上新民桥。包青忽然就对李仁政说，仁政，我知道你是个好人。李仁政却不高兴，喷出满口酒气骂道，好人有×用，没钱，好人也会变坏人！

从洗手间回来包青记住了李仁政的话，和大猫喝一杯就走。他主动敬了一杯，但大猫说，告辞酒必须是三杯。包青模模糊糊意识到大猫是在整他，只是不清楚大猫是因为喝多了整他，还是因为某种不满，反正他是在整他，包青想无所谓，现在谁也不怕谁，我不靠你吃饭，坚持一下就走吧。但是事与愿违，包青的身体缺乏理性和耐心，软绵绵的不听话了，地球引力对他产生了超常的作用，包青突然就从椅子上滑下来了，坐在地上。包青坐在大猫的脚边喝了最后那杯酒。包青的目光所及是大猫的黑色皮鞋和白色棉袜，大猫的袜子白得刺眼，而皮鞋上沾着的一星黄色的泥巴让包青感到不安。所谓记忆的走廊有时一步而过，昔日重来只在悄无声息之间，包青忽然听见一个熟悉的粗暴的声音，那个声音挟带着武力威胁命令他，把泥巴擦掉，擦掉，擦掉！是大猫的声音，是少年时代的大猫的声音，也是如今的一方富豪大猫的声音，快，把泥巴擦掉！包青顺从地拿起了一块餐巾，就像好多年前他被逼迫做过的那样,他向大猫的皮鞋轻轻吐了一口唾沫,说,我擦,我擦。

包青听见了别人此起彼伏的笑声,他顾不上抬头,他专注地用餐巾擦着大猫的皮鞋,看见皮鞋变得光亮如新,闪烁出一圈奢华的光晕,然后他听见啪的一声脆响,感到自己的脸上挨了大猫一巴掌,由于一方出手突然,一方缺乏防御,那一巴掌打得结实,包青歪坐在地上了,与此同时他听见大猫暴躁地吼叫起来,怎么光擦左脚,右脚呢,快点,擦右脚!

博士包青初三那天就回北京了,镇上人都知道他回乡过年从来都来去匆匆。还是姐姐姐夫去送他,在汽车站他们又遇见了李仁政。包青拿个后背对着他,光明正大地回避李仁政,但李仁政还是跑过来了,塞给他一个大纸袋,说,大猫送的酒,两瓶五粮液。包青坚决地挡开李仁政的手,说,我不喝,你带回去给他,昨天他已经让我出够洋相了。李仁政托着酒,小心地选择着说辞,说,昨天是喝多了点,大猫让你别见怪。这酒是好酒,他的心意,让你带回北京喝。包青赌气似的说,我不喝酒的,回北京也不喝,怎么跟你们说这么多遍也没用?李仁政眨巴着眼睛,是呀,你们知识分子都不怎么喝的,他看了看包青的姐夫,顺手把酒塞到了他手上,说,那干脆让老钱带回去吧,反正我不能带回去给大猫,他不骂死我。

包青很冷淡地掏出手机来,站在候车室门口给妻子打电话,不再和李仁政说话。李仁政知趣,正要告辞,包青却一把拉住了他。包青把李仁政一直拉到台阶下面,说,仁政,你是个好人,昨天我出那么大洋相,你怎么就在一边看着?你实话告诉我,我是不是替大猫擦皮鞋了?他是不是还打了我一个耳光?李仁政的眼睛闪闪发光,嘴上却说,没有没有,没有的事。包青紧张地注视着李仁政的表情,说,你别打马虎眼,我给他擦皮鞋你也不拦我一下?你就看,他借酒撒疯,打我的耳光?李仁政摆摆手说,咳,没有的事,你给大猫擦皮鞋?他敢打你的耳光?都那么大的人了,大猫不会让你擦鞋的,更不会打你的耳光,再说他现在也不敢欺负你嘛。包青下意识地摸了摸自己的脸颊,疼倒是不疼,可我当时脑子很清醒呀。他狐疑地注视着李仁政,说,看来喝醉的人都会出洋相,拉也拉不住,要不,是我记错了?是你替他擦皮鞋了?他打你的耳光了?

包青看见李仁政猛地抬起头,李仁政的表情看上去有点狡猾,也有点难以形容的自豪。我没擦,骗你我不是人养的,我从小到大就没替他擦过鞋,更没挨过他耳光!李仁政郑重地申明着,突然笑起来,在包青小腹上捅了一把,说,你不要耿耿于怀嘛,喝醉的人,不能跟他计较的,你就原谅他一次,大人不记小人过。包青不知为什么,突然用手掌蒙住了自己的脸,然后他听见李仁政感叹着说,三十年河东三十年河西,你们现在都混好啦,那么多同学朋友,只有你能跟他平起平坐,要不是喝醉了,他怎么敢打你的耳光?

他们说话的时候长途客车已经从停车场里开了出来,只听见哐当一声响，把包青一行人都吓了一跳，原来是车门自动地打开了。节日过去了，人人红光满面，汽车也要迎新年，那辆长途客车的车门大概已经修好了。

小偷

小偷在箱子里回忆往事。如此有趣的语言总是有出处的。事实上它缘于一次拆字游戏。圣诞节的夜晚，几个附庸风雅的中国人吃掉了一只半生不熟的火鸡，还喝了许多白葡萄酒和红葡萄酒。他们的肠胃没有产生什么不适的感觉。他们聊天聊到最后没什么可聊了，有人就提议做拆字游戏。所谓的拆字游戏要求参加者在不同的纸条上写下主语、状语、谓语、宾语，纸条和词组都多多益善，纸条与词组越多组合成的句子也越多，变化也越大。他们都是个中老手，懂得选择一些奇怪的词组，在这样的前提下拼凑出来的句子就有可能妙趣横生，甚至让人笑破肚皮。这些人挖空心思在一张张纸条上写字，纸条堆了一桌子。后来名叫郁勇的人抓到了这四张纸条：小偷在箱子里回忆往事。

游戏的目的达到了，欢度圣诞节的朋友们哄堂大笑。郁勇自己也笑。笑过了有人向郁勇打趣，说，郁勇你有没有可以回忆的往事？郁勇反问道，是小偷回忆的往事？朋友们都说，当然是小偷回忆往事，你有没有往事？郁勇竟然说，让我想一想。大家看着郁勇抓耳挠腮的，并没有认真，正要继续游戏的时候，郁勇叫起来，我要回忆，他说，我真的要回忆，我真的想起了一段往事。

谁也没有预料到，郁勇说了一个别人无法打断的故事。

我不是小偷，当然不是小偷。你们大概都知道，我不是本地人，我在四川出生，小时候跟着我母亲在四川长大。我母亲是个中学教师,我父亲是空军的地勤人员,很少回家。你们说像我这种家庭环境里的孩子可能当小偷吗,当然不会是小偷,可我要说的是跟小偷沾边的事情,你们别吵了,我就挑有代表性的事情说,不,我就说一件事吧,就说谭峰的事。

谭峰是我在四川小镇上的唯一一个朋友,他跟我同龄,那会儿也是八九岁。谭峰家住在我家隔壁,他父亲是个铁匠,母亲是农村户口,家里一大堆孩子,就他一个男的,其他全是女孩子,你想想他们家的人会有多么宠爱谭峰。他们确实宠爱他,但是只有我知道谭峰偷东西的事情,除了我家的东西他不敢偷,小镇上几乎所有人家都被他偷过。他大摇大摆地闯到人家家里去,问那家的孩子在不在家,就那么一会儿工夫,他就把桌上的一罐辣椒或者一本连环画塞在衣服里面了。有时候我看着他偷,我的心怦怦直跳,谭峰却从来若无其事。他做这些事情不避讳我,是因为他把我当成最忠实的朋友,我也确实给他做过掩护,有一次谭峰偷了人家一块手表,你知道那时候一块手表是很值钱的,那家人怀疑是谭峰偷的,一家几口人嚷到谭峰家门口,谭峰把着门不让他们进去。铁匠夫妻都出来了,他们不相信谭峰敢偷手表,但是因为谭峰嘴里不停地骂脏话,铁匠就不停地拧他的耳朵。谭峰嘴犟,他大叫着我的名字,要我出来为他做证,我就出去了,我说谭峰没有偷那块手表,我可以证明。我记得当时谭峰脸上那种得意的微笑和铁匠夫妇对我感激涕零的眼神,他们对围观者说,那是李老师的孩子呀,他家教好,从来不说谎的。这件事情就因为我的原因变成了悬案,过了几天丢手表的那家人又在家里发现了那只手表,他们还到谭峰家来打招呼,说是冤枉了谭峰,还给他送来一大碗汤圆,谭峰捧着那碗汤圆叫我一起吃,我们俩很得意,是我让谭峰悄悄地把手表送回去的。

我母亲看不惯谭峰和他们一家,不过那个年代的人思想都很先进,她说能和工农子弟打成一片也能受一点教育,她假如知道我和谭峰在一起干的事情准会气疯的。偷窃,我母亲喜欢用这个词,偷窃是她一生最为痛恨的品行,但她不知道我已经和这个词汇发生了非常紧密的联系。

假如不是因为那辆玩具火车,我不知道我和谭峰的同盟关系会发展到什么程度。谭峰有一个宝库,其实就是五保户老张家的猪圈。谭峰在窝藏赃物上很聪明,老张的腿脚不太灵便,他的猪圈里没有猪,谭峰就挖空了柴草堆,把他偷来的所有东西放在里面,如果有人看见他,他就说来为老张送柴草,谭峰确实也为老张送过柴草,一半给他用,一半当然是为了扩大他的宝库。

我跟你们说说那个宝库,里面的东西现在说起来是很可笑的,有许多药瓶子和针剂,说不定是妇女服用的避孕药,有搪瓷杯、苍蝇拍、铜丝、铁丝、火柴、顶针、红领巾、晾衣架、旱烟袋、铝质的调羹,都是些乱七八糟的东西。谭峰让我看他的宝库,我毫不掩饰我的鄙夷之情,然后谭峰就扒开了那堆药瓶子,捧出了那辆红色的玩具火车,他说,你看。他小心翼翼地捧着火车,同时用肘部阻挡我向火车靠近,他说,你看。他的嘴上重复着这句话，但他的肘部反对我向火车靠近，他的肘部在说，你就站那儿看，就看一眼，不准碰它。

那辆红色的铁皮小火车，有一个车头和四节车厢，车头顶端有一个烟囱，车头里还坐着一个司机。如今的孩子看见这种火车不会稀罕它，可是那个时候，在四川的一个小镇上，你能想象它对一个男孩意味着什么，是人世间最美好的东西，对吧？我记得我的手像是被磁铁所吸引的一块铁，我的手情不自禁地去抓小火车，可是每次都被谭峰推开了。

你从哪儿偷来的？我几乎大叫起来，是谁的？

卫生院成都女孩的。谭峰示意我不要高声说话，他摸了一下小火车，突然笑了起来，说，不是偷的，那女孩够蠢的，她就把小火车放在窗前嘛，她请我把它拿走，我就把它拿走了嘛。

我认识卫生院的成都女孩，那个女孩矮矮胖胖的，脑子也确实笨，你问她一加一等于几，她说一加一是十一。我突然记起来成都女孩那天站在卫生院门前哭，哭得嗓子都哑了，她父亲何医生把她扛在肩上，像是扛一只麻袋一样扛回了家，我现在可以肯定她是为了那辆小火车在哭。

我想象着谭峰从窗子里把那辆小火车偷出来的情景，心里充满了一种嫉妒，我发誓这是我第一次对谭峰的行为产生嫉妒之心。说起来奇怪，我当时只有八九岁，却能够掩饰我的嫉妒，我后来冷静地问谭峰，火车能开吗？火车要是不能开，就没什么稀罕的。

谭峰向我亮出了一把小小的钥匙，我注意到钥匙是他从裤子口袋里掏出来的，一把简单的用以拧紧发条的钥匙。谭峰露出一种甜蜜的自豪的微笑，他把火车放在地上，用钥匙拧紧了发条，然后我就看见小火车在猪圈里跑起来了，小火车只会直线运动，不会绕圈，也不会拉汽笛，但是这对于我来说已经是一个奇迹了。我不想表现得大惊小怪，我说，火车肯定能跑，火车要是不能跑还叫什么火车？

事实上我那个可怕的念头就是在一瞬间产生的，这个念头起初很模糊，当我看着谭峰用柴草把他的宝库盖好，当谭峰用一种忧虑的目光看着我，对我说，你不会告诉别人吧？我的这个念头渐渐地清晰起来，我没说话，我和谭峰一前一后离开了老张的猪圈，路上谭峰扑了一只蝴蝶，他要把蝴蝶送给我，似乎想作某种补偿。我拒绝了，我对蝴蝶不感兴趣。我觉得我脑子里的那个念头越来越沉重，它压得我喘不过气来，可是我无力把它从我脑子里赶走。

你大概能猜到我做了什么。我跑到卫生院去找到了何医生，告诉他谭峰偷了他女儿的小火车。为了不让他认出我的脸，我还戴了个大口罩，我匆匆把话说完就逃走了。回家的路上我恰好遇到了谭峰，谭峰在学校的操场上和几个孩子在踢球玩，他叫我一起玩，我说我要回家吃饭，一溜烟似的就逃走了。你知道告密者的滋味是最难受的，那天傍晚我躲在家里，竖着耳朵留心隔壁谭峰家的动静，后来何医生和女孩果然来到了谭峰家。

我听见谭峰的母亲扯着嗓子喊着谭峰的名字,谭峰父亲手里的锤子也停止了单调的吵闹声。他们找不到谭峰,谭峰的姐姐妹妹满镇叫喊着谭峰的名字,可是他们找不到谭峰。铁匠怒气冲冲地来到我家,问我谭峰去了哪里,我不说话,铁匠又问我,谭峰是不是偷了何医生家的小火车,我还是不说话,我没有勇气做证。那天谭铁匠干疤的瘦脸像一块烙铁一样滋滋地冒出烈焰怒火,我怀疑他会杀人。听着小镇上响彻谭峰家人尖厉疯狂的喊声,我后悔了,可是后悔来不及了,我母亲这时候从学校回来了,她在谭峰家门前停留了很长时间,等到她把我从蚊帐后面拉出来,我知道我把自己推到绝境中了。铁匠夫妇跟在我母亲身后,我母亲说,不准说谎,告诉我谭峰有没有拿那辆小火车?我无法来形容我母亲那种严厉的无坚不摧的眼神,我的防线一下就崩溃了,我母亲说,拿了你就点头,没拿你就摇头。我点了点头。然后我看见谭铁匠像个炮仗一样跳了起来,谭峰的母亲则一屁股坐在了我家的门槛上,她从鼻子里甩出一把鼻涕,一边哭泣一边诉说起来。我没有注意听她诉说的内容,大意反正就是谭峰跟人学坏了,给大人丢人现眼了。我母亲对谭峰母亲的含沙射影很生气,但以她的教养又使她不愿跟谭峰母亲斗嘴,所以我母亲把她的怨恨全部发泄到了我的身上,她用手里的备课本打了我一个耳光。

他们是在水里把谭峰抓住的,谭峰想越过镇外的小河逃到对岸去,但他只是会两下狗刨式,到了深水处他就胡乱扑腾起来,他不喊救命,光是在水里扑腾。铁匠赶到河边,把儿子捞上了岸,后来他就拖着湿漉漉的谭峰往家里走,镇上人跟着父子俩往谭峰家里走,谭峰像一根圆木在地上滚动,他努力地朝两边仰起脸,唾骂那些看热闹的人,看你妈个×,看你妈个×!

正如我所预料的那样,谭峰不肯坦白。他不否认他偷了那辆红色小火车,但就是不肯说出小火车的藏匿之处。我听见谭铁匠的咒骂声和谭峰的一次高过一次的尖叫,铁匠对儿子的教育总是由溺爱和毒打交织而成的。我听见铁匠突然发出一声山崩地裂的怒吼,哪只手偷的东西?左手还是右手?话音未落谭峰的母亲和姐姐妹妹一齐哭叫起来,当时的气氛令人恐怖,我知道会有什么可怕的事情发生,我不愿意错过目睹这件事情的机会,因此我趁母亲洗菜的时候一个箭步冲出了家门。

我恰好看见了铁匠残害他儿子的那可怕的一幕,他把谭峰的左手摁在一块烧得火红的烙铁上,也是在这个瞬间,我记得谭峰向我投来匆匆的一瞥,那么惊愕那么绝望的一瞥,就像第二块火红的烙铁,烫得我浑身冒出了白烟。

我说得一点也不夸张,我的心也被烫出了一个洞。我没听见谭峰响彻小镇上空的那声惨叫,我掉头就跑,似乎害怕失去了左手手指的谭峰会来追赶我。我怀着恐惧和负罪之心疯狂地跑着,不知怎么就跑到了五保户老张的猪圈里。说起来真是奇怪,在那样的情况下我仍然没有忘记那辆红色的小火车,我在柴草堆上坐了一会儿,下定决心翻开了谭峰的宝库。我趁着日落时最后的那道光线仔细搜寻着,让我惊讶的是那辆红色的小火车不见了,柴草垛已经散了架,我还是没有发现那辆红色的小火车。

谭峰并不像我想象的那么愚笨,他把小火车转移了。我断定他是在事情败露以后转移了小火车,也许当他姐姐妹妹满镇子叫喊他的时候,他把小火车藏到了更为隐秘的地方。我站在老张的猪圈里,突然意识到谭峰对我其实是有所戒备的,也许他早就想到有一天我会告密,也许他还有另一个宝库,想到这些我有一种莫名的失落和悲伤。

你能想象事情过后谭家的混乱吧,后来谭峰昏过去了,是铁匠一直在呜呜地哭,他抱着儿子一边哭着一边满街寻找镇上的拖拉机手。后来铁匠夫妇都坐上了拖拉机,把谭峰送到三十里外的地区医院去了。

我知道那几天谭峰会在极度的疼痛中度过,而我的日子其实也很难熬。一方面是由于我母亲对我的惩罚,她不准我出门,她认为谭峰的事情我有一半的责任,所以她要求我像她的学生那样,写出一份深刻的检讨。你想想我那时候才八九岁,能写出什么言之有物的检讨呢,我在一本作业本上写写画画的,不知不觉地画了好几辆小火车在纸上,画了就扔,扔了脑子里还在想那辆红色的小火车。没有任何办法,我没有办法抵御小火车对我产生的魔力,我伏在桌子上,耳朵里总是听见隐隐约约的金属声,那是小火车的轮子与地面摩擦时发出的声音。我的眼前总是出现四节车厢的十六个轮子,还有火车头上端的那个烟囱,还有那个小巧的脖子上挽了一块毛巾的司机。

　　让我违抗母亲命令的是一种灼热的欲望，我迫切地想找到那辆失踪的红色小火车。母亲把门反锁了，我从窗子里跳出去，怀着渴望在小镇的街道上走着。我没有目标，只是盲目地寻找着目标。那是八月的一天，天气很闷热，镇上的孩子们聚集在河边，他们或在水中玩水，或在岸上做着无聊的官兵捉强盗的游戏，我不想玩水，也不想做官兵做强盗，我只想着那辆红色的铁皮小火车。走出镇上唯一的麻石铺的小街，我看见了玉米地里那座废弃的砖窑。这一定是人们所说的灵感，我突然想起来谭峰曾经把老叶家的几只小鸡藏到砖窑里，砖窑会不会是他的第二个宝库呢，我这么想着无端地紧张起来，我搬开堵着砖窑门的石头，钻了进去，我看见一些新鲜的玉米秆子堆在一起，就用脚踢了一下，你猜到了？你猜到了。事情就是这么简单，不是说苍天不负有心人吗？我听见了一种清脆的回声，我的心几乎要停止跳动了，苍天不负有心人呀，就这么简单，我在砖窑里找到了成都女孩的红色小火车。

　　你们以为我会拿着小火车去卫生院找何医生？不，要是那样也就不会有以后的故事了。坦率地说我根本就没想物归原主，我当时只是发愁怎样把小火车带回家，不让任何人发现。我想出了一个办法，把汗衫脱下来，又掰了一堆玉米，我用汗衫把玉米连同小火车包在一起，做成一个包裹，提着它慌慌张张地往家里走。我从来不像镇上其他的男孩一样光着上身，主要是母亲不允许，所以我走在小街上时总觉得所有人都在朝我看，我很慌张，确实有人注意到了我的异常，我听见一个妇女对另一个妇女说，热死人的天，连李老师的孩子都光膀子啦。另一个妇女却注意到了我手中的包裹，她说，这孩子手里拿的什么东西，不会是偷的吧？我吓了一跳，幸亏我母亲在镇上享有美好的声誉，那个多嘴的妇女立刻受到了同伴的抢白，她说，你乱嚼什么舌头？李老师的孩子怎么会去偷东西？

我的运气不错，母亲不在家，所以我为小火车找到了安身之处，不只是床底下的杂物箱，还有两处作为机动和临时地点，一处是我父亲留在家里的军用棉大衣，还有一处是厨房里闲置不用的高压锅。我藏好了小火车，一直坐立不安。我发现了一个问题，就是那把拧发条的钥匙，谭峰肯定是把它藏在身边了。我得不到钥匙，就无法让小火车跑起来，对于我来说，一辆不能运动的小火车起码失去了一大半的价值。

我后来的烦恼就是来自这把钥匙。我根本没考虑过谭峰回家以后如何面对他的问题。我每天都在尝试自己制作那把钥匙，有一天我独自在家里忙乎，在磨刀石上磨一把挂锁的钥匙，门突然被谁踢开了，进来的就是谭峰。谭峰站在我的面前，气势汹汹地瞪着我，他说，你这个叛徒、内奸、特务、反革命、四类分子！我一下子乱了方寸，我把挂锁钥匙紧紧地抓在手心里，听凭谭峰用他掌握的各种词汇辱骂我，我看着他的那只被白布包得严严实实的左手，一种负罪感使我失去了还击的勇气。我保持沉默，我在想谭峰还不知道我去过砖窑,我在想他会不会猜到是我去砖窑拿走了小火车。谭峰没有动手,可能他知道自己只用一只手会吃亏,所以他光是骂,骂了一会儿他觉得没意思了,就问我,你在干什么?我还是不说话,他大概觉得自己过分了,于是他把那只左手伸过来让我参观,他说,你知道绑了多少纱布,整整一卷呢!我不说话。谭峰就自己研究手上的纱布,看了一会儿他忽然得意地笑起来,说,我把我老子骗了,我哪儿是用左手拿东西,是右手嘛。他向我提出了一个问题,喂,你说烫左手合算还是烫右手合算?这次我说话了,我说,都不合算,不烫才合算。他愣了一下,对我做了个轻蔑的动作,傻瓜,你懂个屁,右手比左手重要多了,吃饭干活都要用右手,你懂不懂?

　　谭峰回家后我们不再在一起玩了,我母亲禁止,铁匠夫妇也不准他和我玩,他们现在都把我看成一个狡猾的孩子。我不在乎他们对我的看法,我常常留心他们家的动静,是因为我急于知道他是否去过砖窑,是否会怀疑我拿了那辆红色小火车。

　　那一天终于来到了。已经开学了,我被谭峰堵在学校门口,谭峰的模样显得失魂落魄的,他用一种近乎乞求的眼神盯着我,他说,你拿没拿?我对这种场景已经有所准备,你不能想象我当时有多么的冷静和世故,我说,拿什么呀?谭峰轻轻地说,火车。我说,什么火车?你偷的那辆火车?谭峰说,不见了,我把它藏得好好的,怎么会不见了呢?我告诫自己要冷静,不能提砖窑两个字,于是我假充好人地提醒他,你不是放在老张家的猪圈里了吗？谭峰朝我翻了个白眼，随后就不再问我什么了，他开始向操场倒退着走过去，他的眼睛仍然迷惑地盯着我，我也直视着他的眼睛，随他向操场走去。你肯定不能相信我当时的表现，一个八九岁的孩子，会有如此镇定成熟的气派。这一切并非我的天性，完全是因为那辆红色的小火车。

我和谭峰就这样开始分道扬镳，我们是邻居，但后来双方碰了头就有一方会扭过脸去，这一切在我是由于一个沉重的秘密，在谭峰却是一种创伤造成的。我相信谭峰的左手包括他的内心都遭受了这种创伤，我得承认，那是我造成的。我记得很清楚，大概是在几个月以后，谭峰在门口刷牙，我听见他在叫我的名字，等我跑出去，他还在叫我的名字，但他并不朝我看一眼，他在自言自语，他说，郁勇，郁勇，我认识你。我当时一下子就闹了个大红脸，我相信他掌握了我的秘密，让我纳闷的是自从谭峰从医院回家，我一直把小火车藏在高压锅里，连我母亲都未察觉，谭峰怎么会知道？难道他也是凭借灵感得知这个秘密的吗？

说起来可笑，我把小火车弄到手以后很少有机会摆弄它，更别提那种看着火车在地上跑的快乐了，我只是在确保安全的情况下偶尔打开高压锅的盖子，看它几眼，仅仅是看几眼。你们笑什么？做贼心虚？是做贼心虚的感觉，不，比这个更痛苦更复杂，我有几次做梦梦见小火车，总是梦见小火车拉响汽笛，梦见谭峰和镇上的孩子们迎着汽笛的声音跑来，我就被吓醒了，我知道梦中的汽笛来自五里地以外的宝成铁路，但我总是被它吓出一身冷汗。你们问我为什么不把火车还给谭峰？错了，按理要还也该还给成都女孩，我曾经有过这个念头，有一天我都走到卫生院门口了，我看见那个女孩在院子里跳橡皮筋，快快活活的，她早就忘了小火车的事了。我想既然她忘了我还有什么必要做这件好事呢？我就没搭理她，我还学着谭峰的口气骂了她一句，猪脑壳。

我很坏？是的，我小时候就坏，就知道侵吞赃物了。问题其实不在这里，问题在于我想有这么一个秘密，你们替我想想，我怎么肯把它交出去？然后很快就到了寒假，就是那年寒假，我父亲从部队退役到了武汉，我们一家要从小镇迁到武汉去了。这个消息使我异常兴奋，不仅因为武汉是个大城市，也因为我有了机会彻底地摆脱关于小火车的苦恼，我天天盼望着离开小镇的日子，盼望离开谭峰离开这个小镇。

离开那天小镇下着霏霏冷雨，我们一家人在汽车站等候长途汽车。我看见一个人的脑袋在候车室的窗子外面闪了一下，又闪了一下。那是谭峰，我知道是他，但我不理他。是我母亲让我去向他道别，她说，是谭峰要跟你告别，你们以前还是好朋友，你怎么能不理他？我只好向谭峰走过去，谭峰的衣服都被雨点打湿了，他用那只残缺的手抹着头发上的水滴，他的目光躲躲闪闪的，好像想说什么，却始终不开口，我不耐烦了，我转过身要走，一只手却被拉住了，我感觉到他把什么东西塞在了我的手里，然后就飞快地跑了。

你们都猜到了，是那把钥匙，红色小火车的发条钥匙！我记得钥匙湿漉漉的，不知是他的手汗还是雨水。我感到很意外，我没想到会有这么一个结局，直到现在我对这个结局仍然感到意外。有谁知道谭峰是怎么想的吗？

朋友们中间没人愿意回答郁勇的问题，他们沉默了一会儿，有人问郁勇，你那辆小火车现在还在吗？郁勇说，早就不在了。到武汉的第三天，我父母就把它装在盒子里寄给何医生了。又有人愚蠢地说，那多可惜。郁勇笑起来，他说，是有点可惜，可你怎么不替我父母想想，他们怎么愿意窝藏一件赃物？他们怎么会让我变成一个小偷？

遇见司马先生

电影厂宿舍区里生活着许多从事电影艺术的男女，男的穿风衣的居多，米色的、黑色的，或者藏青色的，女的不管穿什么都让人侧目，因为都是千里挑一的美人儿，有的年龄大了，被归入迟暮美人一类，但仍然比你母亲美丽，比你姐姐动人。直到现在，经常还有些游手好闲的人来到枫林路这里看明星，如果运气好，一下子就看到了一对，男的女的，两张脸都是家喻户晓的！好运气又分两种，一种是绝对的好，那对银幕伴侣亲热地拥在一起，倾国倾城地向外面走；另一种情形则让人不安，你很可能看见男的在前面跑，女的在后面追，他们隔街对骂，女的口出秽言，男的暴跳如雷，双方口水战的内容涉及性、偷情、麻将、金项链、美元、股票、合同、汽车、电话费等等方面，这么不顾一切地骂了一会儿，你在一边坐立不安的样子被他们发现了，他们知道你是影迷，顾及他们在影迷心目中的形象，于是鸣金收兵，女的拿出迷你化妆盒补了妆，一招手拦下一辆出租车，走了。男的嘴里还在骂骂咧咧：神经病、三八、荡妇、婊子——这是大陆与港台辱骂女人的词汇的组合，一旁的影迷立刻回想起来这个男演员参演了不少与港台合拍的电视连续剧。

就像电影厂频频出品的家庭伦理片，电影人的婚姻生活充满了悬念和冲突。枫林路毗邻电影厂的百合花餐厅里小道消息满天飞，我听了不少。都说清官难断家务事，我也不知道那些电影人在私生活中到底出了什么问题，只是经常在百合花餐厅里看见那些来自电影厂的夫妇，愤愤地或者木然地坐在一张桌子的两侧，洽谈离婚事宜。有的像武侠片，说着说着大打出手，我曾经目睹一个女演员掌掴她的导演丈夫，左脸一下，右脸一下，外加一盆凉拌茄子，她不顾一切地要把它糊在导演丈夫的头上。我记得那个女演员因为在某部电影里扮演一个贤惠忠厚的军人妻子而出名，她在银幕上的形象与在百合花餐厅的举动判若两人，这不奇怪，谁都懂得生活和电影是两回事，让我难忘的是女演员冷静下来后对人说的那些话，电影圈？电影圈就可以乱搞男女关系？放屁！女演员满面是泪，对餐厅的熟人们说，去看看司马先生是怎么待江黛的！人家是四十年代就出名的大导演，人家是怎么做丈夫的？他们结婚五十年，司马先生天天给江黛梳头，一梳半小时，梳了五十年了！

那是我头一次听说司马先生和江黛的消息。对于所有热爱黑白电影的人，司马和江黛的名字都可谓如雷贯耳。一个是才华盖世的大导演，一个是红得发紫的女明星，我在母亲收藏的旧上海出版的电影画报上看见过这对影坛龙凤配的婚礼报道，即使是透过发黄的照片，也能真切地感受到婚礼轰动豪华的气氛。一袭白色婚纱自然掩不住摩登美人江黛令人晕眩的美艳，西装革履气度不凡的司马挽着他的新娘，站在一辆敞篷汽车里，就像太阳挽着月亮，就像月亮挽着太阳，他们将奔赴神秘灿烂的银河，却把出席婚礼的达官贵人和电影圈同行留在陆地上。而在那画报的封底广告上，一部名叫《结婚》的电影正被隆重推出，也许不只是巧合，它的导演是年轻新郎司马澜生，女主角恰好是美若仙子的新娘江黛。

  我母亲是江黛的影迷。与如今的追星族相比，我母亲的角色是不幸的，她生不逢时，一生没有机会一睹江黛之芳容，在漫长而激进的革命年代，许多事情是反动的，我母亲只是在她收藏的旧画报里偷偷地呼吸着一个旧时代女人的馥郁气息。一九七九年大哥结婚那天，我母亲梳了一个奇怪而漂亮的发髻，引起了许多女客的好奇，她们问我母亲这发髻是怎么梳出来的，我母亲先是含糊其词，当一个从前的理发师在旁边指出那叫美人髻时，我母亲立即涨红脸说，不，我不懂什么美人髻，我是向画报上学的，江黛，江黛她就梳这种发髻。几十年过去以后没有多少人知道江黛是谁了，那个老理发师却是一本老字典，他说，江黛？那是旧社会的电影明星嘛。她现在怎么样？还活着吗？我母亲茫然地看着老理发师，不知道，谁知道呢？我母亲叹着气，说，乱了这么多年，听说电影厂死了不少人，谁知道江黛怎么样了。那个老理发师说了一句话，让我母亲差点在我哥哥的婚礼上哭了出来，他说，活着是命大，死了也正常。

  现在大家也许能理解了，我为什么对电影厂的那对老夫妻如此关切，为什么在一九八八年频频出没于百合花餐厅。我母亲当时已经去世，我去百合花餐厅守候司马夫妇，只是想让他们在我母亲收藏几十年的那本电影画报上签个名，了却她生前的夙愿。

  餐厅的人告诉我，司马夫妇通常在周末的晚上相携来餐厅共进晚餐，毕竟是属于旧时代的人，年轻的一代很少有知道他们名字的，所以他们在餐厅的时光都是很安静的，不用担心像其他年轻的明星们一样被人纠缠。但是你的运气不好，餐厅老板说，最近几个星期他们都没来，听说那老太太突然中风了。我纠正他说，是江黛，她以前是家喻户晓的大明星。餐厅老板笑了笑说，我知道，她以前不得了，否则司马先生也不会像侍奉女王一样侍奉她，你不会相信的，老太太上洗手间，老头儿也得陪着去，拿着老太太的小皮包，站在女洗手间外面等呀。

关于司马夫妇如胶似漆相爱的细节我听了不少了，有的令人发噱，但我笑不出来，尤其是江黛中风的消息使我心情沉重。我打开我母亲留下的旧画报，看着内页和封底上那个容光焕发的美人儿，发黄的纸张上凝结着两个女人的气息，一个在照片中，一个在照片外，一个是我素未谋面的女演员，一个是我的母亲。我的感伤情绪在餐厅轻柔的背景音乐中愈加浓重，而窗外的街道上细细的雨丝魔术般地变成了豆大的雨点，百合花餐厅的雨棚上响起了飒飒的雨声。

那个手执黑色尼龙雨伞的老人走进餐厅时，我没有认出他来，是餐厅经理用眼神在示意我来人的身份。我反而感到局促不安起来。为了保持必要的礼貌，我不能使用贪婪的目光，只能尽量镇静地打量司马先生。必须承认司马先生的形象与我在旧画报上见到的有很大的出入，那是一个干瘪瘦小的老人，除了明亮如炬的眼睛，所有风流倜傥的痕迹不复存在，无情的岁月沧桑销蚀了司马先生的英气,却在他的脸上鼻梁两侧留下了许多赭黑色的斑点,那当然不是什么好东西,是人们通常所说的老人斑。

我决定不去打扰这个老人,很难解释我当时矛盾的心情,我悄悄地注视着司马先生独坐一隅的身影,唯恐餐厅的人多嘴,泄露了我的机密。我听见老人在点菜,几十年以后仍然不改东北口音。老人似乎心有旁骛,他不时地扭头,向这里张望,向那里张望,我以为他是听说了我的事,正要起身过去解释什么,他的明亮的目光偏偏从我脸上滑过去了,然后我听见他问,倪小姐呢?她今天不上班?服务生说,今天是星期天,倪小姐轮休。老人的反应出乎我的意料,他拍了拍额头,说,看我这记性,我忘了今天是星期天了!

当时我并不知道倪小姐与司马夫妇之间特殊的关系。我不止一次见到过那个倪小姐,她是百合花餐厅的领班,出众的容貌、职业性的微笑以及高超的周旋处事能力使倪小姐成为这家餐厅活的招牌,倪小姐受人关注在情理之中,但我的直觉告诉我,此事自有回味之处。第一眼看见倪小姐,我就觉得她像一个人,一时却想不出来是谁,那天我突然就想起来了,倪小姐像江黛,虽不及画报上的江黛那么令人惊艳,但她们妩媚的容颜酷似一棵枝头的两朵玫瑰!

倪小姐不在。我无意窥探司马先生更详细的心境,你想想,在这个阴雨绵绵的夜晚,我遇见了我母亲一生不得相见的银幕英雄,已经是一种幸运了。我在另一张餐桌上陪同老人进餐,依稀看见我母亲在九泉之下欣慰的笑容,当然我也听见母亲稍带不满的声音,江黛,江黛呢,你怎么没见到江黛?已经够幸运的了,我觉得凡事不能要得太多,在司马先生结账离开餐厅的时候,我提前等在门廊里,为他打开了雨伞。司马先生,外面路滑,小心一点。我说。我看见老人向我报以感激的微笑,小伙子,你认识我?他说,现在认识我的人不多了。我碰到了他风衣口袋里的什么东西,很硬,而且有点扎人,我的手下意识地抬了起来,司马先生注意到了我的动作,他的脸上露出一种近乎害羞的神情,我看见他从口袋里掏出了那东西,是一把梳子,不是那种便于携带的旅行木梳,是一把硕大的圆头钢丝梳。

梳子。司马先生说,小伙子,你一定会笑话我的,我要去医院,给我太太梳头去。

梳头?我脱口而出,谁梳不行,让护士给你太太梳嘛。

不,她们不会梳的。老人对我挤了挤眼睛,说,是很早以前流行的发髻,美人髻,你不懂的,她一直是这个发型,外面理发店她不去,她只相信我的手艺。

就这样我和司马先生匆匆说了两句话,来不及说我母亲这个影迷的故事,说的两句话,一句谈梳头,一句谈美人髻,我记得很清楚。

倪小姐是属于那种热情大方的女性。尤其是对于百合花餐厅里年轻的异性客人,她可以做到无话不谈。我有一次试探着与她谈起司马夫妇与她的关系,她竟然咯咯地笑起来,说,你也知道这件事了,很滑稽的。我说,什么滑稽?她说,这对老夫妻,怎么不滑稽?他们说随便吃什么都可以,他们说上这里来不是为了吃,就是为了来看我,你说滑稽不滑稽?我让他们看了好几年啦。两菜一汤,随便吃,说是看看我,我脸上又不写字,有什么可看的?我问倪小姐是否知道自己与青年时代的江黛长得十分相似,她说她知道,老头儿也这么说,老太太也这么说,你不知道老夫妻俩多奇怪,老头儿盯着我看,老太太也盯着我看,一边看着一边还咬耳朵议论我。倪小姐做了个类似赶蚊子的动作,受不了,受不了,起初我听说老先生是导演,还以为他要挑我去演电影呢,后来一打听他早不拍电影了,这么盯着我什么意思?又不能把我和老太太换回去!不瞒你说,我有点烦了,我让他们看得毛骨悚然的,如果不是看在生意面子上,我早翻脸了,我才不管他们过去的名望呢,别说是旧社会的名人,就是姜文刘晓庆,我也不买账的!

尽管对倪小姐人品作风的判断基本准确,但听她用如此不屑的口气谈论这件事,我还是感到深深的失望。这一定是一个错误,江黛与倪小姐长得如此相像,天知道是谁的错,不是四十年代的江黛错了,就是八十年代的倪小姐错了。我看着倪小姐亭亭玉立地站在餐厅一角,匀称丰满的身体裹着米色的锦缎旗袍,足蹬一双白色的高跟皮鞋,她的身影轮廓与我收藏的旧画报中的江黛何等相似,简直令人惊讶,但是当她一转身,向桌上的客人露出空洞而浮泛的笑容时，我突然觉得倪小姐的眼神以及微笑与当年的江黛是大相径庭的，两个时代的美女，除了五官的相仿，其实她们并不相像，我不知道司马夫妇为什么如此迷恋这个倪小姐。为什么？他们是当事人，而且一生都在与人的容貌表情打交道，对此应该比我更敏感，也许一切只是因为他们老了，缅怀过去黄金岁月的机会已经所剩无几？

虽然是周末，我仍然无缘见到江黛，司马先生也没来。临走的时候，我问倪小姐司马先生最近是否还来餐厅用餐。倪小姐说，怎么不来？不来就好了，他现在不定时来，前天他还来了呢，你猜老头儿对我说什么？倪小姐说到这儿卖了个关子，看我急于打听的样子，她又咯咯地笑了，老头儿滑稽死了，他要我改发型，要我梳一个圆髻，圆髻你懂吗？倪小姐鼻孔里哼了一声，他好像是这么说的，美人髻，什么美人髻？难看死了，现在都流行披肩发，谁梳那种发型？我告诉倪小姐，江黛当年风靡影坛时梳的就是美人髻，倪小姐打断我的话说，我就猜到了，又是江黛！滑稽，没见过这滑稽的人，逼着我学那老太太，现在都什么年代了，怎么不让我学林青霞，学王祖贤？倪小姐又做了个习惯性的驱赶蚊子的动作，似乎是为了验证什么，她轻柔地晃了晃她的披肩长发，让它们更自然地披散开来，然后她莞尔一笑，说，朋友帮帮忙，我情愿做王祖贤，我可不要像江黛！

一九八八年我在为一家杂志社跑广告，有一次拍广告的摄影师提出要找一个漂亮而丰满的封面女郎，跟我谈了半天他对这个女郎的想象,我拿出那本旧的电影画报,指着江黛问他,就是这样的?摄影师的眼睛立刻亮了,亮了又暗下去,说,这是哪个年代的美女?现在都成木乃伊了吧!我想起了百合花餐厅的倪小姐,说,有个翻版我认识,比不上画报上的,不过我们可以去看一看。

就这样我带着摄影师去了百合花餐厅。那是一个星期一的下午,我估计餐厅会比较清静,事实上也如此,我们推门进去的时候餐厅里空荡荡的,没有一个客人,但是从收银台那里却传来了异常嘈杂的人声,员工们几乎都围在那里,为某件事辩论着争吵着,一个尖厉的女声尤其令人侧耳,气死我了,气死我了,我要让这对疯子气死了!那是倪小姐的声音。我挤上去,在一番艰难的询问下终于弄清楚了发生在倪小姐身上的怪事。怪事的肇事者是司马夫妇,据倪小姐说当天中午司马先生匆匆赶到餐厅,称江黛老太太将不久于人世,临终想见倪小姐一面。我是发善心,谁想到他们不安好心,恶心,恶心死了!倪小姐由于情绪激动,对事件的描述常常言不及义,但我还是听明白了,司马先生把倪小姐带到江黛老太太的病床边,不是为了别的,是要强行给倪小姐梳头,多么奇怪的事情!司马先生要在妻子的病床边,给一个年轻姑娘梳头,梳的什么头?当然是那种美人髻!

老头儿恶心死了,他抓着我的头发不放手呀,老太太也恶心,眼泪汪汪的,嘴里不停地唠叨,梳一次,就梳一次,什么梳一次?我凭什么让那老头儿给我梳头!倪小姐柳眉倒竖,杏眼里的怒火依然燃得正旺,她说,我也不客气,我打了老头儿一个耳光,我把老头儿的梳子扔在地上就跑出来了。

我和那位摄影师都被这个突发事件弄傻了,摄影师不认识司马先生,他对整个事件缺乏判断,但有关倪小姐是否可以上封面的问题,他很快有了答案,这个女的不行,他悄悄向我耳语道,气质,气质有问题。我知道有些艺术家就喜欢用气质这种隐晦的标准来评价他人,平时我很反感这样的说法,但那天我同意他的意见,我说,是呀,现在看来她好像是有点问题。

我们在餐厅的门廊里差点和司马先生撞了个满怀。直到今天,我仍然难以忘记这么一个失魂落魄的老人,他的凄凉的怯懦的眼神,他的谦卑的充满负罪感的表情,他从门外跌跌撞撞地进来,对我和我的摄影师朋友视而不见。我注意到他的脚上穿着拖鞋。他慢慢地向收银台那里走,收银台前的一群人都回头望着他,那些人的眼神一定把老人吓着了,我清晰地看见老人打了个冷战,他站住了,看上去他没有勇气走到倪小姐那里去。那倪小姐怒目圆睁,像所有受害者打量罪犯一样打量着老人,她紧咬着嘴唇,一句什么致命的咒骂正援弓待发,旁边的一个小厨师先嚷起来:臭老头儿,你还有脸再来!

令人更加惊愕的场面出现了。我先是看见司马先生瘦削的肩膀在颤动,然后他用双手捂住了自己的脸,他哭了!他在呜咽!嘈杂的餐厅顿时安静下来,所有人,包括我和摄影师,都在倾听一个老人的呜咽。倪小姐一定也没想到事情的结局,她张大嘴，瞪着满面是泪的老人，这么僵持了一会儿，不知是哪个年轻人发出了一声怪笑，它使倪小姐首先恢复了镇定，她向众人撇了撇嘴，扭过身子，背对着司马先生。我想我一辈子也不会忘记发生在百合花餐厅里的这件事，年逾七旬的司马先生在餐厅员工们厌恶的目光中，一边呜咽一边向倪小姐的背影鞠躬，对不起，司马先生用一只手遮着他的泪眼，一只手护着他的腰，向那个背影深深地鞠躬，我听见了老人痛苦的忏悔的声音，他说，我们思想不健康，我们思想不健康，我代表江黛，请你原谅。倪小姐高傲的背影看上去愈加高傲，很明显她没有接受道歉，于是我看见司马先生更加诚挚地向下弯腰，我们没有别的意思，就是梳头，老人像一个孩子一样呜咽着，他说，就是梳个美人髻，我们没有恶意，你不知道我们的心，她一生最喜欢的事就是让我为她梳头，可她的头发快掉光了，快掉光了！

那是我在百合花餐厅里最后一次见到司马先生。

我在八十年代情绪浮躁，今天想干的事情到了明天很可能就忘了，就像我对那对影坛老夫妇的牵挂一样。之后我把母亲留下的那本旧画报从文件包里取出来，放在收藏母亲遗物的箱子里，那一份特殊的牵挂也随同束之高阁了。百合花餐厅我后来是去过的，没见过司马先生的踪影，听说自从梳头事件之后司马先生再也没在餐厅出现，餐厅老板说少了这对客人也无所谓，那对老夫妻在餐厅的消费本来就是小意思而已，带不来多少利润。

江黛是在一九八八年冬天去世的，告诉我消息的正是倪小姐。倪小姐描述任何事情都有她特殊的角度,她说,我前两天去电影厂试镜头了,王导演也说我像江黛。电影厂的人也不知道怎么回事,看见我像看见了鬼,一问才知道,江黛死了!王导演的嘴很讨厌的,他说我的照片和江黛追悼会上那张遗像一模一样。我说,他们都错了,你其实和江黛一点也不像。好在倪小姐不在乎我有什么潜台词,她说,唉,老太太死了,他们说老头儿给老太太梳头,老太太看见梳子上粘了一大把头发,叹了口气,他们说老太太叹了口气就死了!倪小姐的目光茫然地掠过我的脸,她说,你怎么那样看着我,好像是我把她害死的,其实我以前对他们一直很客气的,谁让他们强迫我梳那个髻子呢?

我没有再见到过司马先生,我不知道失去了江黛的司马先生会如何度过他的晚年,不是我残酷,我预感到江黛一去,司马先生的日子不会长久,这预感后来被证实了。记得是一九九三年的春天,我在晚报的小稿栏里读到了司马先生去世的新闻,也许是字数限制,寥寥数字的消息只提及死者是一个知名导演,司马先生的许多成就没有反映,最让我遗憾的是,通讯员没有提到江黛的名字,他们是那么一对传奇的影坛伉俪,通讯员偏偏漏掉了死者一生最重要的文字介绍。

有个研究老电影的朋友告诉我,司马先生去世前经常去一个幼儿园。他说他仍然随身携带那把笨重的钢丝梳,似乎随时准备给人梳头似的。这我不相信,我想老人除非是老糊涂了,否则就该告别这把屈辱的梳子。朋友又说,那个幼儿园有个年轻女教师，与四十年代的江黛长得一模一样。他还说那个年轻女孩始终不知道天天坐在幼儿园栅栏外面的老人是谁，她以为老人是哪个孩子的爷爷或者外公，曾经走出去询问过他，你是来领孙子的吧？老人摇头说，我没有孙子。我只是在外面坐一会儿。女孩善解人意，她说，老人都喜欢孩子，那你就在外面坐着吧。老人点头说，我喜欢孩子，可我一生没有过孩子，只有一把梳子。朋友告诉我司马先生最终向那个幼儿园教师亮出了那把梳子，他说，如果你是我的孙女儿就好了，我会为你梳头，我会梳美人髻。女孩觉得老人有点奇怪，她问，什么是美人髻？司马先生就笑了，你知道江黛的名字吗？他说，你如果知道江黛，就知道什么是美人髻了。

这么一说我相信了那个朋友。几年来闯荡江湖，我自认为读懂了司马先生的心，司马先生的故事并不复杂，概括一下，他的故事有三种叙述方法，一种说江黛，一种说梳子，还有一种，当然是说美人髻啦。

垂杨柳

离开寺前村的车祸现场已经很远了，司机仍然惊魂未定。

雨中的公路一片寂静。车窗外的天空是铅灰色的，雨声绵绵不绝，刮雨器软弱无力地左右摇摆着，挡风玻璃上始终流淌着一条不规则的水流。他从反光镜里看见公路像一排黑色的潮水追逐着他的卡车，而卡车像一条孤单的船在风雨中颠簸。反光镜同时映出一张疲惫而苍白的脸，额头上的汗渍依稀可见，受惊后的眼神还没有恢复平静。他有一种晕车的感觉，准确地说，更像是晕船，他感到公路上波浪滔天，在司机多年的职业生涯中，这是第一次，公路让他感到了深深的恐惧。

雨一直没有停，只是拐过一个山口后雨点明显地变小了，庄稼地里雨打玉米叶子的声音不再那么粗暴，可以听见河上湍急的流水声了。北边的天空还是暗的，但南面的天空蓝了许多，也亮了许多。公路左前方出现了几间简陋的红砖小屋，从那里隐约传来一个女流行歌手高亢的歌声，那是一首歌唱青藏高原的歌。司机知道垂杨柳到了。去年他路过垂杨柳，这里的答录机整天就在放这首歌，那就是青藏高原那就是青藏高原。今年还是这支歌。这儿不是青藏高原，司机知道他到垂杨柳了，一个专做卡车司机生意的地方。垂杨柳一共有三家路边店，一家是加油站，一家是卖烟酒食品的小杂货店，还有一家说不清是饭馆还是旅店，饭馆大红大绿地迎着公路，旅社半遮半掩地缩在饭馆后面，垂杨柳的人告诉过他，所有的店铺其实是一家，一个老板娘管的。

一个穿绿短裙的女孩打着一顶花伞站在路边拦车拉客，一只胳膊从伞下面直直地伸出来,手势妖娆,不过看上去更像交通警察放行车辆的动作。女孩交叉着双腿,她的腿一半黑一半白地裸露着,非常引人注目,司机定神一看,女孩原来穿了黑色的长筒丝袜,丝袜上居然还点缀着闪闪发亮的珍珠饰片,看上去好像一小片夜晚的星空。

大哥来呀,喝口水歇个脚再走!女孩做了个手语,做完了她掩嘴一笑。

司机当然见惯了这些手语。他没有马上做出回应,他的目光在女孩的脸上和公路之间游移不定,显得很犹豫。是他的手率先做出了停车的决定,它放下了刹车掣。司机听从了手的指挥,他紧张的身体突然一下松弛下来,压在方向盘上,他说,好吧,歇个脚再走。司机了解自己,但那个女孩竟然让他如此快速地镇静下来,司机自己也觉得奇怪,在倒车停车时他看见自己映在反光镜里的脸,脸色显然还很苍白,但眼睛却率先迸发出活力,闪烁着某种隐晦的期待的光芒,那光芒是热烈的。

女孩看上去还有几分稚气,妩媚的笑容有点讨好人,不过仍然显得羞涩。她很关心车上装载的货物,踮起脚尖往车斗里看,看见是空车,明显有点失望;是空车呀,刚刚走的那客人,人家拉了整整一车可口可乐!司机说,那又怎么样,人家也不给你喝。女孩还不懂男人搭讪的那套路数,误以为司机在奚落她,收拢雨伞甩着水,嘴里回敬司机说,给我喝我也不稀罕喝,跟咳嗽糖浆似的,难喝死了。

垂杨柳还是去年的样子，店铺门口的泥地布满了卡车轮胎的辙痕，一下雨冒出了无数大大小小的水潭。车铺的墙边堆着山一样的湿漉漉的废旧轮胎，饭馆养的几只鸡在水潭边徘徊着，也许是在找寻食物。大哥，这边走。女孩用雨伞指挥着司机向饭馆走，这边，不是那边，那边有水！

这几步路我还不会走？司机笑了笑，说，现在这会儿不用那么周到嘛。

老板娘关照的，要注意第一印象。女孩很认真地解释道，上个月我们老板娘到外面去参观取经的。

什么第一印象？我是老客人，我来过好几次，怎么没见过你？司机跳过一个水潭，突然就想起了去年那个女孩的名字，那个小雪呢，小雪在不在？

哪个小雪？女孩眼睛亮了一下，我就是小雪呀，你认识我？

我不认识你。我认识那个小雪，圆脸，短头发的，比你胖一些，比你黑一些，她还在不在这饭馆干？

这儿就我一个小雪嘛，哪来那么多小雪？女孩说，那个小雪是干什么的？

跟你一样。站在这儿拉客人嘛。

不可能！我在这儿一年多了，我就是小雪，怎么还有个小雪呢，不可能！女孩的样子好像是受到了愚弄，她回过头看一眼司机的脸，又看一看司机的鞋子，哎呀，你的鞋，脏死了，她突然叫起来，让你小心走路你不听，你看你脚上，全是泥！

司机不在乎他脚上的泥,他皱着眉头努力地回忆着什么。那就怪了,我不会记错的,那个小雪下巴这儿还有颗痣,你没有嘛。他说,要不你们这儿的女孩都叫小雪?你也叫小雪?

不可能!都叫小雪怎么行?那不乱套了?怎么管理呀?我们这儿有小梅小玲小丽,她们晚上才过来,白天就我一个人。女孩说着嗓门大起来,突然赌了个咒,说,我骗你不是人,我就叫小雪。

司机有点迷惑,他怀疑自己会不会把垂杨柳的小雪和沿途遇见的哪个女孩混了,但他一贯是相信自己的记忆力的,即使是运输公司的那些同事也承认,他最善于记两件东西:一个是记路,另一个就是这儿那儿萍水相逢的女孩的名字。

老板娘从后面饭馆里风风火火地跑出来,手里还捧着一把葵花子。她干瘦的脸上涂了很厚的粉底,嘴唇抹了口红,一笑露出了发黑的错落不齐的牙齿。大哥,你好久没来啦,她龇着眼睛打量了司机一会儿,突然伸出手指在司机肩膀那里戳了一下,你们这些跑码头的,最没良心,上次把你侍候得那么好,还是把我们给忘了。

即使这样,司机也不敢确定老板娘是否真的认识他。也许她记得,也许不记得,路边店里的那一套他见多了。司机只是含蓄地笑了笑,在桌子边坐下了。他说,还那样,来两个炒菜,来一碗雪菜肉丝面。

靠近厨房的地方有两个男人围着个纸箱子在打扑克。他们向司机这儿瞟了一眼,就又埋下头去了。司机没见过他们,他猜是老板娘养在店里的两个人,沿途所有的路边店都能见到这些闲散的男人,他们总是坐着,走动的总是女人们。柜台在门口,漆了粉红色,上面放着一台黑白电视机。自称小雪的女孩一回来就打开了电视机。电视机大概年代久远了,嗡嗡地响着,什么也没有,女孩拿起一只拖鞋,左边拍一下,右边拍一下,电视突然就跳出来了,放的是一部香港电视连续剧,一个男的,一个女的,都操一口古怪的普通话,有一搭没一搭地说话,听一会儿便明白了,他们其实是在谈感情。

司机说,烦死了,车开到哪儿都是这两个人的声音,说话不好好说,拖着调门,呀啦呀啦的,我一听这声音就烦。

小雪在柜台里说,不可能!现在外面流行这么说话的,大哥你不知道?这么好的节目你嫌烦,那你要电视机干什么?

司机说,我家里的电视机就是摆设,一年三百六十天,我一百八十天在外面,哪儿有时间看?我要看电视就看球赛,别的不看,一看就想睡觉。港台剧内容还可以,就是那配音烦人,我听见那两个人的声音就要睡觉。

小雪说,不可能,我要是瞌睡马上看电视,一看就不瞌睡了——我在看呀,最后两集了,大哥你别打岔,我都听不见啦。

老板娘从厨房里端着菜出来,向两个男人之间的纸箱踹了一脚,还在打牌,还在打,你们就不能进厨房帮着择择菜!老板娘走到司机的旁边时脸上很快变出了亲切的笑容，她对司机说，你看你看，现在搞点经营多难，员工都懒呀，我在忙，他们倒好，打扑克的打扑克，看电视的看电视！司机想说什么，却打了个哈欠，说，我就听不得那电视剧的声音，一听就犯困。老板娘眨巴着眼睛，很专注地看了看司机，大哥你脸色很差呀，她大惊小怪地喊起来，脸色不好看，是该休息一下了，开了多长时间了？看上去很累嘛。

司机摇了摇头，斜着身子坐在椅子上，对老板娘含义不明地微笑着。

大哥你没什么事吧？老板娘伸出手去摸司机的额头，不烫不烫，她说，没病就好。挣钱不容易，搭上半条命，大哥我说得对吧？我看你是累的，休息休息就好。

司机说，我不是累的，老实告诉你，是吓的。寺前村那里出了车祸。

谁出了车祸？老板娘陡然有点紧张，往后退一步，试探着问了一句，大哥你没事吧。

我出事怎么还能上你这儿来坐着？司机嘿地一笑，在桌子底下抖动着双腿，不是我，他说，你这么瞪着我干什么？不是我，是我前面运煤车的司机！

运煤车开起来最野了，司机都是疯子，存心撞人似的。老板娘顺着客人说话，对灾难本身也流露出适度的兴趣，你亲眼看见撞人的？大哥，是什么人给撞了？

是个老汉,我就看见那老汉像个炮仗炸起来,运煤车一直在我前面,那司机刚刚超了我的车呀,我看见他撞的,砰的一响,他娘的,就像放炮仗,我开车这么多年,还是头一次亲眼看见撞人,那老汉像炮仗一样炸起来了!

那赶紧救人呀,寺前村那里有卫生院的。

救什么人?那家伙撞了都没下车,他娘的,跑啦!我在后面呢,把我难住了,进也难退也难的,我一咬牙往前开,没想到那人没死,我过去的时候他腾地坐起来了,满身是血,要拉我的卡车!

老板娘惊叫了一声,说,是怪吓人的,那人没撞死?现在死没死呢?

我怎么知道,我自己都让他吓了个半死。司机开始夹菜吃,嘴里嚼着东西说,估计活不了,他是从庄稼地里上公路的,下着雨呢,雨点比黄豆还大,路况看不清,农村老汉反应慢,他们都低头赶路的嘛,他娘的,以为国家修公路是为他一个人修的!老汉还背着个箩筐,箩筐里面装着红辣椒,一撞人就像炮仗砰地蹿起来啦,辣椒也飞得满地都是的,我不骗你,人和红辣椒都飞起来了,就像放了一个大炮仗!

他们说话的声音很大,引来了柜台那边小雪的抗议,求求你们了,小声点,我一点也听不见了,方小姐在写遗书,她要去自杀啦!

老板娘向小雪那儿看了一眼,脑袋也伸过去了,很显然她的心思也在电视机上。我以为方小姐昨天那集就要死的，拖到今天才写遗书！老板娘说着对司机笑了笑，好像表示歉意，这个戏很好看的，我天天看。然后她的声音突然低下来，脸凑到司机耳边说，等会儿让小雪到后面去给你捶捶背，放松放松，你看我们小雪长得还不错吧。

司机犹豫了一下，说，她要看电视，让她看，我去后面打个盹儿就行。

光打个盹儿怎么行？老板娘亲昵地推了司机一下，你就别管了，这么累该好好放松一下，她该干什么我来安排。

司机看了看电视机前的女孩，又向窗外望了一眼，外面的雨停了一会儿，又下了。公路上看不见什么车流，雨中的公路像一条黑色的河流一样平静，闪着一点一点晶莹的光。不知道是饭馆养的一只鸡还是鸭子上了公路，悠闲地在路上散步。司机看见公路边稀稀落落种着几棵香椿和槐树，树只有半人多高，估计是去年刚刚栽下的，他突然想起来这地方叫垂杨柳，垂杨柳，为什么一棵杨柳也不见呢？

你们这儿为什么叫垂杨柳呢？司机咕哝了一句，老板娘没有听见，她已经坐到了电视机前，神情紧张地盯着荧屏，嘴里噗噗地吐出葵花子的壳。那个叫小雪的女孩现在坐到柜台上去了，除了黑色的长丝袜和丝袜上几朵金线绣的小花，司机只能看见她的侧面和背景，她的乳峰很小心地隐藏在无袖上装里，像地里的玉米藏在苞壳里，她坐着的时候将手压在双腿下面，这个动作似曾相识，让司机想起了记忆中的那个名叫小雪的女孩。也许就是他上次遇见的那个小雪？也许是他弄错了，跑长途这么多年，他认识的路边店的女孩太多了。让司机困惑的是小雪对他的态度，如果她就是那个小雪，她应该能认出他来。去年在垂杨柳，他遇见的是一个哭哭啼啼的乡村女孩，她什么也不懂，像一头屠宰场的羊羔准备为八十块钱做祭祀品，但他并没有对她做什么，她的泪水和逆来顺受的样子让他动了恻隐之心。他什么也没做，但他付了钱，还有小费。他记得那个小雪是怎么笨拙地在他脸上亲一口，表示她的感激的。她说，大哥，我一辈子也忘不了你，你是好人。他当然是好人，他没做什么，却付了钱，他为自己做的这件事感到满足。他断定垂杨柳的小雪应该记得他，但事实让司机感到双重的失落，他不能确定谁是小雪，而小雪似乎也不认识他了。

房间陈设简陋而土气，老式的木板床，洗脸盆架子，满墙贴着港台影视明星的招贴画，地上铺的塑胶地毯刚刚擦洗过，踩上去滑腻腻的。司机看见一顶大城市久违的蚊帐从天花板上悬垂到床上，觉得很亲切，去年路过垂杨柳，不记得有这样的蚊帐，也许那是因秋天的缘故。司机钻进蚊帐，四处摸摸，卧具好像是干净的，而且洒过香水。他慢慢地躺下来，叹了一口气，他知道老板娘会安排什么，他等待着什么，在等待的时候他用手指梳理着头发，与往日在路边小店度过的那些时光不同的是他心情沉重，他等待着什么,却并不清楚自己想干什么。

小雪提着一只热水瓶进来了。很明显她是被老板娘赶进来的,她不情愿,脸上的笑容便显得僵硬,大哥,你先洗一洗,她站在蚊帐外面说,是老板娘吩咐的,让你洗一洗。

司机说,洗什么,你让我洗脚吧?

小雪扭了扭身子,不说话。她的表情很明确地表明她是在勉强地为司机服务。

你让我洗什么,快说呀。司机的脑袋钻出来,瞟了一下小雪,发现对方无意呼应,便缩回去,在蚊帐里面说,不洗,我不脏,洗什么洗?

小雪说,我不管,你不讲卫生是你的事,反正我先把话说清楚了,我不是上晚班的,不做那事。

你不做哪件事?司机在里面笑了声,说,没见过你这样的女孩子,你什么也不做,待在这里干什么?把你们老板娘给我叫来!

我不叫。反正我没有得罪顾客。外面小雪的声音一下缓和下来,听上去是在为自己辩护,她把热水瓶放在床边,似乎在琢磨着什么,迟疑地说,大哥你要不愿意洗就不洗,我替你洗脚,我替你敲背,替你抓痒痒也行,不过你也要答应我一个条件,好不好?

你哪来这么多麻烦,我不过是放松一下,又不跟你谈恋爱,答应你什么条件?

十五分钟。小雪说,十五分钟好不好,完了我到隔壁房间去看电视,你别跟老板娘说。

不可能。司机弄清楚小雪的意思后忍不住笑起来,他模仿着女孩的口气说,不可能,十五分钟怎么够我放松的;那我付半价怎么样?

大哥你行行好嘛,今天是最后两集,播十分钟广告就又开始了,最后一集我一定得看呀,你答应我,你答应了?

不可能!司机捏着嗓子,你把我当动物对待?啊?他突然想起什么,说,那你干脆做十分钟好了,为什么要十五分钟?

开头五分钟是唱主题歌呀,小雪意识到司机此话是一种通融的表示,高兴起来,说,大哥,你是好人,我就知道你是好人。我一辈子记得你的好!

去年这么说,今年还这么说。司机在蚊帐里冷笑了一声,你们这种女孩,能记得什么?就记得钱了。

什么意思?大哥你怎么说翻脸就翻脸了呢?小雪愣了一下,有点手足无措起来,她掀蚊帐的手退缩了,怎么说起这种话来?我们哪种女孩?你知道我是哪种女孩?她歪过头看着墙上的招贴画,嘀咕道,你要是瞧不起我我也不会求着侍候你,你告诉老板娘我也不怕。什么东西!

你敢骂人?

我没骂人,什么时候骂人了?

你骂我什么东西。

那不算骂人，骂客人要扣工资的，大哥你可别诬赖我。

你到底多大？怎么一点也不懂事？不懂事就出来挣大钱了？司机瞪着女孩，口气有点严厉也有点戏谑，他说，你到底是不是小雪，你真不记得我了？去年我路过这里，你哭哭啼啼，好像个林黛玉，我碰都没碰你一下，钱照付，你也口口声声说记得我一辈子，他娘的，才一年不到，你就一点都不记得我了？我姓林，我是你林大哥！

小雪转过脑袋，司机的自我介绍引起了她的注意，她的手把蚊帐掀开了一条缝，也许想仔细看看司机的脸，却又不好意思，于是腾地坐到了床沿上。看样子她是在努力回忆什么，她坐在床沿上，两只手垫着自己的身体，晃来晃去的，身体似乎也在帮忙回忆，但结果还是摇头，她说，不可能，你做那么好的善事，我怎么一点也不记得？你一定在耍我，你们司机都喜欢耍人。刘大哥，我不认识你的。

什么刘大哥，你是文盲啊，我姓林，双木林，林大哥！

林大哥，好了，别闹了，你这次答应我，下次我一定会记住你的。

你不记得我就算了。他娘的，我也没指望你记住我！司机在里面不耐烦地坐起来，又躺下，突然笑了一声，说，来吧，你不是急着看你的电视吗，要看最后那集动作就快一点。我情绪不好，也累了，没准都不用十分钟！

然后司机看见小雪的一条腿先进来了，另一条腿犹疑着，终于也进来了,司机不看她的脸,他不知道自己为什么不想看她的脸。他叹了口气,低声骂了句粗话,抬眼看蚊帐外的天花板。蚊帐顶部是用细白布做的,略略有点泛黄,透过白布,司机依稀看见几串红辣椒在房间横梁上,司机问,上面挂的是什么?是辣椒吗?

小雪说,是辣椒。厨房用的辣椒,没地方挂,只好挂那儿了。

司机浑身一颤,他几乎是下意识地向蚊帐外面看了一眼。外面好像有人,司机依稀看见蚊帐外面有个老人坐在地上,满脸是血,手里捧着一把红辣椒。司机的手也颤嗦起来,最终停顿在半空之中,他翻了个身,原来在身体内部膨胀的欲望潮水般地退去,一种朦胧的恐惧感袭上心头,他突然甩掉了小雪的手,一脚把女孩蹬了下去。别瞎捏了,司机大喊一声,去看你的电视吧。

小雪这次受到了真正的惊吓,她对司机突发的暴力没有准备,同时也不知道如何应对,她光着脚站在外面,先是发愣,然后她把地上绿色的凉鞋捡起来提在手上。怎么回事,你这人有病!女孩终于哭起来,提着鞋子向外面跑,你们这些人都有病,臭流氓,不要脸,我才不侍候你们这些坏东西!

司机听见女孩的脚步急促地远去,她的哭声听上去是刚刚受了天大的委屈。司机自己也觉得莫名的委屈。一件寻常的事情突然变得如此复杂,他自己也没有预料,他不知道自己在垂杨柳做了什么,甚至不知道到垂杨柳来是为了什么。很快他听见了老板娘的嚷嚷和几个人慌张的脚步声,司机爬起来,敏捷地把门锁上了。

老板娘在外面敲门的时候,司机听见那两个打扑克的男人也在低声商量着什么。司机在里面说,别敲了,什么事也没有,你们看你们的电视,我睡我的觉,睡一会儿再赶路,该付多少钱,你说了算。

大哥你到底怎么啦?你不说我不好处理嘛。老板娘说,小雪那孩子不懂事,也不听话,她干不了这一行,我已经让人捎话给她家里,让他们家来人把她接走。有得罪的地方你担待着点,晚上等小红她们来了就好了,你还要什么服务我们会尽量提供的。

什么服务都不要,我就想睡一会儿。司机隔着门也闻见了老板娘身上浓烈的香水味,突然之间他对香水也厌恶起来,司机用手捏着鼻子,走到房间唯一的窗户前。拉开窗帘,外面是一大片玉米田,雨后的玉米田,半绿半黄,玉米叶子上仍然盛满晶莹的雨水。偌大的田野和远处的丘陵好像被雨水泡出了一股淡淡的酒味。司机看见有个白影子在窗外晃了晃,蓦然一惊,脑袋探出窗外,却看见两头白山羊,皮毛都被淋湿了,依偎在一起。两头羊在他的窗下大概已经停留很久了。司机伸手去摸羊,摸到了一头白山羊的背,羊背上的毛很柔软很湿润,但是这美好的触觉瞬间即逝,受惊的两头羊马上就离开了窗下。

司机确实很想睡一下,哪怕十分钟,他感到很累,他感到自己快要崩溃了。在钻回蚊帐之前司机走到脸盆架那里,用热水好好地洗了洗手。他发现自己的手很脏，指缝里有柴油和灰尘混合的油垢，洗好手他习惯性地去掏袋里的纸巾，纸巾已经用完了，他只掏出一个空瘪的塑胶包装袋，他感到一个什么东西被纸巾袋带出来了，软软地落在地上。最令他恐惧的事情也是最后时刻发生的，司机看见一颗红辣椒从他口袋里飞出来，那颗红辣椒躺在旅店的人造革地毯上，闪烁着暗红色的冷峻的光芒。

　　夜里的垂杨柳是另一个世界。小巧玲珑的经济也呈现出繁荣昌盛的景象。白天的雨势一直延宕到夜晚，雨一会儿走了，一会儿又来了，垂杨柳的灯火在夜雨中显得格外明亮。也许是天气不好的原因，也许是路上的交通事故拖延了司机们的行程，这天夜里垂杨柳很热闹，一共有十七个卡车司机在此停车过夜。饭馆的几张桌子全坐满了，后面旅馆的房间都提前亮起了灯，老板娘容光焕发，带着一群穿短裙的女孩子穿梭在她的事业里。

　　十七个司机中有一个姓李的小伙子，是开油罐车的，他认识小雪，坐下来便一直东张西望的，他在那群花枝招展的女孩中间寻找小雪，却看不见她。小伙子向老板娘打听小雪的行踪，打听好几次，忙乱中的老板娘都让他等一会儿，他就等，也不喝酒，也不和别的司机说话，等了好一会儿老板娘终于来了，带来的却是一个令人意外的消息。

　　老板娘说，你来得真不巧，小雪家里出事了，白天刚刚出的事，小雪的父亲来接她走，在公路上被一辆卡车撞啦！

是寺前村那里的车祸？小伙子愣了一会儿，忽然想起什么，说，现场还封着呢，听说那个司机跑了。

怎么不是？小雪的晚饭吃到一半警察就来了。老板娘指着柜台上的一只塑胶碗，说，看见没有，小雪的晚饭还扔在那儿呢。

姓李的司机一时有点茫然，张大了嘴不知说什么好。老板娘便在他肩膀上拍了一下，咻咻地笑着说，看你那傻相，又不是你撞的人，你紧张什么？姓李的司机顺口问了一声，谁撞的人？老板娘眨巴着眼睛，似乎想对他说什么悄悄话，最后却又打消了念头。我怎么知道呢？我要知道就把那混账司机扣住了！她的手在空中含糊地挥了挥，再次拍在司机的肩膀上。你就别惦记小雪啦，小雪又笨又不开化的，有什么好？老板娘说着凑到姓李的司机耳边，压低声音说，待会儿让小玲为你服务，她是我们这儿的服务标兵，人长得漂亮，还有大专文凭，包你满意！

小舅理生

一直想告诉大家我小舅理生的故事,却不知从何说起。考虑再三,我还是决定从铁路桥下面的那间公厕说起。为了艺术,顾不得他的面子了,反正我小舅也从来不读我的小说。

香椿树街的居民一定都记得铁路桥的公厕,否则只能说他是忘本了。在过去幸福而艰苦的年代里,粗茶淡饭加快了男女老少消化系统的运转,那间公厕帮了大家多少忙啊!我记得男厕所一侧的基本概貌,八个蹲坑,分成两排整齐匀称地排列着,其中面向铁路的四个蹲坑用现在的话来说有点贵宾席的意思,如果有人和某个德高望重或者有权有势的人一齐进了厕所,而那四个蹲坑只剩下最后一个了,他多半会把它谦让给对方,为什么?一说大家就明白了,蹲在那边可以看火车。一边蹲着,一边可以看到镂空墙外盛开的向日葵和铁路上的风景,这么如厕,视觉与生理便得到了双重享受。

毫不夸张地说,公厕在它的全盛时期甚至带有一点社交场所的功能。我记得穿深蓝色呢子中山装的于德奎上厕所的时候也是官僚主义作风,绷着脸抽着烟读报纸,对人爱理不理的,可是大家都赔了笑脸跟他说话,求他帮这个忙帮那个忙的。油条铺里的老冯酷爱象棋,又珍惜时间,我有好几次看见他铺开一张报纸,蹲在那里,和相邻的人下棋。听说也有利用厕所做其他事的,理发店的老花花公子陈某经常在中午公厕相对清闲之时进去,他和某个作风不正派的有夫之妇隔墙传情,在这里商定下次幽会的时间和地点。

而我外婆对于那间公厕的感情是最特殊的，街上好多上了年纪的人都知道，她是在那间公厕里生了我小舅理生。那是很多年前一个夏天的早晨，我外婆当时分娩的征兆非常明显，可她仗着自己丰富的生育经验，不听女邻居好心的劝告，走路已经比企鹅还要笨拙了，偏要去赶什么菜市场的早市，结果走到铁路桥下面，正好一列火车从桥上轰隆隆地驶过去，也不知是让火车吓的，还是急着要看火车，我小舅闹着要出来。外婆知道这事情不可阻挡，她弯着腰考察了一下周围的地形，头上是铁路桥，脚下是麻石铺的街道，东面西面是有人家的，但都是别人的家。没有一个地方适合这次分娩，只有几步之遥的公共厕所热情地呼唤着我外婆，也是别无选择了，我外婆最后只好选择了公厕。

他们说小舅出世的时候正是公厕一天中第一个高峰期，男厕方面的人听见墙那边响起一阵女人们慌乱而喜悦的声音，小脑袋出来了！小屁股出来了！看，有小鸡鸡的！有个女声对着男厕这边大声嚷嚷，那边有没有人带剪刀？这边的于德奎应声回答，旅行剪刀行不行？那边说，行，快拿来，能剪脐带就行！于德奎这种时候也不好耍官僚作风，跳起来，从钥匙扣上解下旅行剪刀，提着裤子就跑了过去。

幸亏于德奎那把旅行剪刀，也幸亏公厕人多，又都是热心人，我小舅就这么着在众人七手八脚的相帮下出世了。

小舅理生从小就给大家添麻烦，对于我外婆一家来说，理生的健康始终是个令人揪心的悬念。小病大病他都有，那些毛病现在看来有的是病理性的，比如遗尿、梦游、多动症，比如哮喘和哮喘引发的急性休克。有的却是恶习，他的手总是处于运动之中。当他被人们抱在怀里的时候，理生拍打所有悬荡在空中的东西，电灯、腌菜、别人晾晒在架子上的衣服，包括别人怀抱里的孩子，他拧他们的脸。大多数小孩子看见理生的手抬起来，先就拉警报似的尖叫起来，偶尔有勇敢的对手，你拧他他也抓你，理生被抓疼了便哭，一下子露出了纸老虎的面目。我外婆为儿子讨厌的手操碎了心。她养育理生的过程很大程度上是看管一只手的过程。幸亏我小舅不是白痴，他大些了，就不再用手去侵犯别的物体和别的孩子了。他的手仍然不能闲着，就抠自己的鼻子。他抠鼻子的习惯保持得最为悠久。不管有没有鼻涕，他总是把手指放在鼻孔里，狠狠地抠，抠出血来他哭着跑回家，很委屈的样子，好像是谁把他的鼻子打出血来的。我母亲我大姨二姨大舅二舅以前接受过相似的任务。看着理生的手，我外婆命令他们，别让他抠鼻子，再抠出血来拿你们是问！

我小舅不是白痴，尽管是降生在公厕里的孩子，也照样幸福地成长。到了不该抠鼻子的年龄他就不抠了。我母亲和大姨他们对理生有偏见，他们说不是他改好了，是他的手长得太大，手指太粗，塞不进去才不抠的。我小舅的手确实很大，这要归功于他长年不懈的手部运动。他喜欢炫耀自己的大手，他把他的手掌竖起来挡着小孩子们的脸，重复地卖弄他的一丁点幽默感，你的脸呢？你没有脸了。你不要脸。

其实他自己才不要脸。他的手掌上有一股难闻的淡淡的腥味，不是偷吃了鱼的腥味，等我自己到了那样的年龄，才猛然醒悟到那是什么气味。我小姨也骂理生不要脸，有一次理生躲在房间里做他的好事时，忘了把锁孔堵起来，结果我小姨看见了理生偷偷干的勾当。这种丑事她想检举也说不出口，偏偏理生那天哮喘病犯了。我外婆回来盘问这个盘问那个的，怀疑是别人把他弄病的，我小姨仗义执言，在一边突然冒出一句，他玩自己的小便，我看见的！我小姨大胆的揭发遭到了外婆的训斥，女孩子家，胡说些什么！但我外婆包庇理生也是有限度的，过了一会儿她走到儿子的床边，抓起一把量布的尺子，啪，啪，啪，在理生的手上狠狠地打了三下。

我外婆说，你这只手该死，还是闲不住，什么都摸！我恨不得把你这只手剁了，剁下来喂狗！

这都是我小舅理生成年以前不光彩的历史，主要与他的手有关。理生自己也害怕自己的手，他下了决心把自己的手看管起来，一个最简单的方法是随时随地把手插在裤兜里。所以我小舅后来就成了香椿树街上仪态最为特别的一个人，他总是把手插在裤兜里，即使是夏天，他也穿着有两个口袋的西装短裤，不怕热，他坚持把自己的手插在口袋里。所谓世上无难事，只怕有心人，后来理生的手再也没给大家惹什么麻烦。

这是好事，更大的好事是理生的哮喘病在关键时刻帮了自己的忙。理生中学毕业那年，他的同学狗毛、老鼠、红旗他们都下了乡，理生天天把手插在口袋里去汽车站送人，汽车走了他也郁郁寡欢地往家走，别人知道理生按政策应该下乡去，问他为什么不走，我小舅就不知好歹地嚷嚷起来，谁不想走？我为什么走不成，你去问他们！

"他们"指的是我外婆外公大舅大姨他们，也应该包括有权有势的于德奎。香椿树街上的消息灵通人士知道我外婆在理生下乡的事情上花了多大的心血，她左手举着一把黑阳伞，右手挎一只公文包在七月炎热的街道上奔走，乍看像一个公事繁忙的妇女干部。我外婆的公文包里装着两包牡丹牌香烟、理生的一堆病历，还有于德奎写给各部门熟人的条子。她在许多办公室里向许多陌生人敬烟，向他们反映我小舅理生的特殊情况，劳动锻炼是好事，可我们家理生干不了农活，让他搬一块压腌菜的石头他都喘半天啊，喘了就休克，好几次差点就见了阎王爷！我外婆抹着眼泪说，不是我们不听毛主席的话，人命关天，特殊情况特殊分析，就是毛主席知道我们家的情况，他老人家也不会让我儿子下去的。

我小舅理生后来很幸运地留了城，所谓幸运是我们的看法，理生自己一直是视其为不幸的。他天生是那种把别人好心当成驴肝肺的人，我外婆对他的宠爱在他看来是惩罚，他怀着一肚子怨恨进了街道办的纸扇厂，由于同事多为女人和老人，他每天下班回来的样子好像刚刚从地狱归来，他看见我外婆慈爱的目光就肝火中升,好像看见了一只惹人憎厌的苍蝇。据我母亲回忆,有一次我外婆不肯给他钱买一件时髦的衬衫,他竟然张嘴骂我外婆是个老不死的吝啬鬼,要把钱带到棺材里去。我外婆气得站在水池边发抖,我大舅二舅和小姨他们当时正好在家,大舅说,反了天啦!二舅冲着我外婆嚷道,这就是你宠他宠出来的下场!小姨平时有点怕理生,这会儿也不怕了,去灶上拿了把锅刷递给我大舅,说,大哥二哥,你们快去把他的嘴刷刷,好好刷刷!

我大舅二舅他们按捺不住对理生多年来的不满(或许也有一点嫉妒),他们扑上去把理生按在一张椅子上,拳脚相加,原本是准备好好地收拾他一通的,怪我外婆不答应,她尖叫着打不得,打不得,人就像一面盾牌一样插在三个儿子之间,他有病,打不得。我外婆一着急说话便丧失了立场,她哭着把儿子们一起骂了,你们这些不肖子,我还没死你们就打起来了,要打先把我打死算了!然后她把理生从椅子上拉起来,向门那儿推了一把,没脑子的东西,你还不快跑!

据我大舅的说法,理生那天是跑到铁路桥下的公厕里去了。我外婆担心他犯哮喘,逼着大舅去找他,结果我大舅看见理生蹲在厕所里,和浴室里烧锅炉的小纪相对甚欢,一只手不时地伸出去比画着,嘴里嚷嚷着什么七匹马呀八匹马的,屁事也没有,他在向小纪学习划拳令呢。我大舅冲进去在他屁股上踹了一脚就走了,回家抱怨说,他屁事也没有,我倒是快让他弄出哮喘病来啦!

说我小舅的故事，还是要回到令人不快的公厕。有一年我们这个城市的爱国卫生运动搞得热火朝天，在有关方面的部署下，所有有碍观瞻或者管理不善的公共厕所有的被填没，有的被迁移，香椿树街临近铁路桥的公厕本来是要被消灭的，但考虑到这个街区的居民普遍没有现代化的卫生设备，男女老少又养成了蹲着解手的习惯，所以就移址再造了，向西移动了五十米，移到白铁铺子和老冯家之间一小片空地上。老冯一家为此事闹过一阵，说厕所大家用的，凭什么让他们一家天天闻那臭味。别人说，你光说那臭味不好，怎么不说你们家用厕所的好处，下雨天别人还要打伞上厕所，你们家的人蹦两下就蹦进去了，再说了，你老冯是最爱蹲厕所的，得了便宜别卖乖！大家心里都清楚，老冯闹也白闹，个人利益最后都是要服从集体利益的，不过好多人对新公厕的选址也是有看法的，倒不是为了老冯家打抱不平，主要是蹲在新公厕里什么也看不见，看不见来来往往的火车，看不见路坡上的向日葵和野蔷薇花，除了老冯家晾出来的破棉胎、内裤、棉毛衫什么的，其他便没什么可看的了。

市政工人来拆除老公厕的时候，我小舅理生恰好在里面，一列火车恰好隆隆地从理生的视线里驶过去。那几个工人也毛糙，不看看里面有没有人，挥起大铁锤就砸墙，理生开始以为是火车的震动声，可是一块碎砖飞到了他的屁股上，理生就叫起来了，你们瞎了眼了，没看见里面有人！外面的人表示了他们的歉意，同时催促理生动作快一点，理生很生气，他说，你们没上过厕所的？没拉完，怎么个快法？

好像是为了安慰一个弥留之际的灵魂，我小舅理生尽量地延长他享受这间公厕的最后的时光，外面的工人等得有点着急，他们说，你快一点，我们今天要填三间厕所呢！理生说，急什么？你们还有理？你们把我的屁股弄伤了，我还没有找你们论理呢。外面的工人等得不耐烦，就用工具到处砰砰地敲，理生在里面说，你们越这么敲我就越不出来。哼，试试看。工人们知道碰上了个犟人，没有办法，他们隔着个墙洞，给理生敬了一支烟。

我小舅叼着香烟磨磨蹭蹭地从里面出来，站在一边，抖着腿，看那几个工人填厕所。有个工人跟他开玩笑，我看你对这间厕所很有感情嘛。你这个人，对什么有感情不好，偏偏对厕所有感情。我小舅瞪了他一眼，说，我对你妈也有感情，对你妹妹也有感情。结果两个人差点扭打起来，让别人拉开了。理生白着脸爬到路坡上，坐在一堆枕木上，仍然气呼呼地看着那几个工人。工人中间有一个与我们街上修自行车的春耕是朋友，他后来问春耕说，你们街上有一个傻叉是谁，我们去填厕所，他跟我们作对，我们填厕所填了一个钟头，他在一边看了一个钟头！春耕一听就笑起来说，是理生嘛，只有理生那傻叉才会做这么没名堂的事，那间厕所——嘿嘿，我骗你是狗，他妈把他生在那间厕所里，脑子里天生有屎的。

现在大家知道春耕他们对我小舅的鄙视和偏见源自何处了，在某种意义上它有合理的一面，春耕他们不是出生在医院里就是出生在家里，出生得不巧的生在火车轮船上，最不济的也生在路上，比如在肉铺卖肉的路生，唯独我小舅，他生在公厕里，这是我小舅一生无从摆脱的笑柄。从小到大一直有人拿这件事耻笑他，这些人从来不肯公正地想想，难道是他自己愿意在公厕里降生的吗？在这件事情上我小舅知道自己是无辜的，他把怨恨发泄到我外婆身上。你为什么非要跑到厕所里去？在铁路桥桥洞里一样生，在路上也一样生，我小舅对我外婆怒吼着，并非迁怒于她创造他的生命，而是不能原谅她选择的那个分娩地点。我外婆知道儿子的心情，她尽量从女性的生理特点上为自己开脱，可我小舅突然用一句令人震惊的脏话辱骂了我外婆，他竟然说，你就不能夹紧一点，再走一百多米就到绍兴奶奶家啦！

这次把我外婆气哭了，我大舅二舅他们回家后，小姨向他们告了状，他们联手教训这个不肖子，一直追他追到街上，他们把他按在王德基的三轮货车上，我大舅掰开理生的嘴，二舅负责用瓶刷刷他的嘴，好多邻居围着他们，一边看一边劝架，我大姨我母亲她们则推搡那些看热闹的，同时提醒大舅二舅，刷几下就可以了，可以了。我外婆没有出来，她也不该出来，用我大舅他们的话说，都是让她自己惯出来的，现在理生发展到这种地步，她也没脸出来阻拦了。

对于我小舅来说，极端的惩训是有一定的帮助意义的，那次当众刷嘴以后他再也没犯过什么大逆不道的错误，不管这是巧合还是理生自己的成长，还是用我大舅二舅的话来总结比较好一点,他们说,他们那次不仅把他的嘴刷干净了,也把他的脑子刷干净了。反正自此以后理生就孝顺了许多,我大舅他们再也没打过他。当然话说回来,那年理生已经二十五岁,也不应该挨打了。

我说过我小舅其实不是个笨人,他与许多人一样,也是个具有开拓精神的人。大约是在八十年代中期,香椿树街好多人家都把临街的一面墙砸了开店,开发廊、饭馆,卖烟酒杂品、自制卤菜、塑料玩具、报纸杂志。我小舅最好的朋友东风还别出心裁地开了一个"拖鞋世界",专门卖各种各样的拖鞋,冬天的棉拖鞋,夏天的橡胶拖鞋塑料拖鞋,标签都是用专业用语:女拖、男拖、老人拖、少女拖、幼儿拖,甚至还有一种鸳鸯拖,上面都是喜字,专供新婚夫妇用,标价也高,一卖就是两双。由于是特色产品只此一家,有人从大老远的地方赶来买东风的鸳鸯拖,东风很得意,我曾经看见他挥着一双鸳鸯拖对我小舅说,看见了吗,兄弟我就靠拖鞋打天下!我给香椿树街长了脸啦,如果不是我的拖鞋,谁跑到我们这鬼地方来?

我外婆家不临街,小舅他鬼魂附身似的要开店创业,出发点是好的,我外婆一家没办法,只好发动起来帮他找店面,我们街上最有权势的人物于德奎当时还没退休,在区里负责"三产",结果自然是找他打交道。于德奎最烦我外婆,操着山东腔骂人,他奶奶的,像前世欠了你家理生的债,等我哪天见了马克思,你让理生披麻戴孝来,好好给老子磕几个响头!我外婆自然一口应允,说,老于同志,你要不嫌我家理生不成器,让他给你当干儿子吧。于德奎自然不要我小舅这种人做干儿子,挥着手说,不不,我们不搞这一套。厌烦归厌烦,还是帮了忙,于德奎帮忙弄到了香椿树街最后一块可以开店的空地,说起来好像是命运的刻意安排,就在铁路桥那里,也就是在那间公厕的遗址上。

公厕的遗址几乎做了老杨家的小菜园,老杨也怪,是个工人,却喜欢做农民的事,看见空地就想着种点什么,省钱,还改善生活。他在那里栽了一些香葱、一些青蒜、一些鸡毛菜,还有几棵向日葵,不知道是为了观赏还是食用,大概是土肥的原因,所有东西长势都很好,我小舅去清理菜地时顾不上和老杨打招呼,他把人家的葱蒜扔得满地都是,老杨就抓着一根扁担赶过来了。我说过那会儿我小舅已经学好了,加上创业心切,他郑重地告诉老杨,他不跟他打架(打架你也不是对手),这地方已经属于他了,区里批准他在这里开店。老杨在气头上,不分青红皂白,挥舞着扁担往理生身上扑,这是哪家的王法,你以为你妈把你生在厕所里,这地方就是你的了?老杨一着急就揭我小舅的疮疤,厕所是你的地盘?你出息大了,开店做老板?怎么不去街上找个好地方,找到这地方来了,在这儿开店卖什么?卖粪,卖尿?一般来说,没有人能够承受老杨这种粗俗恶意的侮辱,但我小舅挺住了,他抢过对方的扁担把它扔在地上,他的脸色因为强压怒火变得像一块紫红色的猪肝,那一瞬间,我小舅一定是彻底放下了他心头多年来积压的沉重的包袱,管它以前是厕所还是什么,反正现在这地方归我了。他转过脸看看铁路,一列货车刚刚开过去,可以看见几辆用油布蒙着的轿车威武地站在货车板上,反正这地方归我了,我小舅说,你不信到街道去问,这地方是你的还是我的。他收回目光,看着路坡上撒落的老杨的香葱和大蒜,说,你他妈的管我卖什么呢,我发展得好了就在这儿卖汽车卖飞机,发展得不好就卖香葱大蒜,关你屁事。

我小舅理生的手其实很巧,后来竖立在铁路桥一侧的那间简易房几乎是他自力更生搭建起来的。他的手闲不住,他的"理生商店"一开始是平顶,后来他受到了西方建筑的启发,用泡沫材料在房顶上修了一个尖顶,加上简易房墙上的红色油漆,从铁路上俯瞰下去,别人还以为我们香椿树街居民改信了耶稣新盖了一座小教堂呢。可惜的是由于这年冬天刮大风,那个尖顶材料不过关,被风吹得东一块西一块的。"理生商店"失去了一个国际化的标志,只好与街上其他寒酸平庸的店铺打成一片了。

我小舅理生的经商生涯几经沉浮,他有白手起家的雄心,商业头脑则稍微差一点。这也不能怪他,不是每个人都能做李嘉诚的。最初我小舅将眼光盯着家家户户的自行车,也不错,至少考虑到了市场。他的商店曾经是我们香椿树街唯一的自行车零件商店,其经营理念是与街上的四个修车铺一体化经营,轮胎、钢圈、车锁,坏了都上他这儿买,虽然没有合同,但理生与四个修车的人都是有口头约定和利润回扣率的,好似大集团之间的利益同盟关系。可是不知道是他的商业伙伴背叛了他,偷偷干了什么勾当,还是我们街上的人太爱惜自己的自行车,不需要置换自行车零件,反正我记得我小舅的商店很快就转向经营了。赚不到钱!我记得他后来卖过弹簧、海绵、地板蜡、油漆,还卖过菜油、布料。奇怪,别人开个店铺好坏都能糊口,我小舅不行,卖什么都没有顾客捧场,赚不到钱!小舅心一慌,经营方向便越来越乱,最后他主营拖把、扫帚业务,捎带着卖一些碗勺和陶瓷杯子,还是惨淡经营,赚不到什么钱!一次偶然的机会,东风捎带着两个朋友路过铁路桥,本来挥个手寒暄几句就过去了,可是东风看见我小舅愁眉苦脸地苦守着一堆拖把扫帚,忽然动了恻隐之心,对他的朋友说,来,干脆就在倒霉鬼这里玩,让他倒茶点烟,谁赢谁丢点钱给他。

怪东风的好心坑了我小舅,也怪我小舅穷疯了,又是法盲,或许什么都怪不着,怪他脑子里又长出了屎,小舅他居然就做起了这种抽头聚赌的事情。那一阵子他的商店天天关着门,里面却热热闹闹的,这种反常情况怎能逃过群众的眼睛?老杨后来就愤怒地跑到派出所去检举了,他是个敢怒敢言的人,对派出所的人说,你们干的好事,不准我在那里种菜,倒让理生在那里开赌场,他奶的,这香椿树街还是共产党的天下吗?

理生出事那天商店当即被贴了封条。我外婆闻讯赶到那里时人都被带走了。有人趁火打劫,趴在窗上用竹竿去钩里面的扫帚拖把,我外婆又气又急,一边撵人一边在商店四周巡逻,保卫儿子的货物要紧,一时也就顾不上自己的心情了。夜里外婆就病倒了,我外婆在持续的高烧中回忆理生令人伤心的成长经历,满腹辛酸最后又化为自怨自艾,是我不好,为什么非要跑到厕所里去?她说,是我不好呀,掉在厕所里的孩子长大以后能有出息吗?谴责了自己,我外婆又去怪人家于德奎,她拍打着床铺说,于德奎也不好呀,他偏偏身上带着那把剪刀,没有剪刀倒也好了,让脐带要了他的狗命,不,不,干脆把我们母子俩的命一起要了,省了大家的心。

我记得小舅理生从拘留所回来的时候外婆仍然卧床不起。大舅他们让小舅跪在外婆床边,小舅不跪,他弯着腰,大概是准备敷衍过去,大舅推了他一把,他应声跪下一条腿,就像清朝的官员给慈禧太后下跪,我二舅又推一下,他这才完整地跪下了。我看见他的一只手黑乎乎的,好像几天没洗过似的,那只脏手在床单上爬了一会儿,犹豫了一会儿,忽然抓住了外婆的手。

里面日子不好过。小舅说,天天吃肥肉,吃蔬菜,人侧着身子才能睡,一夜也没睡好。

我外婆没说话,她把一双粗糙而苍白的手放在小舅手里,看不出来是谁握着谁的手。

我会学好的。小舅说,赚不到钱就赚不到钱。我再也不惹事了,里面日子不好过。

你学好太阳就从西边出来了。我外婆说,是我不好,不该让你落在厕所里的,多晦气。

不怪你,怪我自己非要那会儿出来——说这些干什么,没用。小舅说,你别气了,我学好就是了,从今往后,我一定会学好的。

我死了你就学好了。外婆说,等我死了,你不学好没饭吃,就能学好了。处个好对象,成个家立个业,我也算有个好报应了。

我外婆一生饱经风霜,对于人的命运尤其是亲人的命运有着神奇的预见性,外婆之死看起来似乎就是为小舅理生开辟一条独特的金光大道,让他失去所有的依赖,彻底学好。更奇异的是小舅后来的生活几乎忠实地印证了这个约定,我外婆不在了,他也学好了。外婆去世半年后他在铁路桥下遇见了从安徽农村来我们这里打工的姑娘苗萍,苗萍当时歪着头看桥上通过的火车,她的旅行包的拉链打开着,苗萍看火车,我小舅就看她旅行包里的东西,他的这种表现容易让人误会,以为是个小偷。苗萍很快引起了警惕,她用手盖着旅行包往化工厂方向走,我小舅就跟在她后面,他说,你不拉拉链,东西掉了,谁捡着归谁,我捡了就归我。苗萍是个老实巴交的姑娘,像我小舅这样的男人遇见个一见钟情的人,说话往往不三不四的,苗萍不懂这一套,她怕我小舅真的跟在她后面捡东西,就慌忙蹲下修理她的旅行包的拉链。就这样我小舅看见了苗萍的那只右手,人人都有五根手指,苗萍的右手却只有三根手指,还有两根手指看上去好像被什么东西切断了。

苗萍不会修拉链,我小舅在旁边看着她,看了一会儿他说,给你越修越坏了，我来替你修，我学雷锋，不收你钱。然后我小舅蹲下来，苗萍站了起来，小舅说，你的手怎么回事？苗萍有点不高兴，把手藏在背后说，没怎么回事。小舅看她板脸，就没追问，不问她了，她倒又愿意说了。让脱粒机咬的，她看了看自己的手说，我小时候很皮。苗萍站在一边看我小舅修拉链，这样她也看见了我小舅的手，看见了我小舅浑身上下最优秀的部分，前面我已经说过了，我小舅别的不行，但他有一双灵巧的大手。

苗萍后来当然成了我的小舅妈，跑不了她——我外婆在天之灵安排好的事。她是一个语言朴拙的人，记得在他们的婚礼上有人问苗萍，看上了理生的什么，苗萍想了想，涨红了脸说，手，他的手大，也很巧。苗萍跟我母亲很亲，她悄悄地告诉过我母亲，她的择偶标准中最重要的不是相貌，也不是钱，是手。自己的手有残疾，她就希望对方有一双能干的大手，就像我小舅理生那样的大手。

正如我外婆所期望的，她不在了，小舅就彻底学好了。我小舅现在有没有学好？不用我们家的人自夸，大家都看在眼里。是否学好了要拿事实出来，我小舅把外婆家的房子让出来给大舅小姨他们住，自己在外面弄新房就是一个事实。

下面该说到我小舅小舅妈他们的家。他们的家是由从前的理生商店改建而成的，地点不变，建筑格局不变，感谢有关方面为我小舅再开绿灯，同意将原来的房子扩建十平方米，后面还可以加盖一间厨房，旧房新房经过小舅一个多月的精心改造和打扮，再加上我小舅在面积上做了一点手脚,那房子比我们街上许多人家的老房子要宽敞得多,漂亮得多。大家都去参观小舅的新房,谁看了谁夸,偏偏有个不懂事的小纪,不知道是嫉妒呢,还是一把年纪活在狗身上了,他张大了一张臭嘴在那里笑,踩着一块地砖说,这下面就是个蹲坑,我以前经常在这里拉屎的!

　　幸亏我小舅妈苗萍当时没听见。她是个外来妹,不知道我们香椿树街从前的历史,也不知道我小舅此生与厕所结下了不解之缘。其实这事也成了我小舅的一块心病,他是个特别爱面子的人,如果别人不说,他会把这个秘密保留一辈子的,可是他也知道人的嘴是很讨厌的。如果别人都像小纪那样张着臭嘴乱说,他也堵不住他们的嘴呀。

　　所以我小舅在甜蜜的新婚生活中经常唉声叹气的,苗萍问他为什么叹气,小舅说,住在铁路旁边,太吵了,怕你夜里睡不好。苗萍说,我不怕吵,不是告诉你了吗,我爱看火车,怎么看也看不够。苗萍爱看火车,火车就不是问题了,新房的令人尴尬的过去却始终是个阴影,这也是我母亲我大舅他们的阴影,他们都担心哪个不怀好意的人去告诉苗萍这个秘密,如果出现了这种缺德的人,该怎么对付他呢?

　　谁也没有好主意,后来还是我说了一句:把他送上道德法庭!

五月回家

永珊带儿子回梨城探亲,到了弟弟永青家的门口,才知道他刚刚搬了家。

亲人们有的老去,有的迁徙,有的已经疏远,弟弟永青是永珊在梨城的最后一个亲人,可以想见,他的消失使永珊在儿子面前多么的难堪。永青家人去屋空,永珊从卸去锁的圆孔里看见的是一个空空荡荡的家。狭小的客厅里光线阴暗,唯一看得清楚的是一只残破的白色坐便器,也许在拆卸时弄坏了,被弟弟他们扔在那儿,闪着一圈白光。不知是表达失望还是气愤,永珊重重地捶了两下门,捶一下不解气,换个手又捶一下。儿子把拉杆箱放了下来,人坐在箱子上。他们搬家了,你还拍门,他很冷静地看着母亲,说,使这么大的劲,你手疼不疼。

邻居夫妇出来了,他们弄不清外面的母子俩和永青的关系。男的问永珊,你们是亲戚?永珊说,我是他姐姐呀。女的在男的身后打量永珊,是表姐还是堂姐?永珊看得懂夫妇俩疑惑的眼神,她轻声说,是亲姐姐。说完她的脸就红了,她听见自己说话的语气好像是在撒谎。邻居夫妇没有再多问什么,他们建议永珊打永青的手机,永珊说,打过的,是空号,可能我抄号码抄错了。那女的又出主意让永珊去煤气公司打听一下,说凭她的记忆永青好像是在那里上班的。这时候永珊很自信地笑了笑,纠正道,不是煤气公司,是自来水公司;我知道的,春节我弟弟还打过电话来拜年。

后来他们就下了楼。儿子提着箱子跟在母亲后面,不肯好好提,一半是在拖,箱子便和水泥台阶硌硌地冲突起来,你拿箱子撒什么气?永珊回头看了看便叫起来了,刚买的新箱子呀!儿子说,我撒什么气?我不气,是你在气。我气?我气什么?永珊反问了一句。看儿子一副不屑于回答的样子,自己解答说,你舅舅在记恨我,他故意不通知我,故意的,我知道。儿子和箱子都歪着身子站在台阶上,他说,这也叫探亲?你说怎么办吧,还去找舅舅吗?永珊站住了,她没有回答儿子,只是停在三楼的楼梯口,透过打开的气窗向外面看。这儿原来是农村吗,叫什么公社的?胜利公社吧。她说,以前我带永青上这儿来看过露天电影,走夜路,到处是黑乎乎的水稻田,还有菜地,青蛙在水田里咕咕叫,还有萤火虫飞来飞去的。儿子没有兴趣听母亲不着边际的回忆,他说,探亲探亲,劳驾你告诉我,亲戚在哪儿呢?永珊回过头训斥道,闭嘴,谁说我们是来探亲的?我六年没回梨城了,回老家来看看,不行吗?儿子看来是有点怕母亲的,他的讥讽变成了一种委屈的抗议。那我们就拖着箱子在街上晃,别人以为我们是盲流呢。永珊拧过身子,仍然看着气窗外面,回来看看也好,她好像是拿定了主意,说,你舅舅那儿,去也行,不去也行,大不了我们住旅馆,花不了多少钱。

是五月的一个下午,太阳很好,梨城北部的空气中混杂着尘土的腥味和不知名的淡淡的花香。母子俩穿过居民区门口的小广场,小广场粗糙而局促,但搭了水泥葡萄架,架子上没有葡萄藤,但地上开满了月季和芍药花,阳光照耀着这里那里的一些陌生人的脸，那些脸远远看过去是金黄色的。他们在小广场停留了一会儿。儿子去商店里买可口可乐，回来时看见永珊和一个坐在花坛上打毛线的女人聊天，他就跑到一边看两个男人下围棋去了，可永珊在那边已经拉起了箱子，快走呀，你怎么看起棋来了呢？儿子跑过去，说，我以为你遇见熟人了呢，你不认识人家跟人瞎聊什么？永珊说，不认识就不能说说话吗？我认错人了，我以为是黄美娟，小学同学，认错人了。

永珊的脸上浮现出一丝落寞之色，她回头又看了看那个打毛线的女人，那女人低着头，在阳光下打毛线，毛线是艳丽的桃红色。那么俗气的颜色，谁穿得上身？永珊随口评论了一句，忽然叹起气来，说，也奇怪了，梨城也不算大，从下了火车到现在，怎么一个认识的人也没遇着呢？

儿子喝了一口可乐，斜着眼睛看了看梨城五月灰蓝色的天空，思考着什么，然后他说了那句话，听上去是从哪部电视剧里学来的，却学得巧妙，让做母亲的哑口无言。儿子说，可惜，你还记着梨城，梨城早就不记得你了。

他们坐公共汽车到白菜市去。

去白菜市也是永珊独断的主张，她说，不管怎么样，我们得去白菜市看看老屋，这次不看，以后再也看不到了。永珊几乎是把儿子推上汽车的，儿子不愿意让她的手接触自己，他左右扭动着肩膀，驱逐着母亲的手。你别抓我，你就把我当人质好了，他说，你让我去参观什么我就参观什么，参观厕所也行。这次是把老屋隐喻为厕所了，儿子话一出口就后悔了，他吐了下舌头，不敢向母亲看。但侥幸的是永珊忙着找座位，没有留意儿子在嘟囔什么，她占了一个座位让儿子坐，儿子不肯坐，永珊便自己坐下了。

永珊微微侧转着脸，看着车窗外的街道，她说，我记起来了，以前这儿还有个坟场，我们夜里看露天电影路过这里，都不敢向这边看，坟场在路的左面，我们就一起向右看齐，拼命地跑。儿子没搭理母亲，他的漠然告诉永珊，别指望我配合你，我对这城市的一切都不感兴趣。永珊的目光在儿子和车窗外的街道之间游动了一会儿，终于凝固在儿子的行李箱上。你舅舅心里的疙瘩我知道，她的思路跳跃了一下，很突然地跳到了永青身上。她说，我知道他是故意躲我呢，老屋拆迁是货币拆迁，他怕我回来找他分钱。

儿子鼻孔里哼了一声，说，那你到底是不是要跟舅舅分钱呢？

永珊瞪了儿子一眼，就此不说话了，后来直到下车，永珊一直没再说话。儿子从母亲的眼神里看到一种像乌云一样紊乱的东西，他毕竟还小，不知道母亲心里在想些什么。永珊不说话，儿子也不说话，他跟着母亲下车，等着她指引方向，但永珊站在汽车站牌下，东张西望一番，突然说，这是在哪儿呢？

永珊迷路了，永珊走在回家的路上，可她迷路了。肥皂厂的水塔不知什么时候被拆掉了，没有了肥皂厂的水塔，水珊就找不到去白菜市的路了。怎么拆得这样？永珊有点惶恐地看着街道两侧的建筑和人群，她说，走了几十年的路，怎么就不认得了？回到家门口，还要找人去问路？

其实到处都一样，梨城这城市也像别的地方一样被有关部门努力改造过了。旧城特有的狭窄弯曲的街道被果断地拉直拉宽，不仅是气派了，顺便也逼迫人们丢掉了陈旧的不科学的方位感。很多妇女在街道上迷失了方向，她们找不到路口的杂货铺、邮筒或者水塔什么的就找不到相关的路。永珊就是这么个不辨方向的女人。她发了一会儿牢骚，最后放弃了寻找水塔的努力，向路边一个卖水果的老人问了路，路一下就有了，老人指了指北边的一大片废墟，说，往那儿走吧，看见房子都拆得半倒不倒的，就是白菜市了。

永珊没料到七年以后回家的路，是通过一片废墟到另一片废墟。永珊对着满地的碎砖残瓦发愁，说，这怎么过去呀？儿子在后面说，不好过去就别过去了，我们就算瞻仰过故居了嘛。但永珊已经转过来抬行李箱了，她说，我们抬着箱子，脚下当心一点，有玻璃碴的。

白菜市一带的废墟迎来了离别多年的永珊和她的儿子。晚清的、民国的、社会主义的砖瓦木料混在一起，在五月的阳光中哀悼着过去的日常生活，现在这种宁静的哀悼被最后的来访者打破了。让我们做一次幼稚的联想，也许废墟里的一砖一瓦还记得永珊，好多年前那个背着手风琴来往于白菜市和文化馆之间的女孩子，也许它们在说，永珊，你好，手风琴练得怎么样了？但永珊听不见，永珊只听见附近工地上的推土机隆隆滚动的噪声，夹杂着路边音像店里女摇滚歌手的啦啦啦的声音。再说永珊现在是一个十三岁男孩的母亲，早就不拉手风琴了。永珊和她儿子艰难地行走在回家的路上。母子俩表情都并不愉快，他们的怨恨恰好是废墟造成的，谁也无法在废墟上拖拉行李箱，他们在敌对的情绪下抬一只沉重的箱子，所以母子俩都累得气喘吁吁的，那男孩不时恶狠狠地踢掉一个玻璃瓶子，或者踩碎一块无辜的瓦片，而永珊则在诅咒废墟的混乱和无序，要知道废墟从来都不是整洁的，永珊的埋怨未免有点不近人情。废墟中的一只老鼠似乎是为了警告来访者，突然从砖瓦堆里跳出来，把永珊吓了一跳。

永珊吓了一跳。吓死人了，永珊捂着胸口说，怎么会有老鼠的呢？那么大的老鼠。

儿子说，垃圾堆里没老鼠，哪儿还有老鼠？

永珊皱着眉头环顾四周，看见西边一棵梧桐树还很勉强地站在砖堆里，东面的一幢砖木楼房拆得剩下一面外墙，像舞台布景孤单地耸立着，门檐旁边的一排字仍然清晰可见：专修钟表，立等可取。永珊的眼睛突然亮了一下，我知道了，这是大康头家的位置，大康头你知道的吧，人是个丑八怪，手很巧，会修手表的。她说着开始向左侧的废墟里搜寻着什么，水井就在这儿，我以前天天到井边来洗东西，洗衣服，淘米洗菜，涮拖把。永珊说，怪了，怎么看不见水井了呢？

看得见才怪，儿子说，让垃圾盖住啦！

永珊的目光停留在那棵树上了，我们去看看那棵树，她的声音听上去有点亢奋，我小学毕业那年在树上刻过名字的，插队回来看过，名字还在树上，跟着树一起长大了，现在不知道还在不在了？

我不看。儿子说，要看你自己过去看。

永珊瞪了儿子一眼，自己跑过去看树。永珊弯着腰在砖堆上走，围着树转了两圈，看见的是一棵皮绽肉裂的老树的树干，有人在粗壮的树干上用红漆写了一排字：谁在此处小便谁就是狗！还附加了一个很不文明的图画。永珊没有找到她的名字，她低着头想了想，也许并没有总结出原因，怏怏地下了砖堆。她看见儿子又坐到行李箱上去了，他一定是估计到了结果，用讥讽的目光看着他母亲。永珊给自己打圆场，说，没了也好，不知道谁在树上胡涂乱抹，恶心死了。

天色很突兀地暗了下来，他们走到白菜市的废墟深处时，橙色的阳光已经从残垣断壁上消失了。离开老屋还有几步之遥，永珊先松开了抬箱子的手。放下吧，她对儿子说，我不告诉你哪堵墙后面是老屋，你自己认得出来吗？

不认得。儿子说，谁记得这些？

永珊盯着老屋唯一存在的半堵墙，她先看屋顶，屋顶没有了，她看门，门也没有了，她看门前的水泥台阶，台阶淹没在瓦砾里了。永珊看着看着，突然对儿子发起了脾气来，你什么都不记得！外婆带你带到三岁，外婆心脏病发作送医院前还在喂你喝牛奶，你也不记得了？这也不认得那也不记得，那不是人，是猪！

儿子惊讶地发现母亲的眼睛里闪着小题大做的愤怒之光。我记得外婆，并不一定要记得房子嘛。他小声地为自己申辩了一句就不吱声了，他看得出母亲的愤怒由他引起，但他觉得自己仍然是无辜的。关于梨城，关于白菜市，关于白菜市的这间老屋，他确实一点都记不得了。

除了永珊和她儿子，偌大的白菜市的废墟上空无一人，不远处的大街上已是一片夕照，车流人声偶尔沉寂下来，废墟上浮起一种细碎的若有若无的沙沙声，听上去像来自地下的叹息。有一只鸽子迎着暮色向白菜市的废墟飞过来，在永珊母子俩头顶盘旋了一会儿，仓皇地飞到梧桐树那边去了，大概是谁家迷途很久的家鸽，终于找到了回棚的路，鸽棚和主人却已经消失了。

老屋还剩下半堵墙，半堵墙上挂着半扇窗子。永珊走到了半扇窗子前，窗框用红漆漆过多次，多少年来的日晒雨淋使油漆面起了很多条状的皱纹，像一个老人身上的皱纹。窗玻璃都碎了，但窗框仍然牢固地嵌在残墙上，永珊伸手推了一下窗，窗子应声启开，一个什么东西从窗台上掉了下去，永珊伏上去一看，是一只墨水瓶，墨水瓶落在里面的瓦砾堆里，没有碎，还是一只墨水瓶。

是外公的墨水瓶，永珊说，外公批学生作业用的，他喜欢把墨水瓶放在窗台上。

儿子站在母亲的身后向里面张望，也许他在努力回忆幼年在这座房子里度过的短暂时光，也许什么也没想起来，也许根本就没想。他说，好像在地震灾区，我们好像是两个灾民。

永珊摸了摸窗子，油腻的窗框上覆盖了一层灰，都沾到永珊手上了。我小时候最喜欢站在这扇窗前拉手风琴，她说，你外公懂五线谱的，有时候要汇报演出了，他会督促我练，站在我旁边替我翻乐谱。

我从来没有听你拉过手风琴，儿子说，你的手风琴现在到哪里去了？

给你舅舅了，永珊说，外公让他练，可他不喜欢，你舅舅没出息，我听外婆说他后来把手风琴卖给一个收旧货的人，卖了二十块钱。

梧桐树上的鸽子这时候又飞了过来，飞得很低，永珊他们甚至看得见鸽子灰色的羽毛，好像是被水打湿过的。鸽子在老屋残存的半堵墙头上停下来，停了一会儿，又飞走了。

那只鸽子找不到家了。永珊说。

是不是信鸽？儿子对鸽子是有兴趣的，他的眼睛亮起来，追着鸽子飞行的路线，他说，信鸽能飞一千里路，再飞回家，信鸽飞多远都能回家。

人都找不到家了，鸽子怎么找得到家？永珊说。

永珊不再看那只鸽子,她低头找着什么。找找看,她说,兴许能找到外婆种花的花盆,带回去也能做个纪念,你记得不记得了,外婆在门口垒了个花坛,种了好多花,那些花盆都是宜兴紫砂盆,都是很好的花盆。

花盆拿回家也没用,你从来不种花。

不一定种花,做个纪念,你懂不懂?

儿子很明显是在克制自己烦躁的情绪,他捡起一块瓦片朝远处掷去,瓦片恰好落在一块玻璃上,砰的一声,声音很脆很响亮。

你就不能做点正经事?永珊说,多大的人了,还这么不懂事?

在这么一片垃圾堆里,你让我做什么正经事?儿子说,你葫芦里到底卖什么药,天马上就黑透了,还去不去找舅舅?

永珊愣了一下,又扭过头,伏在窗台上向里面张望起来,看得出她一直在回避这个问题。永珊在暮色中凭吊着一个过去的家,心也沉在暮色中了。马上就带你去,你放心,梨城是我老家,怎么也不会让你睡在街上的。她对儿子说着,突然用手撑着窗台,努力地伸长脖颈向目光的死角那里看了一下。儿子以为这是母亲结束凭吊前的最后一眼,没想到永珊突然大叫起来。

五斗橱。我们家的五斗橱还在那里!

儿子半信半疑,干脆翻过窗子进去了。儿子在残墙的角落里果然看见一只五斗橱,用一块塑料薄膜和几张报纸遮盖着,歪着身子站在废墟上。是七十年代南方一带流行的五斗橱式样，并没有五只抽屉，倒很像一只小巧的衣橱，暗红色的橱门上方镶嵌着两块雕花板，一左一右，是对称的。

永珊睹物伤情，儿子是有准备的，他扶着母亲翻过窗台后就不吭声了，他坐在一张被丢弃的塑料凳子上，抬头看着白菜市废墟上黄昏的天空，一定是想起了哪个电脑游戏里的画面。儿子嘻嘻一笑，说，我现在人好像在无极魔宫里，无极魔宫你懂不懂？进了宫里你就把什么都忘了，什么本事都会了，可以用脑袋走路，可以用鼻孔说话！

永珊试着打开橱门，发现有人在门上上了一把小挂锁，门打不开。永珊就用手摸门上的雕花板，她说，你是肯定不记得这五斗橱了，我以前在家的时候天天要跟这橱打交道的，洗好的衣服要放进去，买油买米要从里面的抽屉拿油票粮票，你不会懂那些事情的，过去的事情，你一点也不知道。

知道了又有什么用，儿子说，你的事情你知道就行了。

不知道是谁上的锁，是你舅舅吧。他怎么忘了把五斗橱搬走呢？永珊捏了捏橱上的挂锁，又否定自己说，不一定是你舅舅，他那个人没出息，要么就扔，要么就卖，兴许是哪个拾荒的人锁的。弄不好这五斗橱也让他卖了。

卖了就卖了嘛，这东西又不新潮又不古典的，谁往家里放？

你也没出息。永珊恶狠狠地瞪了儿子一眼，她说，你长大了比你舅舅还没出息。

儿子被迫地再次沉默了，他向废墟的东面看，看见的是华灯初上的梨城，他越过残墙断壁向西边张望，是更大的一片废墟，尘埃蒙蒙的，笼罩在黄昏的暮色中。这是他母亲的城市，这是他母亲的废墟，儿子无法感受到这一切与自己的紧密联系。儿子感到疲倦了，弓起身子抱着膝盖，像猫一样蜷缩在那里。现在他开始用一种很消极的态度对母亲说话，你什么时候看够了叫我一声，你抒情抒累了叫我一声，我打个瞌睡。

儿子听见母亲在五斗橱旁边瑟瑟地做着什么事，他没有抬头，他的意思是你忙你的，与我无关。但是永珊突然叫他了，她说，快起来，帮我把五斗橱抬出去！

五斗橱已经用一段麻绳和几段白色的包装绳捆起来了，捆成一个行李的样子，上端还留了一截拉手。永珊不知道从哪儿找到的绳子，现在她站在橱边，有点得意地看着儿子说，捆好了，我试过，一点也不重，我们能把它拖出去。

你疯了？儿子说，把这个破东西拖出去干什么？你疯了我没疯，我不干！

不干也得干。永珊的嗓音尖厉起来，而且听上去有点发颤，你这孩子气死我了，你怎么一点感情也不懂，这是你外公外婆留下的最后一件东西了，我不能让它丢在这里！

儿子站起来了，但他扭着脸，身体不动，鼻孔里呼呼地响着。他与母亲这么对峙了大约两分钟，听见母亲在那儿跺了跺脚，说，你不帮我难不倒我，我一个人也能把它弄出去！

梨城五月的一个夜晚，回乡探亲的永珊母子俩在街上走，永珊拖着行李箱走在前面，她儿子拖着的东西让行人们觉得有点奇怪，那好像是一件家具。人们都回头看那男孩拖着的家具，它一路与地面摩擦，不时发出刺耳的吱吱嘎嘎的声音，上点年纪的人知道那是七十年代流行过的五斗橱，有人就喊出来了，是一只五斗橱呀！

仍然没有遇见一个认识永珊的人。七年前回梨城她还在路上遇见过以前白菜市的邻居小学同学，甚至一个在少年宫一起拉手风琴的同伴，现在他们都不见了。永珊领着儿子在梨城的街道上走，好像走在一个陌生的城市里。五斗橱在很大程度上缓解了她怅然无助的情绪，她不时地回头看一下儿子和他拖着的五斗橱。小心点，别把绳子磨断了。她说，你别苦着个脸，这么大的孩子锻炼一下也没什么不好，坚持一下，到了香椿树街你表姨那儿就好了。

儿子拖得并不小心，他听见五斗橱上的一条包装绳率先断了，他不吱声，紧接着另一条包装绳也断了，他听见那把挂锁也咯嗒响了一下，如他所愿，五斗橱拒绝前进了。儿子站住了，他几乎是用一种喜悦的声音说，断了，都断了，我说过那绳子会断的！

不仅是绳子断了，五斗橱的橱门似乎也撞坏了，里面的两只抽屉呼之欲出。永珊跑过来，她在儿子头顶上打了一下，你是故意的，我就知道你不会好好拖它，你不拖我来拖！

一只抽屉首先从五斗橱里掉了出来，抽屉是空的，散发着一股樟脑丸的气味，底部垫着的报纸还是一九八四年的。永珊蹲下来，看了看报纸上的字，八四年，她对儿子说，那时候还没有你呢。

儿子看着母亲，他说，丢脸丢到南极洲去了，你没见人家都看着我们呢。

永珊没理睬儿子的埋怨，你外婆以前喜欢把户口本粮证放在报纸下面。她说着把报纸从抽屉里抽了出来，一张照片很唐突地暴露在母子俩的眼前。是一张全家福照片，照片上的四个人，男人女人男孩女孩分前后两排坐着，都穿着军装，除了小男孩哭丧着脸，其他三人一起拘谨地笑着。背景一看就是块画出来的布景，但画的是北京天安门。

儿子被上个世纪的照片逗乐了，他说，这种照片，酷呀，他想从母亲手中拿过照片，发现她的手像是被烫了一下，照片已经被她扔回到抽屉里了。

永珊的表情很奇怪。永珊说，弄错了，这不是我们家的全家福。

儿子一时摸不着头脑，举起照片看，说，怪不得我看那个女孩不像你。

永珊的嘴唇颤抖着，她好像害怕自己会哭出来，猛地用手把脸捂住了。弄错了！她说，怎么回事，这不是我们家的五斗橱！

儿子突然意识到他拖五斗橱的辛苦是多么冤枉，他叫起来，闹半天你让我拖着别人家的东西满街跑，你在跟我搞幽默呀？

这算怎么回事？永珊蹲在地上，茫然地遥望着白菜市的方向。她说，是谁把橱子扔那儿了？偏偏扔在我们家，跟我们家的五斗橱一模一样的。

儿子嘴里呜呜怪叫了两声，在对母亲进行过必要的嘲弄后他变得轻松起来，他开始研究那张陌生人的全家福。是谁家的照片？一定是哪个邻居家的，多傻，傻得可爱！这一家人你认识吗？

永珊白着脸向照片扫了一眼，我不认识，她说，我离开这里也好多年了。没准是后来搬到白菜市的哪家人，我不认识。

一个沉重的包袱终于可以甩掉了，儿子怀着一种喜悦的心情把五斗橱推到了路边。他把它放在一只陶瓷垃圾箱边，那垃圾箱也有半人高，顶部是一个张着大嘴的老虎头。儿子做完这件事退后一步端详着五斗橱和垃圾箱并肩而立的造型：一件主人不详的旧家具，一只威风凛凛的垃圾箱，在白色的路灯光影下垃圾箱像一个卫士守卫着五斗橱。儿子看看母亲，永珊蹲在地上，她好像默认了儿子对五斗橱的处理，儿子便得意起来，自己为自己啪啪地鼓掌，说，酷，是现代艺术呀！

永珊没有再向那只五斗橱看一眼。她从地上慢慢站起来，站起来的时候眼睛里突然涌满了泪。梨城已是万家灯火，新铺的街道闪烁着橙黄或者洁白的光影，像一条河流一样漂浮着，永珊的眼睛里涌满了泪,现在她觉得这个城市真正离她远去了,她也已经真正离故土而去了,除了一些回忆,这个城市什么也没给她留下,而她深知自己也没什么留给这个城市。永珊掏出手绢擦着泪,她听见儿子说,我们现在该往哪儿走?永珊犹豫着,她回头看了眼儿子,现在她内心对儿子升起了一丝歉疚之情。你想去哪儿?她问儿子。儿子有点疑惑地看着母亲,他说,我不知道,反正我跟着你,你不是要去你表妹家吗?永珊弯腰拍了下行李箱上的灰尘,不去了吧?她好像是在征求儿子的意见,我和她也已经七年没见面了。儿子不说话,他注视母亲的目光开始透露出一丝怜悯,还有宽容。我随便你,儿子和母亲开了个玩笑,你是老板,我是跟班,反正我跟着你嘛。

梨城之夜已经不同于往昔,晚上七点以后街上灯火辉煌,永珊后来带着儿子进了一家老字号的点心铺,吃了梨城著名的蟹粉小笼包,还吃了鸭血粉丝,还吃了生煎馄饨。这么饱餐一顿以后母子俩的体力有所恢复,永珊又带儿子去一家大型商场逛了一圈,站在自动电梯上上上下下的。永珊买了些梨城出名的丝绸和其他土产,是送人的,买了件纯羊毛的毛衣,是给丈夫的,她还替儿子买了双打折的名牌运动鞋,是儿子自己挑选的。后来他们拖着行李箱向火车站走,母子俩,还是一前一后地走,只是永珊的手上多出了两个购物袋,一个是普通的白色塑料袋,另外一个却是红色的精心设计的袋子,袋子上开满了一朵一朵白色的梨花。

在去火车站的路上,永珊看见儿子偷偷地把什么东西从口袋里掏出来,塞到了行李箱的夹层里。她知道是那张照片,别人的照片,四个陌生人的全家福。儿子从小喜欢收藏,他一定是觉得那张照片有意思,那就让他去收藏吧。永珊没有阻止他。永珊靠在一根路灯灯柱上等儿子的时候吸起鼻子闻了闻什么。梨城的空气比我们那儿好,她说,不知道什么花这么香,四月五月,梨城的空气最好了。

　　后来永珊母子俩带着大包小包地向火车站走,看上去很像旅行社组织的一日游的游客。永珊是个很节省的女人,走了一天的路,还是不舍得叫出租车。她对儿子说,上了火车我们就坐着休息了,不花那个冤枉钱!

桥上的疯妈妈

疯妈妈穿着白丝绒旗袍，手执一把檀香扇，仪态万方地站在桥头。认识她的人知道她是谁，不知情的人还以为来了女演员，在桥上拍电影。疯妈妈左顾右盼，举起扇子向过路的孩子们挥手示意，可是孩子们不理她，男孩吐出舌头扮着鬼脸吓唬她，女孩子指着她的旗袍交头接耳，也不理她。他们像一朵一朵云热闹地浮上桥头，风一吹，便散了。只有一盆菊花始终陪着疯妈妈，与她一起守望在桥头。十一月的菊花，远看还在绽放，近看却已经枯萎了，疯妈妈也一样，粗看是美的，细看也枯萎了。桥上的疯妈妈显得很孤单，又耐不住那份孤单，她的头部以及腰肢都扭来扭去的，似乎桥的两侧都有她的牵挂。她拧起眉头对着桥这头的香椿树街急速说了些什么，大概是在埋怨什么。埋怨什么？埋怨谁呢？谁也不关心。除了一盆菊花，还有一把檀香扇与她亲密无间，熟人都认识疯妈妈的檀香扇，暗黄色的，镶嵌着金线，柄上拖着绿色的穗子，隔了好远也能闻到它的香气。现在早已过了用檀香扇的季节，疯妈妈却还抓着她的扇子出门。她打开扇子斜搭在头顶上方，一张苍白的脸上便印了几条金色的条状光痕，是扇子的木骨缝漏出来的阳光。看上去像华丽的戏妆，也有点像恐怖的伤疤。偶尔一个熟悉的人影顺着桥坡向上浮动，疯妈妈黯淡的眼睛会突然发亮，静止的身体也妖娆起来，她向人家挥动檀香扇，扭着美人腰款款地迎上去，她拿扇子柄去戳人家的手臂，说，天气好热，热死人了。那些人的脑袋便向桥的另一侧扭过去。表情很不耐烦，他们都是正常人，正常人不理睬疯妈妈，手冷酷地一甩,就从桥头闪过去了。坦率地说我们街上心地善良的具有革命人道主义思想的人不太多,绍兴奶奶不知道算不算一个,算不算现在都无所谓了,反正我们知道那天下午绍兴奶奶留在桥头陪她说话了,说了好一阵话。

绍兴奶奶是小脚,却承担着香椿树街牛奶站的全部工作。小脚毕竟是中看不中用的,不宜行路,绍兴奶奶推着她的小四轮车时总是走走停停,走的时候她会喊号子,给自己鼓劲。下午是收取空奶瓶的时间,她嘴里哼哟哼哟地喊着号子,带领三十多个牛奶瓶爬上了桥头。疯妈妈对她说,天气好热,热死人了。绍兴奶奶从怀里抽出一块手帕抹汗,随口说,是呀,热出我一身汗,突然意识到是谁在说话,马上惊叫起来,哎呀,是你,你怎么不在家好好待着,跑到这儿来干什么?疯妈妈打开扇子挥了几下,说,好热的天气,我到桥上来吹吹风。绍兴奶奶打量着疯妈妈,一针见血地说,热什么热,吹什么风,我看你是怕这件旗袍在箱子里会发霉,非要穿出来开展览会!你知不知道现在是什么节气,还以为是夏天呢,又穿旗袍又摇扇子的,马上都要立冬啦。疯妈妈对绍兴奶奶的话似乎是半信半疑,抬头看看天,一只手伸出去在菊花丛中扫了扫,夏天过去了?菊花还开着呢,夏天怎么就过去了。她嘟囔着,突然眼睛一亮,问道,立冬是几号?立冬了,我就该穿狐皮大衣了。绍兴奶奶惊声道,你还惦记着穿这个穿那个,苦头还没吃够?你若不是打扮得似个妖怪,别人欺负你也抓不到把柄,别人不欺负你你也不会落下这个病,你懂不懂?疯妈妈不懂,她说,狐皮大衣要配靴子的,可惜我的小羊皮靴子被他们抢走了。

失去的服饰使疯妈妈面露悲切之色,她绕着小四轮车,哀伤地走了一圈,又走一圈。高跟鞋,没有了。她看看脚说。翡翠手镯,没有了。她看看手腕说。长筒丝袜,也没有了。她摸了摸膝盖说。绍兴奶奶忍不住地叫喊,没有了好,没有了才好,否则你的命都保不住,你懂不懂?疯妈妈不懂,她低下头研究起四轮车上的那些牛奶瓶来,具体地说是在研究牛奶瓶瓶口上缠着的各种颜色的丝线,她说,多好看的丝线呀,把那些丝线都送给我吧,我给我家素素编个蛋套,明年中秋挂咸蛋!绍兴奶奶说,我再也不上你的当了,去年给你那么多丝线,还给你洗得干干净净的,结果呢,你没走回家,一包丝线都送了人,素素一根也没拿着,可怜的素素,那么懂事的小姑娘,摊上你这个妈!

绍兴奶奶人老眼花,起初她并没有发现疯妈妈身上佩戴的胸针。她弯着腰整理她的牛奶瓶,整理好了牛奶瓶,一眼瞥见疯妈妈的胸前有一个小玩意儿在阳光下闪烁,亮晶晶的,看上去有几分炫目,绍兴奶奶定神一看,就怔在那儿了,好像受了惊。不好了,你怎么把它给戴出来了,那是你奶奶当年用一根金条换来的宝贝,快摘下来!过了好一会儿绍兴奶奶清醒了,一清醒就冲过来捉疯妈妈的肩膀。疯妈妈竖起她的檀香扇左挡右闪,她身上的旗袍也一齐沙沙摇摆着,反对一只苍老不洁的手靠近,可是檀香扇华而不实,白丝绒更是柔软无骨,疯妈妈最终还是不敌绍兴奶奶,只好挺直了身体,任凭绍兴奶奶为她摘下胸针。

那是一枚旧时代遗留的做工烦琐的蝴蝶胸针,蝶翅上镶着一道蓝边和数颗米粒般的宝石,蝴蝶的翅膀高贵地把持着白丝绒旗袍的正面,反面的搭扣却巧设机关,提防着什么,绍兴奶奶怎么也解不开胸针的搭扣。

这是谁做的扣子,存心难为人呀。绍兴奶奶先埋怨扣子,再埋怨人,让我怎么说你?你再怎么贪美,再怎么爱穿旗袍,这枚胸针你不能往外面戴的,我知道你们家的家底,就剩下这一件好东西了,万一弄丢了,哭都来不及。你快帮我摘下来,我不会贪掉这东西的,替你保管,明天我就交给素素。由于疯妈妈不配合,绍兴奶奶几乎是强行解下了那枚胸针,她从牛奶瓶上揭下一张封纸,把胸针包好了塞在怀里,她说,外面有坏人的,专门骗你这种人的东西,你懂不懂?绍兴奶奶警惕地向四周一望,并没有发现坏人,她便松了口气,用牛奶车顶着疯妈妈把她往桥下推,这么冷的天,别站在这儿受凉了,回家去回家去。

疯妈妈犟着不走,她说,我把钥匙弄丢了,我要在这里等素素,等素素一起回家。绍兴奶奶皱着眉头看看疯妈妈,说,怎么人一病什么都不会了呢?没钥匙怕什么,你走隔壁李三年家,进了天井,不就是你家窗子了?疯妈妈摇头道,我不进李三年家,他们不让我进他家,他爱人一见我就说妖怪来了妖怪来了,他小儿子一见我就哭,拿东西砸我。绍兴奶奶先是不解,其后就明白了,一分为二地说,不怪人家,你这个穿着打扮,要是黑影里让孩子撞见，谁都以为你是妖怪。不过做大人的不该这么讲话，欺负人欺负到你头上就伤天害理了。我带你回家去，从李三年家走，看那泼妇敢不敢骂你。疯妈妈还是一个劲地摇头，我不从他家走，我不能爬窗子，她说，我穿着这旗袍，不能翻窗子的。说的也是，你穿着这东西，除了能开展览会还能做什么？绍兴奶奶不满地瞪着疯妈妈的旗袍，在领口那儿抓了一把，在腰那儿又拍了一下，说，包这么紧，穿着能舒服？你这人，爱美爱得离了谱。我倒想起来了，你年轻那会儿连量米都穿个旗袍，扭啊扭的，你还用个草包拎米！疯妈妈说，不是草包，是工艺编结包，出口转内销的包。出口的草包也就是个草包，你别拿洋屁来压人，绍兴奶奶厉声说，你就是思想坏了才倒了霉，思想一坏生活作风也坏，这么个生活作风，谁看得惯？不是我说你，你这个病，一半怨别人，一半还是怨你自己，我要是做了你婆婆呀，绍兴奶奶说到这儿一只手冲动地举起来，向她做了个打人的动作，我不打你才怪，天天打你，打不动让儿子打，往死里打，非把你打贤惠了不可！

疯妈妈从绍兴奶奶的声音和动作中感受到某种敌意，这敌意使她下意识地向后退却，一只手举起来遮挡着什么。绍兴奶奶是个善良的人，怎么会打她？疯妈妈分不清玩笑和暴力，慌慌张张地绕过四轮车，旗袍的一角被车轮胎卷了一下，疯妈妈就哎呀呀地大叫，拉过那一角，拧着脖子检查旗袍是否沾了脏。有一个过路的戴眼镜的男人，他从自行车上跳下来，朝桥上的疯妈妈看了一会儿,咧嘴一笑,又跨上车走了。疯妈妈看见了那个人,眼睛莫名其妙地一亮,对着男人的背影热情地打了个招呼,张老师,今天天气好热呀!那个男人一愣,自行车欲停未停,人快从车上掉下来了,就用腿撑住地,停在桥头。疯妈妈和绍兴奶奶都望着那男人,望着的是一个背影,穿着蓝卡其布的中山装,肩膀有点塌。那个奇怪的有点塌肩的男人,在桥头迟疑了好一会儿,回过头,眼睛闪闪烁烁的,最终还是没说话,匆匆下了桥。

你认识那人?你不认识那人怎么叫人家张老师?绍兴奶奶恨恨地看看那个男人的背影,又看着疯妈妈,你就这么跟人家七搭八岔呀,怪不得别人说你作风不好,你这人,就是不正派。疯妈妈辩解道,谁不正派?你才不正派呢,我记得他的,是张老师,是文工团的化妆师。他替我化妆的。化妆化妆,你就记得化妆。绍兴奶奶推着疯妈妈往桥下走,边推边说,我这把年纪,你说我不正派?你脑子不好,不跟你计较了。你打扮成这样站在这儿,以为自己是一幅画儿呢?是画儿也行,别人看画儿,画儿怎么去看人呢?现在外面的人什么样子你知道不知道,坏人很多,让人欺负了你都不会告状,告了状也没人理你,你还不快回家去!

疯妈妈先是躲,后来绍兴奶奶开始拉拽她的旗袍,她心疼旗袍,突然就反抗起来,拍苍蝇似的拍绍兴奶奶的手,偏偏那手很固执很坚强,疯妈妈急眼了,挥起檀香扇就打绍兴奶奶的胳膊,打了一下、两下,看见绍兴奶奶恼怒的眼神,不敢再打,就用力把老妇人推开了。绍兴奶奶让她推了个趔趄,脸色顿时很不好看，她跺跺小脚，推起她的奶瓶车，哐当哐当地往桥下去，嘴里尖刻地说，好，好，你不听我话，还拿扇子打人，你就站在这儿孔雀开屏去吧，怪不得别人整你，是你自作自受，孔雀开屏也没你这么随便！

秋天的一个下午，疯妈妈站在桥头等她女儿素素，素素傍晚五点钟左右放学回家，可疯妈妈下午两点多钟就站在桥上了，也许她无处可去，也许她已经忘了判断时间的所有方法了，大家都知道去年春天的时候她的脑子就出了问题。说起来也是巧合，花儿等不开，却等来了蜜蜂，半天不见素素路过，疯妈妈等来了崔文琴。

崔文琴来了。原谅我多介绍几句。她是香椿树街卫生所里最年轻的医生，也是整个城北地区最受大众瞩目的女性之一，她容貌出众，却又替人打针，当然容易令人产生一些说不出口的遐想，据说街上有几个思想不健康的人没病没灾的，也拿着针剂往崔文琴那里跑，苦肉计里藏着什么心思，我不说你也猜得到。崔文琴替疯妈妈打过针。疯妈妈的病打针打不好，后来不打了，就忘了是谁替她打针，崔文琴却记住了疯妈妈。疯妈妈处于精神崩溃期的惊人的美貌，打动了崔文琴，崔文琴总是像面对一幅画一样对着疯妈妈指指画画，嘴里发出赞叹的声音。一个理智的女人欣赏另一个女人的美貌，本来是不寻常的，但由于后者脑子出了毛病，赞美即使是由衷的，也令人怀疑是同情心作怪，自然也引不起旁人的共鸣。好多女人带着孩子去卫生所接受注射时都会讨好崔文琴，说，你看崔阿姨长得多么好看，穿得那么朴素大方，她打针一点也不疼的。崔文琴却喜欢与人谈论疯妈妈的病，还有她的容貌和穿着，对疯妈妈的突兀而俏丽的穿着，崔文琴的赞美是毫无保留的，她说，她什么都敢穿，穿什么都好看，你们看见过她的那件旗袍吗？白丝绒的旗袍，除了在电影里，从来没有见过穿旗袍那么好的人！旁边有同事不以为然，一针见血地说，你穿也好看，可惜你脑子好好的，没毛病，那样的旗袍，你有了也不敢穿！

崔文琴路过桥头，一眼就看见了疯妈妈，或者说，一眼就看见了白丝绒旗袍。看得出来，她走向疯妈妈是为了走向白丝绒旗袍。她说，素素她妈妈，你怎么站在这里？那么惊喜的声音其实是另一种欢呼，白丝绒旗袍，你怎么站在这里？谁都看得出来，崔文琴爱死了旗袍，爱在骨子里，就更加炽热。大家只见她穿那种修改过的军装，没见她穿过旗袍，不是她不给旗袍机会，是旗袍不给她机会，她是崔文琴，不是疯妈妈，但是谁敢说两个女人谁比谁更爱旗袍？天机泄露于眼神，看看崔文琴注视白丝绒旗袍的眼神吧，是什么样的眼神？是一只饥渴的蜜蜂发现一片花园的眼神！她停下来和疯妈妈说话，其实是和白丝绒旗袍在说话。多软的料子，裁得多合身呀，扣子也漂亮，这是叫琵琶扣吗？不知道是怎么盘起来的？崔文琴的手触及白丝绒的时候，起初很柔情，小心翼翼唯恐损坏了什么，渐渐地抚摸变得贪婪，失去了礼仪，那只手在疯妈妈的腰间游弋一圈，像卡尺一样丈量着什么，结果不详，继续再来，手滑到了后面的臀部，意识到什么不妥，猛地升上来，在背上拎了一下，不满足，又到肩上抓一下。哎，别提多合身了，崔文琴说，是你在文工团做报幕员时做的旗袍吧？现在满世界找也找不到这式样了。这种白丝绒面料，你跑到上海也买不到啦。

疯妈妈妩媚地笑着，一边检查她的旗袍，别人对旗袍的夸赞让她感到骄傲，但别人触碰过的地方，她有点不放心，怕弄皱了，一只手翘起兰花指做成个熨斗，熨平那些并不明显的皱褶。崔文琴有点不悦，说，哎哟，你这么爱惜这件旗袍呀，摸摸又摸不坏的，也难怪，你好像就这么一件旗袍，夏天时候我也见你穿过的。疯妈妈说，谁说我只有一件？我有六件旗袍呢，这件白丝绒的，还有一件红丝绒的，还有两件丝绸的，是花的，还有两件虽然是棉布的，也很好看，我有六件旗袍，让素素的爸爸剪坏了五件，只剩下这一件了。崔文琴斜睨着她，听着，好像半信半疑的样子，突然打断疯妈妈说，红丝绒，红丝绒做旗袍？疯妈妈说，是呀，红丝绒的那件，他们都说我穿着最好。崔文琴眼睛一亮，说，红丝绒的料子，布店倒是有的卖，还不要布票呢，我们卫生所买过做大红花的！

崔文琴在桥上又站了一会儿，她不再盯着疯妈妈和她的旗袍了，东望西望的，似乎在盘算什么事，突然拍拍手，做了个决定，说，现在就去买！然后她就反身往桥下走了。疯妈妈起初不知道崔文琴干什么去了，她站在桥头等素素，没有等到，等到的还是崔文琴。疯妈妈看见崔文琴抱着一卷红丝绒再次走过桥头，就迎上去问，你买了这么多红丝绒，你买红丝绒做什么？崔文琴就势一把挽住了疯妈妈的胳膊，说，帮我一个忙，你跟我到裁缝店走一趟，借你的旗袍，让李师傅做个样子。说起来也奇怪，凡事关穿着打扮，疯妈妈一听就明白，她瞪大了眼睛，一迭声地说，不，不，我不去，我的旗袍不做样子。崔文琴对此明显是有思想准备的，她紧紧捉住疯妈妈的手，你怎么小心眼了呢，我借你的旗袍，就是做个样子，做个样子你的旗袍也不会少了什么的，何况你的是白丝绒的，我的是红的，不一样，你懂不懂？疯妈妈一个劲地甩手，她说，我没空跟你去裁缝店的，我要在这里等素素，素素快放学了。崔文琴看了看手表，她说，你满嘴说的什么糊涂话，现在才三点半钟，学校放学还早着呢，你别跑呀，你这么跑让别人看见了多不好，以为我拉你干什么坏事呢。崔文琴左扑右挡的，终于又把疯妈妈的胳膊紧紧地挽住了。崔文琴也是病急乱投医，脑子一热，就对疯妈妈说，你不会吃亏的，你帮我这个忙，我把我那条黑金花丝巾送给你，你那次来打针，不是一个劲地夸那条丝巾的吗？一句话顶了一万句。崔文琴说完已经感觉到被挟持的人放弃了反抗，一条丝巾让疯妈妈顺从起来，她的目光迷离了一会儿，似乎在努力回忆崔文琴许诺的丝巾的色彩，然后她突然笑了。我的旗袍配一条黑丝巾，配一条黑丝巾，多好的搭配！她对崔文琴笑了一会儿，突然说，说话算数，你不准反悔，谁反悔就是狗。崔文琴后悔也来不及了，有点窘，皱着眉毛说，别人怎么说你不正常呢，做个旗袍样子赚条丝巾，你比谁都精明呀。

下午三点多钟,有人看见疯妈妈随崔文琴离开了桥头,疯妈妈一只手小心地提着她的旗袍角,另一只手被崔文琴紧紧地挽住了,她们往东方红街的方向而去,从背影看两个女人的智能是平等的,步态是一样婀娜多姿的,她们很像一对结伴散步的姐妹。

李裁缝有点驼背,头上戴了顶军帽,脖子上挂了一条软皮尺,他淹没在裁缝店零乱堆放垂挂的布料和服装中,与外面洁净的街道甚至一个时代格格不入,因此他的脸上有一种自知之明的谦卑。女顾客上门来,他从缝纫机前坐起来,好像基层单位欢迎上级领导莅临指导,但崔文琴来,情况有所不同,男女角色不知怎么让李裁缝巧妙地颠倒了,崔文琴一来,他倒有点像个撒娇的女人,故意做出冷淡的样子,探出头去打量她后面的人,一看也是女的,就舒了口气,说,怎么,今天还给我带了个顾客?

崔文琴夹来一卷红丝绒,还有一个穿白丝绒旗袍的女人,说话有点语无伦次的,把疯妈妈往李裁缝面前一推,说,做旗袍,旗袍!我跟你提起过的,白丝绒旗袍,我把人带来了!

裁缝说,人是人,旗袍是旗袍,你把话说清楚了。裁缝先看人,看见一个三十来岁的女人,粗看面容美丽,细看有点憔悴,这么看有点矜持,那么看又透出些许呆滞,裁缝的眼睛一亮一亮的,发现对方不看他,对方摇着檀香扇左顾右盼,随口批评店里的衣服,都是什么衣服呀,难看死了。裁缝眼睛里的亮光便熄灭了，转而看她身上的旗袍，说，我不是在做梦吧，历史的步伐倒退了吗？现在还有人这个打扮出门！

崔文琴躲在疯妈妈后面做了个手势，指指脑袋，结果裁缝会错了意，说，谁难缠？你难缠还是她难缠，别人怕顾客难缠，我不怕，你也不是不知道我的手艺。崔文琴没办法，干脆就不介绍什么了，一大卷红丝绒扔在缝纫机上，又推一推疯妈妈，说，照着这样子，给我也来一件。

怎么想起来做旗袍的？不做，做了你也不敢穿。李裁缝不知道卖的什么关子，说，上次给你做的喇叭裙，也没见你穿。

你怎么知道我没穿，我又不穿给你看的。崔文琴先是霸道，霸道过后又婉转起来，说，咳，你管那么多干什么，你一不是我领导，二不是我爱人，你是裁缝嘛，只管做就行。再说了，我做衣服也不一定非要穿出来的。

做了衣服不敢穿？要求上进，怕领导批评？裁缝说，就在家里穿？光穿给你家老罗看？那多浪费。

你个死驼子，我穿给谁看关你什么事？崔文琴拿起一块画粉朝李裁缝扔过去，说，告诉你，我做的好多衣服就是压箱底的，虽然不一定穿，拿出来看看，心里也舒服。

我辛辛苦苦做的衣服，你拿去压箱底？做的时候那么挑剔，线头粗了都不行，拿回家就压箱底？李裁缝似笑非笑地盯着崔文琴，突然板起脸说，不做你的衣服，不做了，挣你的加工费，就像卖国求荣一样，自己都看不起自己。

你是不会做旗袍吧？崔文琴明显有点恼，忍了一会儿，用了激将法，说，我还以为你手艺全市最好呢，好个屁，不会做旗袍，算什么全市最好？

我也没说过我全市最好嘛，裁缝这行当，谁说好都没用，衣服说话最有用。李裁缝在一番插科打诨过后开始正经起来，他躲避着崔文琴的目光，觑着眼睛打量起橱窗边的疯妈妈来。他说，那位女同志跑这儿散步来了？怎么停不下来，你坐嘛。疯妈妈站在橱窗边，一只手伸进去，不知道在摸什么。崔文琴说，别管她，她坐不住的，你告诉我怎么量尺寸就行了。裁缝说，你比她要丰满一些嘛，三围都不一样，怎么量？让她把旗袍脱下来，你穿上去，一个脱，一个穿，尺寸要咬得准，只能这么量。

疯妈妈仰着头莲步轻移，她举着檀香扇点着横架上垂挂着的服装，点一点黄军装，说，解放军。点一点白衬衫，说，红卫兵。点一点蓝裤子，说，红小兵。点一点黑裙子，说，张阿姨。一件件点过来，点到一件小女孩的蓝色小圆点的连衣裙，她想起了女儿素素，回过头问崔文琴，几点了，素素该回家了吧？崔文琴看了看手上的表，嘴上说还早还早，身体却紧张起来，对李裁缝瞪了一眼说，谁有心思跟你吹《山海经》？赶紧动手吧，我家里也是一堆事，急着回去呢。李裁缝嘿嘿地笑，说，你让我动手？对谁动手？让我替你们俩脱衣服呀？崔文琴竖起手指戳了自己的额头，说，我是让你给骗了，每次来都是陪你说话，让你吃了豆腐自己都不知道。

崔文琴连哄带骗地把疯妈妈架到了花布帘子后面。花布帘子后面算是李裁缝的卧室,一张单人木架子床,床头的墙上贴着《杜鹃山》里的女英雄的画像,那女英雄怒目圆睁,手势却显示她很有心计,是少安毋躁的意思。床下有一只痰盂,痰盂好多天没倒过了,里面散发出一种酸臭的气味。崔文琴在里面换衣服是有经验的,一进去就非常谨慎地拉好帘子,两边用铁夹子夹住,她这么小心,疯妈妈还是如临大敌,惊慌地叫起来,这是什么地方?我要出去,我不在这里换衣服。崔文琴说,你快急死我了,现在也不是你在文工团报幕那会儿了,还有更衣室,上这儿来的女人,都在这儿换衣服。有帘子挡着,你怕什么?你以为李师傅是大流氓呢?

帘子外面的李裁缝确实是规矩的,他先是去倒茶喝,咕咚咚地喝得很香,然后他嘴里哼起了样板戏:朝霞啊哈映在阳澄湖上啊啊啊。里面的两个女人合作并不顺利,要脱的不情愿,要穿的太性急,费了好一番周折,斗争平息了,只听见细碎的衣料与衣料还有手摩擦的声音,过了一会儿,崔文琴掀开花布帘子出来了,身上已经穿好了那件白丝绒旗袍。她把两手向裁缝一张,半转身,做了一个羞涩而自信的造型,意思是问,我穿着怎么样?李裁缝嘴里便哎呀呀地叫起来,一边拍手一边凑过来,在崔文琴的腰上率先抓了一把,好,比她穿着还好看。

李裁缝给崔文琴量尺寸的时候忘了疯妈妈的存在,不知道做了什么多余的工作,让崔文琴啪地打了一巴掌。崔文琴说,死驼子，我今天高兴，就让你占点小便宜，不过，这件旗袍你给我多用几个脑袋去做，做不好，我饶不了你。李裁缝说，做不好我也不接这个活儿，你的衣服，借我十个胆子也不敢糊弄呀。外面的人说着话，听见帘子里面的疯妈妈突然躁动起来，疯妈妈在里面走来走去，现在几点了？几点了？不好了，天都黑透了，素素早就放学了！花布帘子突然鼓出来一堆，是疯妈妈的脸贴在那儿说话，天都黑透了，你们怎么不让我回家？快把旗袍还我，让我回家！崔文琴说，马上就好，马上就好，好好的你喊什么？你是不是怕黑？里面没光线，是有点黑，怕黑我让李师傅给你开灯。李裁缝不知道为什么笑，笑着去开灯，灯一亮，帘子后面的疯妈妈被灯光剪出一个清晰的影子，那影子把疯妈妈自己也吓着了，啊呀一声，人影子跳了起来。崔文琴一看不好，就冲上去关了灯，回头骂李裁缝，我就知道你，狗改不了吃屎，没安什么好心肠。李裁缝说，怎么骂我？你自己让我开灯的。崔文琴一时有点乱，走过去要掀帘子，手又缩回来，对李裁缝说，量肩膀吧量肩膀吧，快点量。李裁缝说，是在量肩膀呀，你老是躲着缩着，我不好量嘛。崔文琴瞟一眼帘子，压低声音说，你别吓她，她头脑有毛病，你看不出来？

李裁缝的表情看上去有点惭愧，说，已经看出来了，可惜呀。他带着那种惭愧的表情加快了工作节奏，突然叹口气，拿着软皮尺在崔文琴的腰那儿打了一下，说，腰这儿，其实我也没什么把握，旗袍难做难在腰上，万一腰这儿不好，你别怪我。崔文琴说，不好就罚你，给一半加工费嘛。李裁缝没有表态，斜站着研究崔文琴与旗袍的所有细枝末节的关系，发现了什么，手猛地又抓上来，抓着旗袍的扣子，说，我差点忘了，这琵琶扣我得拆一个下来，太难做了，不照着样子，我没那个本事做。崔文琴一听就为难了，使个眼色让裁缝注意帘子后面的疯妈妈，自己放低嗓门商量道，你不是会画吗，现在把扣子画下来，按照画样做嘛。李裁缝说，你倒是聪明，那我照着飞机的样子画下来，能不能做出飞机来呀？崔文琴哑然，绞着手说，这可怎么办？我哪儿忍心拆她的扣子，她要是个正常人，什么都能说通，可她头脑不好还小气，说不通的呀。要不就不做这个琵琶扣了，做个别的好看的扣子代替？李裁缝不置可否，崔文琴自己先摇起头来，不行，不行，我喜欢死这扣子了，花这么多心血做件旗袍，扣子不能马虎。李裁缝说，那怎么对她交代，先斩后奏，拆下来再说？崔文琴看看花布帘子，看看李裁缝，咬了咬牙说，拆，反正用完了再给她缝上的。李裁缝顺手拿了个薄刀片，已经准备拆了，又犹豫起来，低声说，我怎么有点心慌呢，别看她头脑不好，旗袍是她的命，拆了一颗扣子，她会不会跟我们闹？崔文琴捂着胸口说，我也心跳得厉害，这么好看的东西，偏偏是她的，跟她商量，怎么商量得通？李裁缝眨巴着眼睛思考了一会儿，找了一颗别针递给崔文琴，说，我拆领口上这颗，不容易发现，等会儿你替她扣，拿别针扣，我们打打岔，看看能不能混过去。崔文琴直直地瞪着那颗琵琶扣，脸上的表情一会儿畏惧一会儿坚定，我要这种扣子,一定得要。最后她说,反正也不是大不了的事,借用几天而已,混得过去混不过去都得拆。拆吧。

傍晚时分他们看见崔文琴领着疯妈妈走过东方红大街,两个女人以不同的方式引人注目,他们当然都注意到疯妈妈那天穿了一件白丝绒旗袍,眼尖的人发现了疯妈妈旗袍领口处的异样,一颗别针大煞风景,也惹人发笑,但由于人们深知疯妈妈的精神状况,这颗不正常的别针在疯妈妈身上反而显出了它的合理性,所以没有人去多余地思考疯妈妈的纽扣到哪儿去了,人们印象中疯妈妈从前就喜欢卖弄风韵,现在失去了最后那点束缚,她穿什么都无人计较,怎么穿也都是自由,穿旗袍就穿旗袍,扣别针就扣别针吧。

一路侥幸无事。经过葵花弄崔文琴家时,崔文琴心里打起小算盘,试探地问疯妈妈,你自己回家,认识路吧?疯妈妈却不上当,她牢牢地记住了崔文琴的许诺,丝巾,那条黑金花丝巾。疯妈妈说,你说好给我的,不给就是狗。崔文琴翻了个白眼,说,你记性比我都好呀,怎么有病?不就一条丝巾吗,我说给就给,你在这儿等着,我回家拿。疯妈妈说,不行,你要是走了不回来怎么办?我要跟着你。崔文琴有点火了,没见过你这种人,有病怎么的,有了病干脆就装小孩子了?什么狗呀猫呀的,还要做跟屁虫。她训了疯妈妈几句,看见有人向她们这儿张望,便缓和了语气,说,我家公公躺在床上养病呢,见不得生人,你实在不相信我就跟我来吧,不过不要进去,我婆婆有封建迷信思想,你这样的人是不可以进病人家门的。

疯妈妈站在葵花弄崔文琴家的门口，葵花弄里没有葵花，人家窗台上地上养着白色、黄色和紫色的菊花，都是半开半谢的。疯妈妈一边等着崔文琴的丝巾，一边低头观赏门前的菊花，光看不够，弯下腰想摘，身后响起了一片很大的动静，倒让疯妈妈吓了一跳。原来是个戴红领巾的小女孩跳着绳子过来了。戴红领巾的小女孩总是让疯妈妈想起她的女儿。不是素素，我以为是我家素素呢。她追着跳绳的小女孩，问，现在几点了，我家素素你认识吗？你们放学了吧。那女孩站住，诧异地望着疯妈妈，先是望着她的脸，然后紧张地研究起她的旗袍来，你为什么穿这种裙子呀？这是电影里女特务穿的裙子！疯妈妈说，这哪儿是裙子，这是旗袍呀，以前的女人都是穿旗袍的。小女孩似懂非懂，好奇的目光终于落在疯妈妈的旗袍领口处，她指着那里的别针说，你怎么这么懒呢，掉了扣子就缝上去，怎么用别针呢？

　　疯妈妈的手伸到领口处，很快就发出了她的第一声尖叫。崔文琴拿着丝巾出来时，惹祸的小女孩已经跑得没了踪影。剩下疯妈妈一个人，脸色苍白如雪，檀香扇扔在地上，左手揪着自己的领口，右手按着胸部，一声声地尖叫，一声声地叫。崔文琴知道是纸包不住火，事情败露了。崔文琴也慌，邻居们都已经向她家门口汇集过来，更令她慌张的是疯妈妈不仅发现了那颗琵琶扣失踪，从她泣不成声的哭喊中，崔文琴得知还有一颗什么镶嵌了宝石的胸针，也失踪了！

　　崔文琴情急之下忘了疯妈妈的精神状况，她用手指一下一下地捅着疯妈妈的脸,什么胸针,什么宝石,你别血口喷人,我从来没见你戴过什么胸针呀。崔文琴怎么能不慌?扣子事小,自己脱不了干系,不过是一颗扣子,她不在乎,胸针就是飞来横祸了,她怎么能不慌,一慌就骂起人来了,什么蝴蝶胸针,什么宝石胸针,你个疯女人,疯就疯了,疯进不疯出,没想到你还会敲竹杠!

所谓疯妈妈大闹葵花弄就是指那天傍晚的事情。其实疯妈妈不是闹,是在葵花弄尖叫、哭喊。人人都听清楚她丢了两件东西,一颗纽扣和一枚胸针。纽扣虽然别致,只是颗纽扣,胸针听起来是珍贵的值钱的好东西,丢了就显出问题的严重性了。人人都用目光向崔文琴索要答案,因为疯妈妈后来一直拼命地揪住崔文琴的衣角,好像人赃俱获的样子,但崔文琴拒绝提供答案,崔文琴手里抓着的是一条黑色的丝巾,她要把丝巾围在疯妈妈肩上,疯妈妈不要,看起来是拒绝某种收买。两个女人疯狂地扭在一起,嘴里都在尖叫,崔文琴姣好的面容因为暴怒涨成了猪肝的颜色,她是疯子,是疯子,你们都知道的!她努力地挣脱疯妈妈,腾出一只手对着邻居们指天发誓,她脑子有病你们没病,我得跟大家交代清楚,我是借了她的纽扣做样子,什么胸针不胸针的,完全是她的疯话,我要是见过她的胸针,就天打雷劈!

其间崔文琴的丈夫老罗出来了一次,他上前尝试拉架,没有拉开,大概是顾及影响,老罗没再做什么,黑着个脸叉着腰站在那儿。他也只好站那儿了,两个女人干仗,任何一个丈夫都不好做什么的,何况那是香椿树街的疯妈妈,老罗自己又是卫生局的干部。老罗听见疯妈妈在哭。他妻子也在哭,他妻子一边哭一边回过头骂他,老罗你是死人呀,怎么不想想办法,把这个疯子弄走,快把她弄走呀!老罗搓着手,向前跨了一步,一只手去抓疯妈妈,最后还是抹不开面子,缩了回来,也就是这时候,邻居们看见老罗拍了拍自己的脑袋,明显是找到了解决问题的办法。他们看见老罗向弄堂外面跑,几个孩子跟着老罗跑,一直跑到了杂货店的公用电话前。老罗的办法是用电话解决问题,孩子听见老罗在跟什么人打电话,老罗让那人立刻开急救车过来。拉什么病人?老罗对着电话嚷道,什么高血压心脏病,什么严重不严重,不严重我怎么会让你们过来?亏你问得出来,是一个疯子,疯得不成体统,在我家门口胡闹呢!

　　后来一辆白色的急救车就开到葵花弄来了。那时天色差不多已经黑透,急救车的灯光像探照灯一样把葵花弄照得亮如白昼,灯光打在崔文琴脸上,她绝望的脸上出现了胜利的曙光,灯光照在看热闹的邻居们脸上;他们都傻眼了,一个个眨巴着眼睛,交头接耳起来,灯光射到疯妈妈的脸上,疯妈妈向着光举起一只手,好像是投降,好像是与光搏斗,然后葵花弄的人们听见疯妈妈发出了最凄厉的那声尖叫,犹如晴天霹雳。人们禁不住捂起了耳朵,捂着耳朵看疯妈妈如何逃跑。疯妈妈往前跑了几步,前面是救护车,又转身往后跑了几步,后面都是人,疯妈妈就要赖皮了,她坐在地上,一边蒙着脸哭,一边蹬着腿,把脚上的丁字形皮鞋也蹬掉了,她说,我不哭了,我不要我的扣子了,我不要我的胸针了,你们别过来,求求你们,别过来。别过来。

该过来的人还是过来了。救护车上跳下来三个人,穿着白衣服,戴了口罩,有一个人的手上还带着一圈绳子。他们大概是准备病人抵抗用的,可是事到临头,疯妈妈失去了所有的力气,她只是蜷缩成一团,整个身体都剧烈颤抖着,她说,求求你们,别过来。一只手举起来,本意是阻挡别人,结果却把自己的手柔软地交给了他们。她说,素素放学了,我该回家了。又举起一只手,把另一只手也交了出去。疯妈妈最后简直是在配合救护车上的人。葵花弄的人们看见两个人轻松地把疯妈妈架到了车上,另外一个人看上去力气很大,却没派什么用场,是他从崔文琴手里接过了疯妈妈的丁字形皮鞋,提着鞋上了车。

大多数聪明人知道救护车将把疯妈妈带往何处,但也有人天生愚笨,追着救护车问,喂,你们把她送哪儿去?车上的人回答说,能上哪儿?去三里桥嘛。

三里桥是另一座桥,离我们香椿树街有二十多公里,从我们这儿去三里桥,需要换三次公共汽车,最后在南门搭乘郊区线。比我更年轻的人都知道三里桥是一座历史悠久的七孔古桥,桥下有一所白墙红瓦的老干部活动中心,但他们不知道三里桥的桥下过去柳树成荫,柳树林中曾经有一所精神病医院。所谓去三里桥,当然不是指去桥上,而是去桥下。这么简单的修辞手法,你不会不知道。

哭泣的耳朵

哥哥比弟弟大三岁,天经地义的,哥哥应该照顾弟弟。但那年夏天哥哥交了几个不三不四的朋友,人像水一样地往低处流。他的喇叭裤勒紧了屁股,看上去随时会绽线,他的军帽歪着戴,帽檐下支出几簇长头发,油腻腻的,抹过发乳,散发着一丝堕落的香气。他天天带着象棋到铁路桥下的公厕去,一边方便一边和人下棋,是赌残局的。这个哥哥,你还让他照顾谁去?人不学好的另一个标志就是懒惰,而哥哥的懒惰正在损害弟弟的利益。就说去白铁铺取水壶的事,早晨母亲出门前把它写在厨房的小黑板上了,注明是哥哥做的事,注明要带上五毛钱,还写了一句:别忘了盛上水试试。弟弟在厨房吃早饭的时候看得清清楚楚的,可等他去了一趟公共厕所回来,发现黑板上母鸡变了鸭,春风的名字已经改成了春生,是弟弟的名字了。弟弟知道是哥哥做的手脚,他想也没想,随手就把那个"生"字擦掉,又把名字改回去了。

整个夏天弟弟看上去都愁眉不展,不为别的,是为了游泳的事。母亲有一天路过护城河的酒厂码头,亲眼看见有人从那里捞起了一个溺水的男孩,母亲在那儿看了会儿,突然产生了许多不必要的联想,看见河对岸一群孩子还在水里打闹,母亲便春风春生地狂叫起来,对岸有人呼应道,春生刚刚还看见的,春风没看见!母亲就慌慌张张地往家赶。还好,路上看见了春风,春风和他的朋友坐在菜场卖豆制品的架子上,鬼头鬼脑的,不知道在干什么。母亲没心思去调查他们在干什么,她问大儿子,你弟弟呢？哥哥先说不知道，马上改口说，在家呢。母亲骑着车赶到家门口，一眼看见门口的晾衣竿上挂着弟弟的游泳裤，是两条红领巾改制的，还滴着水，母亲才松了口气。弟弟迎出来为母亲例行公事似的拿饭盒，母亲脸上仍然是一副劫后余生的表情，她看着弟弟头发上残留的水滴，说，好，上来了就好。但她的脸还是白着的，不得了啦，酒厂码头又淹死一个，肚子胀得那么高！她向弟弟描述了那个男孩膨胀的孕妇似的腹部，还说男孩的嘴里塞满了泥沙，泥沙里还长了一堆水草。弟弟不相信什么泥沙什么水草的事，那只是母亲在吓唬人，为她下达禁令添油加醋罢了。

弟弟愁眉不展。他再也不能下护城河游泳了，这道禁令，弟弟知道违抗不得。但他不能不游泳，去年夏天他刚刚在护城河里学会了游泳。弟弟偷偷地跑到工人文化宫的游泳池去游，游了没几天，不巧，得了红眼病，一双眼睛躲避着光线和别人的目光，依然红得令人心痛。母亲大怒，一口咬定是游泳池传染的红眼病。怎么能不传染？她说，你难道不知道，有人在游泳池里小便的！红眼病也来和弟弟作对，这样一来，母亲连游泳池都不准兄弟俩去了。

禁令对哥哥没什么影响，他对游泳不感兴趣，他和那些不三不四的人混，其他事都偷懒，这么热的天，哥哥洗澡也偷懒，拿水在身上胡乱抹两下，就骗母亲说是洗过了。弟弟夜里闻得到哥哥身上强烈的汗臭，像熏醋的气味，弟弟埋怨哥哥比猪还臭，但他不敢嚷嚷，许多事情上他也要哥哥替他打埋伏。比如游泳的事，弟弟红眼病一好就违抗了禁令，偷偷去阀门厂游泳，母亲不知情，但哥哥知道弟弟藏游泳裤的地方，瞒不了他。就像一个山头的强盗和土匪，他们谁也不能要挟谁，弟弟也捏着哥哥的把柄，哥哥和冯青他们在家里赌博，赌香烟，赌光屁股，赌吃牙膏，还赌钱，好几次都被弟弟撞见了。

下午弟弟去阀门厂游泳时路过了白铁铺子，一顶草草搭制的遮阳棚从门檐上挑出半米多远，没有挡住多少毒辣的阳光，他经过那儿的时候觉得四周翻腾着一股热浪。那五个老头坐在闷热的铺子里，叮叮当当地敲着白铁，一台破旧的台式电扇坐在地上，摇晃着脑袋，向五个老头公平地分配着热风。好多铁皮桶"花洒"烧水壶堆在地上，有的挂在墙上。弟弟不认识他们家的水壶，认识他也不拿，那不是他的事，是哥哥的事。五个老头在炎热的午后集体劳动的景象倒是有趣，弟弟看见瘦的历史反革命分子刚刚修好了一只铝盆，他用油漆在盆底写着什么字，其他几个都在敲，胖的历史反革命分子在捣鼓谁的铝饭盒，他的脸热得通红，白背心被汗弄湿了，紧贴在身上，透出两个像妇女一样的乳房。逃亡地主背对着街道，他在用锤子敲一块圆形的白铁皮，弟弟只能看见他裸露的后背上贴着一张膏药，他穿着长裤，却把长裤挽成了一条短裤；由于严重的静脉曲张，他的小腿看上去好像爬满了蚯蚓，让人反胃。资本家看上去最年轻，他戴眼镜，头发还是黑的，身上的军用衬衫不知从哪儿弄的，这么热也不肯脱；他还模仿炼钢工人，在脖子上系了一条白毛巾，好像这么一打扮别人就忘了他是资本家了。他们四个人都埋着头劳动，没有注意弟弟，只有门边的老特务抬起花白的脑袋，疑惑地看了他一眼，他的眼睛让弟弟吃惊，左眼角有一块瘀青，好像被人打的，肿着，睁不开的样子，右眼安然无恙，但弟弟清晰地看见眼眶里盛满了莫名其妙的泪水，弟弟说了一句，又不枪毙你们，哭什么？说完他就走了。

七月炎热的天气把人都赶到阀门厂的游泳池来了。游泳池不正规，长度宽度都不够，水有点发绿，也许好几天没消过毒了。来的人大多成双成对，男男女女的年轻人在一起，男的看上去便很骄傲，也不管他带来的女朋友是美是丑。女孩子不一样，有的害羞，像个木桩似的插在水里不动，有的就一点不害羞，靠在池边上东张西望搔首弄姿的。他们都不怎么游，好像是来泡冷水降温的。弟弟不甘心，在人堆里钻来钻去地游，结果不小心撞到了几个人，其中一个是烫头发的姑娘，撞她撞的部位不巧，那姑娘竟然尖叫起来，小流氓，小流氓！她骂人弟弟不在乎，弟弟不怕女的。他回敬一句你是女流氓就继续游，但有个家伙突然冲过来拎住弟弟的耳朵，瞪着眼珠子吼，你活腻了？你敢调戏我的女朋友？那家伙手劲好大，弟弟好不容易才挣脱了他的手，觉得耳朵很疼，疼得快从脑袋上掉下来了。他懂好汉不吃眼前亏的道理，没有盲目地与那个家伙正面交锋，回头去寻找那个烫头发的姑娘，她靠在池边上，一边咬着指甲一边冲着弟弟这里笑，看上去很自豪的样子，把弟弟气坏了，弟弟从小嘴不干净，一张嘴就骂了句最脏的,姑娘听没听见他不知道,反正那个家伙一定听见了,他后来发疯似的,一手继续揪住弟弟的耳朵,另一只手掐住弟弟的脖子,把他往游泳池外推。就那样当着游泳池里那么多人的面,好像小偷被警察当场捉拿一样,弟弟被一个力大无比的家伙推出了游泳池。

弟弟捂着耳朵。剧烈的疼痛使他丧失了任何报复的念头,他很想找到一面镜子看看耳朵的情况。他自觉颜面扫地,也没勇气再跳回游泳池了,所以他向那个家伙匆匆喊了一声我认得你,然后就跑了。

弟弟回到更衣室时发现他的拖鞋没有了。进来的时候他没有租到小箱子,只好把拖鞋毛巾肥皂放在角落里,好多没租上箱子的人都把东西放在角落里,可他的拖鞋失踪了。不知让谁穿走了。弟弟气冲冲地跑去质问那个女管理员,那女人一点也不肯承担责任,她说,告诉你人满了别进,你非要进,鞋子丢了怪谁?你倒是教教我,我一双眼睛怎么照看三十几双鞋子?女人一边发牢骚一边嚼着一块糍饭糕,弟弟怨恨地瞪着她的嘴,忽然想起母亲描述的那个溺死的男孩,弟弟浮想联翩,就冲女人骂了那句没头没脑的话,嘴里全是泥,嘴里还长草!

只好回家去。弟弟后来用一块毛巾和一条裤头裹着脚,穿过阀门厂外面那条长长的砂石路,向香椿树街走。七月毒辣的阳光不仅把路上的砂石烤得滚烫,折磨着他的双脚,它还像无数针尖戳着他受创的耳朵。弟弟的心中充满了受辱后尖锐的仇恨。仇恨主要针对游泳池里的那对男女，也有针对空中的太阳的，还有针对一些不明事物的，比如那个不负责任的女管理员，那个穿了他拖鞋的人，无论是偷鞋还是错穿都令他痛恨，还有东风他叔叔，他恰好骑着自行车经过那条砂石路，经过他身边，弟弟拉住他的自行车后架，想搭坐着回家，没想到他反应敏捷，后腿一蹬，倒踹了弟弟一脚。弟弟追着他跑了几步，他头也不回，说，滚！全世界的混账东西都让弟弟碰上了，怎么能让弟弟再讲文明礼貌？弟弟一张嘴又骂了起来，李三年，你强奸过幼女，东风说的！东风他叔叔还是不回头，他很冷静地回击了弟弟一句，我强奸过你妈！弟弟没捞到什么便宜，只能怀着满腔的仇恨在滚烫的路上走，他一跳一蹦地走，突然想起来街上是曾经出过一个强奸幼女的人，不是李三年，是谁呢，就住在化工厂旁边的，他的名字，弟弟怎么也想不起来了。

其实搭不上自行车也没什么大不了的。弟弟走了没多久就看见了桥。走过桥头他就得救了，街上开始有树荫，路面是青石板的，光脚走路也不怕。弟弟在桥头拆下了脚上的裤头和毛巾，突然听见哥哥的声音，他在喊弟弟的名字，准确地说是喊他的绰号，粉皮，粉皮，你下来。粉皮这种绰号起得没什么水平，不过就是影射弟弟拖鼻涕的历史，谁小时候不拖点鼻涕呢？弟弟本来不和哥哥计较这些事，但那天下午哥哥一喊弟弟的绰号，他觉得好像一支冷箭射来了，射的不是别处，是他的耳朵，他的耳朵一阵剧痛。弟弟抓着自己的耳朵，寻找哥哥的影子，四周都没有，原来在下面。弟弟看见哥哥和黄瓜正坐在阴凉的桥洞下面下军棋。粉皮你跑哪儿去了？哥哥仰着头说，妈让你去白铁铺取水壶，怎么还不去？还不快去，铺子快关门了！

弟弟对他这一套并不意外，他说，放屁。

你说谁放屁？哥哥说，你说妈放屁？吃豹子胆了？

你放屁！我说你放屁。

黄瓜他们在桥下面都笑起来，哥哥手里攥着一只棋子从下面冲上来，铁青着脸在弟弟头上刷了一下，你敢在外面拆我的台？小心我揍你。他从裤子口袋里掏出一张皱巴巴的纸塞给弟弟，说，别废话，你没看见小黑板？快去白铁铺子取水壶，否则妈今天就烧不了开水了！

烧不了也不关我的事。弟弟说，那是你的事。

什么你的事我的事，是家里的事。哥哥瞪着眼睛说，你比猪还懒，吃得比谁都多，还不肯干事，你要不去拿水壶，以后就不准喝开水！

不喝就不喝。反正我从来不喝开水。弟弟说，我喝冷水的。

你是猪脑子，冷水是用开水晾出来的，你不知道？好像是弟弟的智商激怒了哥哥，弟弟看见哥哥的脑袋开始斜过来，目光直直地盯着自己的脸部——主要是耳朵，哥哥开始抖动手腕，弟弟知道他的目标和游泳池那家伙是一样的，目标是他的耳朵。这个夏天哥哥不知道拧过多少次弟弟的耳朵了。弟弟下意识地大叫一声，滚开。弟弟来不及思考，身体首先后退了一步，双手拢紧了他的耳朵。哥哥的目光好奇地在弟弟全身上上下下地跳了几下,你慌慌张张的,又去游泳了?还干什么坏事了?他瞪着弟弟的耳朵,说,你耳朵怎么啦?松手,让我看看,你的耳朵怎么啦?好呀,你还光着脚,你的鞋怎么也没了!

不知道是缘于耳朵还是脚,还是一种手足无措的慌乱,或者是从游泳池归来后的辛酸,弟弟差点哭出来,幸好他把眼泪忍住了。他垂着头,看见父亲从上海捎来的新拖鞋在哥哥脚上闪烁着宝蓝色的光芒,弟弟决定向哥哥妥协。弟弟说,我替你去拿水壶,可以,那你把你的拖鞋给我。哥哥说,你穿我的鞋我穿什么回家呢?你还没说清楚呢,怎么把鞋弄没了?难以解释的事情用不着解释,弟弟没有多嘴,弯下腰去把哥哥的两只脚从人字拖鞋里强行搬了出来。哥哥毕竟大了三岁,任弟弟扒走了自己的拖鞋,你要是把拖鞋弄坏了,我敲死你。他推了弟弟一把,快点,快点去,妈回家以前一定要把水壶取回来。

弟弟穿上了哥哥的蓝色人字拖鞋,好像穿着两条船下了桥。一种响亮的声音从他的脚下传出,回荡在午后的香椿树街上,嗒,嗒,嗒,节奏清晰明快,听上去类似宣传队敲小竹板的声音。蓝色人字拖鞋带给弟弟一丝莫名其妙的快乐。弟弟一路跑着,一路看着脚上的拖鞋,他的心情被脚上的一小片蓝色照亮了。弟弟不知道自己是否微笑了,只知道他看着脚走路时耳朵不那么疼了。但他走过诊所旁边的向阳院时,他的同学金桥看见了他的微笑。金桥倚着门怪叫起来,你这个傻货,穿人字拖有什么了不起的？走路还看着它，走路还在笑！弟弟站住了，他说，谁在笑？你才是傻货，小心我敲你！他们一个倚着门，一个在路边站着，两个人的眼睛都骨碌碌转着，一边对峙一边思忖着什么。金桥先骂起来，谁敲谁？你敢敲我？弟弟说，那你敢敲我？你来，来敲，我就站在这里，你有种来呀。金桥朝身后的向阳院里瞟了一眼，看见一个男人在收晾衣竿上的衣服，金桥就改口说，你有种我们约地方，明天下午三点，酒厂码头见，你不来就不是人！弟弟也向院子里瞥了一眼，他认出那个收衣服的男人是金桥的父亲，弟弟鼻孔里哼了一声，说，码头见就码头见，你不来的话，我以后见你就不叫你金桥，叫你大便！弟弟骂得有点得意，走了几步，仿佛看见金桥正浑身紫胀，挺着孕妇般的大肚子躺在酒厂码头上。于是他又回过头，一脸神秘地对金桥喊道，嘴里塞满泥，嘴里长满草！

离开了向阳院，弟弟才发现天色已经暗下来了，有三个刚刚下班的女人各自提着一个网袋在他前面走，无意中做成一排人墙挡着道，网袋里的饭盒让弟弟一下想起了水壶的事。他从三个女人的缝隙中穿过去，把女人手里的饭盒撞得都当当响起来。女人们在后面骂，弟弟头也不回，向白铁铺的方向一路奔跑过去。

弟弟正好赶上白铁铺关门的时间，敲白铁的声音早已平息，弟弟远远地看见一个瘦老头在用叉杆把凉棚上的塑料布收下来，抱着那堆东西进去了。

白铁铺的排门已经依次上好，只剩下最后一片了，五个敲白铁的反动老头，也只剩下了老特务一个人。弟弟看见老特务抱着一片门板，正从里面狭窄的门缝里挤出来。弟弟堵在了他身前，掏出那张纸条，高喊了一声，取水壶！老特务缓缓地移动了一下身子，脑袋从门板后面探了出来，他眼角的青肿在暮色中看起来就像一条黑色的虫子在蠕动，他的另一只眼睛睁开着，仍然泪汪汪的。他就用那只泪汪汪的眼睛瞟了一眼纸条，瞟一眼又闭上了，弟弟注意到他抬起胳膊擦了下眼睛，还是抱着门板不放。

明天来取。他说，我们下班了，你没看我在上门板了吗？

不行。弟弟说，明天取，我们今天拿什么烧开水？

那我管不了。他说，我不负责取货。取货要找老孙。老孙已经走了。

放屁。弟弟说，取个水壶哪有这么多规矩？

你这孩子怎么说话呢？他说，我这把年纪了，我七十多岁的人了，犯得上跟你一个孩子斗气吗？

那你就把我家的水壶给我。弟弟说，要不我自己进去找，我认得我家的水壶。

我们这儿也有规章制度的。他说，取货是老孙负责的，他不在，我们就不能把壶给你，这是我们的制度。

你们牛鬼蛇神还讲什么制度？弟弟的脑袋探进门去，四处搜寻着，他说，我不管你们那一套，我得把水壶拿回家去。

是牛鬼蛇神就更加要守制度了，你是孩子，还不懂。他摇了摇头，取水壶也要讲制度，破坏制度就犯错误，你们小孩子，不懂里面的道理的。

不懂就不懂,你把水壶给我就行了。弟弟不耐烦了,整整一天的失败让他对最后这件事情认真起来,他把老特务往旁边推了一把,一猫腰钻进了白铁铺,铺子里没有灯,弟弟看见许多的桶、盆、壶和"花洒",或者堆在地上,或者吊在空中,一时找不到他家的那只水壶。弟弟说,老特务,你把我们家的水壶放哪儿了?

可是弟弟的行为把老特务惹恼了。滚出去!老特务抱着那块门板,对着地面撞了好几下,滚出去,他对弟弟叫喊着,你再不出去我就不客气了。

弟弟没想到老特务会如此愤怒,即使在幽暗的白铁铺里,他也能看到老头的烂眼睛里迸发出愤怒的火花。老头怀里的门板也调整了方向,老头抱着门板好像抱着一件武器。弟弟有点慌,但弟弟的嘴不饶人,你对我不客气?你个老特务也敢来惹我!弟弟说,你吃了豹子胆了,看我不收拾你?弟弟从来没有和一个老人干仗的经验,老特务到底还有多大的力气,心里没底,他就试着去拍拍那块门板。这一拍把老特务彻底惹毛了,老头突然地把门板抡到了半空,弟弟感觉到一股风,他迅速地向后跳了跳,蹲了下来,弟弟说,你干什么,用门板砸我?你吃豹子胆啦?老特务说,我就吃豹子胆了,今天就砸死你这个小兔崽子,本来就活腻了,砸死你我偿命,我还赚一命!弟弟这时候意识到了某种危险,他抱着脑袋向门那边退,退到门边他觉得安全了,正想说句什么,脖子上突然被一个人啪啪扇了两下,原来是哥哥来了。

哥哥怒气冲冲的,哥哥的脚上穿的不知道是谁的鞋,是一双破了口的解放鞋。我就知道你什么事也做不成,取个水壶也不会,哥哥几乎是吼着问,妈已经到家了,让你取的壶呢?

不怪我。弟弟闪避着哥哥的手,他指着里面的老头说,你问他去,是他不让我取。

哥哥向里面扫了一眼,看见老特务正把门板放下来,靠到墙上。哥哥很冷静地说,他为什么不让取,你不跟他说清楚,妈等着壶烧开水洗澡呢!

你问他去!弟弟尖叫起来,他说什么也不让取,还用门板拍我!

哥哥的眉头皱了起来。哥哥把弟弟向外面一推,自己闯了进去。你用门板拍我弟弟?哥哥问老特务。老特务冷笑了一声,似乎是表示不屑,也似乎是表示否定,他不吭声。哥哥说,你不让我弟弟取水壶,还用门板拍他?你这种人,还敢欺负小孩子?哥哥逼到了老特务面前,在一片幽暗中与老头脸对着脸,你这把年纪活到狗身上去了?哥哥在老特务的肩上戳了一下,你个四类分子,也敢欺负小孩子?老特务还是沉默不语,不过他的手开始行动,他去抓门板,哥哥傲慢地让开一条路,说,我让你抓。哥哥让他抓,老特务偏偏又把门板扔掉了,站在门边的弟弟看见老特务突然向哥哥身上扑去,然后他们就扭打在一起了。

滚出去,滚出去!弟弟听见老头一迭声地怒吼着,他的声音听上去已经变调了,比女声更加尖厉更加单薄。他的声音让弟弟体会到一种模糊的快感,弟弟凑上去,看见哥哥强壮的身体把老头压在墙角,很像一块岩石压着一段枯木,在这次真实的格斗中弟弟发现了哥哥惊人的青春的力量。力量对比很悬殊,老头其实没有什么力气了,只剩下一只手颤抖着,顽强地在空中抓挠着什么,弟弟意识到那只手袭击的目标,于是他大声提醒哥哥,小心,他要抓你的耳朵!哥哥喘着粗气对弟弟喊,你去找我们家的壶,赶紧送回家去!弟弟只当没听见,他瞪着老头的手,突然一下,按住了它,我让你揪耳朵!弟弟愤愤地说着,自己的手抓到了老头的耳朵,老头的耳朵很薄很大,也很柔软。我让你抓耳朵!弟弟说着将手里的耳朵拧了一圈。我让你揪耳朵!弟弟说着又把老头的耳朵转了一圈,这次他听见了老特务的一声尖叫,那尖叫声凄厉得令人心惊,哥哥和弟弟一下都愣住了。哥哥猛地松开手,有点慌乱,问弟弟,干什么了?我让你别在这儿,去拿水壶!弟弟说,我没干什么,就揪他耳朵了,他是装死吧。

老特务跌坐在地上,他的脑袋顺着一只水桶向右下方倾斜,然后枕在一只"花洒"上。他的喉咙里先是发出了含糊痛苦的呻吟,随后呻吟声完全变成了另外一种声音,哥哥和弟弟听得很清楚,是笑声。老头竟然笑了,尽管笑声嘶哑而短促,但仍然是笑声。哥哥和弟弟一时不知所措,哥哥问弟弟,他怎么啦?弟弟说,他疯了,肯定是装疯。然后他们听见老特务开始说话,由于喘着粗气,声音也微弱,听不清楚。哥哥和弟弟都弯着腰凑上去听，总算听清了，老头其实没说什么，他说，我这把年纪是活在狗身上了。老特务仰着头，望着白铁铺低矮的顶棚说，我这把年纪是白活了，我怎么活？我和小孩子打起架来了！

兄弟俩看见一张扭曲的老人的脸浸在白铁铺幽暗的角落里，一动不动。除了三个人的喘息声，铺子里静下来了，剪切过的白铁皮零乱地扔在地上，长条形的、圆的、方的，都保持安静，修理好的器具大多挂在墙上，没有修理的都堆在墙角，脸盆、洗脚盆、水桶、花洒，都闪着淡淡的白光，保持安静。哥哥和弟弟弯着腰研究老头的脸，没有得出什么结论，他们无法确定那是一张笑脸，还是一张哭泣的脸，老头看上去是笑着的，但泪水正像泉水一样从他的眼睛里涌出来，涌出来。

外面却有动静了，有人从外面探头向白铁铺里面张望，探了探又走了。一定是察觉到白铁铺的异常，那个人走过去又返回来，敲了敲白铁铺的门，老孙，你还没走？老孙不知道是谁，兄弟俩不知道老特务的姓名，只知道他是个特务。敲门的是个女人，弟弟以为是母亲跑来了，弟弟说，不好，妈来了。哥哥立刻用手盖住了弟弟的嘴。但女人只是嘀咕了一声就走了，说明不是母亲。兄弟俩都松了口气，然后他们开始在满地的杂物中寻找他们家的那把水壶。他们找到了，水壶的壶底已经换过，哥哥用手摸了摸，弟弟也伸手上去摸，摸到的是一块平滑崭新的铝皮。弟弟说，妈关照要盛上水试试，要不要试？哥哥摇头，向老头那边歪了歪嘴，低声命令弟弟，拿上壶。赶紧走！

他们挤出白铁铺狭窄的门洞时,听见老头喉咙里咯地响了一下,然后是一阵寂静,然后便是一阵急促而奔放的恸哭声在白铁铺里炸响了。

我至今还记得我们家的那只烧水壶,现在各地的铝制品厂不再生产这么大的水壶了,一壶水烧开了,能够灌满三只热水瓶,你想想它有多么实用吧。我记得那只水壶的提手上缠着红布条,壶身平时是黑乎乎的,但到了逢年过节前我母亲会用粗盐把它擦得干干净净的,一擦就像新的了。壶底却是个例外,由于让白铁铺子的老家伙们换过,补上去的白铁皮多少有点让人放心不下,我母亲害怕会把壶底擦薄了,只能让它黑着。

他们都骂我懒。我母亲说我懒,我哥哥自己那么懒,他居然也口口声声骂我懒。我不是懒,我只是怕烧开水,他们偏偏最喜欢让我去烧开水。我不能告诉他们我为什么怕烧开水,告诉他们他们也不相信的。当我提上水壶去自来水龙头上接水,听见水柱落入壶底的喷溅声,我会想起白铁铺的老头们敲白铁的声音,咚咚咚,咣咣咣,我的耳膜受不了。等我再把壶提到炉子上,听见火苗吞噬壶底的水迹时发出哔哔的声音,一切就更令人难以忍受了,我会耳朵疼,火苗会蹿进我的耳朵,我会感到一种细微而尖锐的灼痛袭来,那灼痛感发生于壶底的圆形白铁皮,终止于我的耳朵。

壶里的水,壶里的日子,好多冷水烧成了开水,日子也一天天过去了。我们街上的白铁铺有一天关门大吉,据说是给里面的老头们落实政策了。就我的理解,这对于白铁铺里的五个老头是一种解放,对于我母亲这样节俭成性的家庭妇女却是一种不公,那五个老头不敲白铁,苦了街上所有勤俭持家的妇女,后来他们只好把坏了的盆啊桶啊都拿到河对面的小柳树街去,那条街上的人倒是敲白铁的世家,手艺比老特务他们要好得多,但是带着那些东西走那么多路,毕竟是不方便的。

我最后一次见到老特务是在体育场旁边的街心花园里,大约是八十年代的一个春天。有一群老人在街心花园里打纸牌,我看见一个戴耳朵套子的老头坐在人群里,格外醒目。那是一对紫红色的绒布做的耳朵套子,这稀奇的东西逼你向他的主人多看两眼,我认出了他。老头气色不错,模样没有变得更老,当然也没有变年轻,我认出他以后就下意识地躲开了。多少年来我一直害怕撞见这个老人,但是他的那副耳朵套子确实太滑稽太招惹人了,我走过去又退回来,假装看他们打纸牌,目光忍不住地落在那副耳朵套子上。我在猜老头为什么要戴这么个玩意儿,春天了,天气一点也不冷,别人的耳朵都大大方方地沐浴着阳光和春风,他为什么非要戴着这个怪模怪样的东西?

我对老头的耳朵套子很敏感,敏感了就会多虑,会不会我们兄弟俩当初把他的耳朵揪坏了呢?这份疑虑使我的心情沉重起来。我和我哥哥曾经谈起老特务和他的耳朵套子,他居然是一副惘然不解的样子。我是记得那老头,他敲白铁嘛,手艺不错,我哥哥瞪着我,眼神中充满了被羞辱后的恼怒,你说我打他,打过他的耳朵？造什么谣？我什么时候扁过老头的？我以前是好打架，可怎么打也打不到个糟老头身上，怎么打也不会去打人家的耳朵呀！

　　我不敢确定我哥哥是健忘还是故意抵赖，往事都一样蒙着岁月的灰尘，有的部分清晰，有的部分模糊，就看风吹过后灰尘是越积越厚还是悄然消失了。我哥哥的态度起初让我吃惊，最终却是令我感到轻松的。既然他已经把那年夏天在白铁铺发生的事情忘了个精光，我何苦非要对一次青少年时代的恶行耿耿于怀呢？我们兄弟俩的感情一直很好，不仅如此，在许多事情上我们是同盟，比如对待家里的那些破烂，母亲怎么也不舍得扔，谁扔要跟谁拼命的样子，而我们兄弟俩经常在一起密谋，如何让那些破烂自然而必要地消失，又不伤害母亲的感情。

　　消灭旧水壶的事情是我干的，有一天我在厨房里帮母亲准备未婚妻第一次登门的晚餐，我母亲的目光落在那把水壶上。春生，去烧点水。在母亲的命令发出之前，我突然感到了一种极度的冲动。我冲出门去，骑上车到百货商店买了一把新上市的不锈钢水壶。回家后我就把那只黑乎乎的旧水壶沉到了护城河里，母亲追在后面骂我，我不管，我蹲在河边的石阶上，听见沉重的旧水壶坠入深水时泛出了无数的水泡，我感到自己沉浸在某种残酷的享受中。说起来奇怪，人们对特定事物的恐惧其实可以找到解决的途径，有时只是举手之劳，自此以后我再也不怕水壶烧开水的声音了。

堂兄弟

从枫杨树乡通往马桥镇的公路下来,穿过一片棉花地,可以看见池塘那边的乔村。绕过池塘向村里走,看得见白墙黑瓦的乔家祠堂。祠堂一度改为乔村小学的校舍,更早的时候是卫生所,现在小学迁了,卫生所关闭了,除了墙上留下一些孩子们的涂鸦,还有当年用红漆写在横梁上的计划生育的标语,祠堂总体上恢复了祠堂的尊严,阴森也恢复了,这些年乌鸦又飞了回来。

德臣和道林两家近距离地接受着祖先的庇荫,他们的房子就坐落在祠堂西侧的小土坡上。两户人家的房子靠在一起已经很多年了,从他们的祖上开始,就那么头傍头背贴背地靠着了,按照家谱记载的乔姓各家造房的年份推算,他们两家的房子这么靠着也有两百年了。当然这是粗略的算法,其间德臣家房子失火一次,殃及道林家,还有一年秋天接连下了十一天大雨,把道林家的房顶下塌了,德臣家的堂屋也就看得见天,祖宗的画像也让雨淋烂了,自然少不了要修顶筑漏,两家修房盖房是多长时间,又是什么样的情景,在此就忽略不计了。我老家枫杨树乡间历史上也出过些状元秀才什么的人,革命时期也出过人,到外面做了三品官做了大干部,住花园别墅的都有。不过德臣和道林家都是普通的农户,住的自然是农家的房子,之所以谈论他们的房子也是事出有因。早年间枫杨树乡下的房子都是泥墙草顶,再怎么盖也盖不出花样来,只图避个风雨,偏偏房子不通人性,不肯体贴主人的家境,风雨一多,稍微受了点苦,就扛不住了,撂挑子不干。花那么多钱那么多力气,辛辛苦苦盖起来的房子,却不如一把锄头一把镰刀那么耐用,住个几年就要修,等到修也修不起来了,主人就咬牙跺脚的,决心盖新瓦房了。德臣家原先的瓦房是这么咬牙盖起来的,道林家的不一样,但也轻松不到哪儿去。村里的老人都知道德臣的祖父当年在外面游乡弹棉花,把两根手指都弹坏了才盖起了瓦房。德臣家的瓦房一好,旁边道林家的草房子就显出可怜劲来了,远远看着那草房,好像死死地抱着瓦房的腰,不放手,也好比一个穿戴体面的人被一个泼皮拦腰抱住,甩也甩不掉,总要给个什么说法。果然,隔了三五年,就有了说法,道林家的瓦房也在旁边站起来了。这事说起来好懂,德臣和道林两个的祖父是亲兄弟俩。哥哥后来在马桥镇上开了棉花铺子弹棉花,雇了弟弟做伙计,肥水不流外人田,弟弟就在哥哥的帮衬下把新房子盖起来了。据乡间老人的闲话,说弟弟盖房的时候缺几根椽子,就偷了祠堂里顶门的一根大门闩,拖回家做了椽子,这话不知道可信不可信。祠堂后面的一片竹林,当年让小学生们糟蹋了,不见了,坡上德臣和道林家的两座瓦房,现在你从祠堂的窗户里一眼就看得到。一座大一些,一座稍微小一些(也不过少了北面那两间耳房),靠在一起,大小正好合适,正像是兄弟俩靠在一起仰望着日落日出,在贫穷的枫杨树乡间做着丰衣足食的梦。

说这话的时候已经是好多年以后了,弹棉花的亲兄弟都早已经在柏树林下的祖坟里彻底歇下,他们留下的房子里住着自己的子孙,却不是亲兄弟了,是堂兄弟。德臣和道林,他们是堂兄弟,这堂兄弟的关系在枫杨树乡间是最常见的,可近可远,清明上一个祖坟烧纸,然后都去乔家祠堂祭祀祖宗,祠堂里聚集的男人中有多少堂兄弟呀,一出祠堂他们就各奔东西了,可是德臣和道林回家,走的永远是一条道。

那个走路挺着胸的穿西装的矮个子,是德臣。另一个弯着腰的嘴里永远叼着香烟的瘦高个子是道林,他们的外貌特征很明显,何况他们两家住在坡上,进进出出;村里人远远地就喊起他们的名字来了。

德臣!

道林!

德臣家的新楼房春天开的工,到了夏天就威风凛凛地站了起来,还在坡上,离两家的老屋也只有十几步路远。村里给道林盖新房的地皮也在那里,画了红线的,德臣先下手也没什么,他占不了道林的地皮,也不敢有这种心思,道林的心胸比不上海洋,但比水沟宽得多,他本来是准备忍受一些来自德臣的压力的。春天德臣家开工的时候还去帮了两天忙,第三天帮不下去了,就借口去走亲戚,离开了村子。眼不见为净。他在城里一个建筑工地上干了几天,干几天人家工程就完工了,没有新的地盘可去,又回来了。他从公路上看见了德臣家的新房子,三层楼已经盖好了第一层,红砖墙面,大窗洞,和德臣嘴里描述的一样,没有什么意外,也没有什么惊喜。怎么会惊喜?那是德臣家的房子,不是他的。道林记得他一路穿过棉花地的时候还没什么特别的想法，但棉花地里打农药的几个妇女偏偏拦着他说话，狗子他妈说，道林，德臣家开工你怎么躲出去了？你们还是兄弟呢，也不去帮帮人家忙。道林说，你知道个屁，我怎么没帮忙，是帮不上，你以为现在盖房子还是以前，要图纸的，按照图纸来，不会帮帮的是倒忙。狗子他妈说，那你家房子到底什么时候开工呀？他不愿意和妇女多费口舌，回了一句，该开工就开工，我家房子你操什么心，你又不肯嫁过来做小的。狗子他妈追着他要打他，道林往地里一跳，跳到乔来秀旁边，那乔来秀正眯着眼睛向坡上看，瞥一眼道林，忽然无端地笑起来，笑得道林心慌，说，你个疯婆子吃了笑药了，好好的浪笑什么？乔来秀还是笑，指着坡上的房子说，你自己来看嘛，看你们两家的房子，很有意思的。道林说，房子有什么意思？乔来秀说，原先是你们两家房子，还没看出名堂，现在德臣家的房子好了，怎么觉得他家是站着，你家那房子是跪着的——别跟我瞪眼睛呀，你自己来看，像不像三个人？一个跪，一个蹲，一个站，你家那房子最可怜，是跪在那儿的！

道林盖房的计划是被种种的意外打乱了。不可否认，女人的闲言碎语也会惹是非，比如乔来秀的话，怎么听着就像针一样刺人呢，刺痛的是道林的自尊心。但更大的意外来自道林媳妇那里，道林怎么也想不到媳妇那样敦厚那么死心眼的一个女人，会让德臣家的房子弄得乱了方寸。他回到家里，看见门关着，正纳闷大白天为什么关门，儿子在里面叫起来，快开门，爹回家啦。

女儿跑过来下了门闩，给他开了门。道林说，村里闹贼了，好好的怎么闩着门？女儿指着儿子说，他不听话，不让他跑去看盖房，他偏要去。道林说，盖房怎么不能看？让他看去。儿子这时候大声叫起来，是妈不让我去看，她自己不看，她把眼睛都蒙起来了！道林进了里屋，果然看见他媳妇脸上蒙着块布坐在床上，手里还在纳鞋底。道林说，你这是闹的什么鬼？眼红别人盖新房，也不能装瞎子。媳妇说，我就得把眼睛蒙上，不蒙上眼睛忍不住地要到窗口去看，一看心里就堵得慌，什么事也干不了。道林上去揭下她脸上的布，说，你的心眼怎么比针尖尖还小呢？传出去不让人笑掉大牙。媳妇说，还怕人笑话呢，腰杆子都挺不直了，还要那个面子有什么屁用。

　　赶路赶回家，道林不觉得累，只觉得心烦。他把媳妇往床上按，按了几次媳妇都坚强地挺了起来，道林就放弃了。夫妻俩都呆坐在床上，仰头看着自己的房子，房梁和椽子都已经发黑了，挂在梁上的一只箩筐里结了一张蜘蛛网，一只老鼠吱溜一声从梁上跑过去，不见了踪影。媳妇说，他们家一开工，老鼠就往我家跑，欺负人呢。道林说，这几天我一直在琢磨呢，德臣上哪儿弄来这么多钱，他种那么多地，我也种那么多地，他种果树，我也种果树，他养猪我也养了，闲着时他去地盘上干活，我也没歇着，我比他干得还苦，怎么就攒不下盖房子的钱呢？媳妇莫名地气起来，说，偷的！道林说，不兴这么说人家，我估计他是借的钱，我听天武说他去他家借过钱的。媳妇说，当然是借的，不借去偷呀？媳妇说着在门缝里找了个竹竿去挑房梁上的蜘蛛网，被道林拦住了，别挑，让它在那儿，道林说，我一路上一直在想呢，盖房子的苦早吃晚吃都得吃，咬咬牙了，我明天开始出去借，够了钱我们家也开工！

媳妇却一下瘫坐在床上了，她的眼睛眨巴着看着丈夫，要说什么，却一句也说不出口，只是把一只手塞给道林，说，你摸摸我手上的脉，还在不在跳？我怎么透不出气来了呢？道林说，你是让吓的，你要是怕，我们就再攒两年再说。媳妇瞪大眼睛望着房梁，突然哭起来，说，我听你的，你要是能忍，我们就再攒两年钱再说。道林突然火了，甩掉媳妇的手，说，听我的你还哭什么，反正一辈子就盖一回楼房，上刀山得上，下火海也得下，我们不忍这口气，我们也开工。

出去借了钱，道林才知道德臣什么都抢先走了一步。他的估计不错，德臣盖房子的钱也是借的。枫杨树的富裕人家不算少，凡是乔姓，都沾亲带故，但借钱的事比血缘复杂。人人皆知借钱容易讨债难的道理。是有几家亲戚，房子早盖了，儿女大事也办了，手里有余钱，等到道林上门的时候，亲戚都面有难色，说道林你从小就不如德臣机灵，这回又让德臣抢了先，家里富余的钱都让德臣借走啦。还拿德臣的借条给他看。道林这才想起来他和德臣的亲缘关系，他的亲戚好多也是德臣的亲戚。道林心里埋怨为什么偏偏和德臣做了堂兄弟，沾光的事情记不起来，吃亏却吃了不少，这怨恨绵绵密密，却说不出口。道林说，我道林是什么人你们都知道的，嘴皮子不灵，做人是堂堂正正的，人家会赖债我不会赖债的，就是不吃不喝也要把债还清了。亲戚说，德臣也是这么说的，其实你们兄弟做人什么样我们都清楚，不是不借，是没的可借了。也有亲戚说，你们两家为什么非要挤在一起盖房呢？房基地反正归你了，也不会长翅膀飞了，你怎么偏要跟他挤在一起盖房呢？道林一时也想不出什么冠冕堂皇的理由，就把责任都推到媳妇头上，说，我是不急，祖宗留下的房子，好好的，不过就漏雨，漏雨就用盆接嘛，我不急着盖房，是小勇他妈天天跟我闹呢，她怕让德臣家抢了风水。

道林是个爱面子的人，借不到钱从不对人说半句难听话，回家就不一样了，拿媳妇撒气。他说，不盖了不盖了，不去丢那个脸了，就住这老房子，我不信能把人住死，你不是不敢看人家盖房子吗，明天把窗户堵上，把门也掉个方向，你不扭头，什么也看不见！媳妇给他弄哭了，说，你就会说这种屁话，没出息的东西。道林说，我没出息，你怎么不出去借，你不是说你三舅家买了两台拖拉机了吗，他家那么富，你怎么不找他借去？媳妇呜呜地哭了一会儿，说，不盖就不盖，你是男人，丢脸丢你的脸，不丢我的脸。道林跳起来，我丢什么脸了，我乔道林不偷不抢不嫖不赌的，借不到钱就丢脸了？道林要去打媳妇，媳妇向外面逃了几步，突然站住了，咬着牙说，我就不信活人能让尿憋死，我回娘家，找我三舅借，我三舅不给我面子，我就让我妈出面，不信就借不到钱!

乔村人都知道道林家盖房的钱是他媳妇从娘家借来的,也许就因为这事,后来道林家盖房的时候都是女的做主,道林好像矮了一截。工匠也都是女的从娘家那儿请来的,说是江西来的工匠,人多,工钱还便宜。村里人都说道林媳妇平时显不出有多能干,关键时候就显山露水了。

道林家的房子后来一直在追德臣家的房子,村里人在棉花地里干活或者从公路路过时,都能看见坡上的两座新房子比赛一样地蹿高。道林家的工匠搭了棚子在公路边住,开工早收工晚,隔了不多久,后动工的追上了先开工的,两座房子一般高了,看上去又像兄弟了。村里人路过工匠住的棚子里,看见道林媳妇穿着道林的肥大的旧军装,正在灶边忙着为工匠做饭,他们带着惊讶之色恭喜她说,哎呀,快追上了嘛。道林媳妇还装糊涂,说,什么快追上了?人家说,房子呀!道林媳妇便从工棚里探出头,看看坡上的两座房子,说,我们家道林办不成事呀,要不是等砖头,我们家的房子就封顶了。

房子封顶的时候两家差点闹出了纠纷,说白了是枫杨树乡下常见的房顶谁高谁低的纠纷。是德臣的媳妇容不下道林媳妇的能干,又迷信,就让工匠等着道林家封顶,说,让他们像狗撵骨头一样撵着我们,我们家开工在先,风水倒让他们抢了?我们家房顶偏要高过他们家。工匠们听主人的,便歇下来了,道林媳妇是明白人,却比德臣媳妇有手腕,她说,好呀,他不停我们不停,他停我们也不停,你们照着料往上盖,盖到哪儿是哪儿,我看她有多少能耐压我一头。这一闹工匠不会干活了,两家男人出面了,德臣和道林从小一起光屁股长大,什么话都可以摊开来说,堂兄弟俩蹲在工地上商量了半天,决定谁也不占那个风水,两家房子用尺子量,一定要一般高,还要请村长来做证人。

毕竟是堂兄弟,堂兄弟头挨头地商量事情,祠堂里祖宗的在天之灵严厉地挡住女眷的脚步,不让她们多嘴多舌,她们不参与,德臣和道林很容易地解决了一个棘手的问题。

他们挑了一个好日子一齐搬的新房子。按照枫杨树乡间多少年来的习俗,盖新房的再怎么穷,乔迁之宴一定要摆。全村人都可以带着一张嘴来吃。也是为了省下点钱来,德臣和道林商量一起把宴席办了,也顾不上别人的风凉话,两家摊分这场宴席,谁也不吃亏,这是好事,女人当然也不会反对。两个女人去马桥镇上割猪肉的时候还各走各的,回来时候虽然不说话,但她们是抬着一麻袋猪肉一起走回来的。到了起灶办宴席的那天早晨,一种共同的负担和另一种相通的利益使德臣媳妇和道林媳妇不计前嫌、彻底走到了一起,他们从早上就开始商量猪肉里应该混土豆还是萝卜,米饭该煮成几分烂,酒瓶让谁来掌管,一切就是为了让贪嘴的村里人少吃一点。

两家的旧屋谁也没拆,正好用来摆宴席。中午十一点钟,所有的乔村人都在往坡上赶。乔村不是大村,但由于地形的关系,那支弯腰爬坡去赴宴的队伍看上去是浩浩荡荡的。房子里里外外都坐满了人，远远听着是一种节日式的热闹和嘈杂。德臣媳妇道林媳妇带着几个女的在树下临时搭砌的灶前忙，德臣家的儿子嘴馋，在母亲身边钻来钻去抓东西吃，德臣媳妇打了他一下，抢下孩子嘴里的一块肉，正要往碗里扔，突然像遭了谁的鞭子抽，人突然打了个冷战，回过身拉过孩子，把肉又塞到儿子嘴里了。道林媳妇有点不满地看着她，没想到德臣媳妇一句话，把道林媳妇也说得心如乱麻，到处找自己的一双儿女去了。

德臣媳妇对儿子说，今天就敞肚子吃吧，欠下这一屁股债，怎么还？只能从牙缝里省钱，从今往后，你别想有这么大块的肉吃了。

枫杨树乡下的人习惯了从牙缝里省钱的生活，这对于德臣和道林两家的大人来说早有思想准备，孩子们却不接受餐桌上从天而降的灾难。孩子不接受了就闹，闹了就挨大人打，打得狠了孩子长了记性，知道不该为吃跟大人闹，就想别的歪点子了。德臣的儿子在学校里抢同学的饼干吃，被人家家长闹上门，德臣便大发雷霆，拿着根扁担追着儿子打，从新房子追到旧房子里，儿子一转眼不知道躲哪儿去了，德臣看见道林家的两个孩子钻在猪圈旁边，生了一堆火，用一只搪瓷杯子煮鸡蛋吃。看见德臣，女孩子惊恐地叫起来，说，叔，求你别告诉我爸。小勇则说，也别告诉我妈，我妈打起来更疼。德臣看得心酸，过去帮他们拨了拨火，德臣说，这是什么日子，勒着裤腰带过日子，从孩子嘴里省钱,能省下多少钱来?

德臣后来就不准媳妇天天煮稀饭,他规定每隔一天要煮一顿干饭。德臣在家是说一不二的,媳妇不敢违抗,德臣媳妇没想到自己煮点干饭,又把隔壁道林家得罪了。这要怪两家新房子的厨房都顶在房前,这家厨房里的味道,隔壁那家是闻得到的,孩子的鼻子比小狗还灵,德臣媳妇一煮干饭,道林家的孩子马上就知道了,知道了就有了抗争的理由,尤其是男孩,他居然自作主张舀了米要往锅里添,说,他家也要还债,他家煮干饭,我也要煮干饭。煮粥的姐姐就大叫父母来。道林媳妇下了楼,打了孩子几巴掌,手不疼,孩子也不见得疼,倒把自己的心打疼了,就坐在楼梯上哭了起来。道林也下楼,看见媳妇哭得那么伤心,知道她是心疼孩子,就说,粥也是细粮呢,现在的小孩子有细粮吃,不错了,我们小时候吃红薯南瓜饭的!媳妇哭过了,冷静下来,说,人家德臣家做的也对,孩子长身体,不能天天喝粥,也得吃点干的。道林说,我早这么说了,是你要从饭碗里省钱的。媳妇走到外面去,向隔壁张望了一下,回来说,他们家也是,煮干饭也不关着点门,看把孩子馋的。道林说,总不能让人家煮干饭就把门窗都关了,是我们家孩子不好,他就不能不过去闻吗?他是人呀,又不是狗。道林媳妇站在门口思忖了一会儿,瞬间做出了一个重要的非同寻常的决定,她对丈夫说,你等会儿过去跟德臣说一下,以后煮干饭打个招呼,我们两家反正是一辈子拴在一起了,煮干饭也得一起煮,别让孩子们嘴犯贱!

后来德臣和道林家就有了这个约定，煮干饭两家一起煮，事先要互相通报。由于德臣媳妇和道林媳妇的关系时好时坏，所以他们互相通知的方式也是多种多样的，两个女人关系好的时候是亲自过来通报，关系不睦了，就差孩子来，也有冷眼相向连孩子也不准串门的时刻，这边的女人就在厨房里对着窗户，扯着嗓子叫，煮干饭了煮干饭了！叫得不情愿，又补上一句，小心吃噎着了！

大概是顺带着指桑骂槐吧。

他们两家就在新房子里过着统一的节衣缩食的日子。乡下地方，鱼米之乡，不用花钱也总能填饱肚子，乔村人也看不出那两家人有什么营养不良的迹象。德臣后来一直在马桥镇的榨油厂干活，他做过拖拉机手的，在外面结交的人多，多了就有用，多了条赚钱的门道。道林老实，不如德臣会交际，就一直在村里忙田里的事、果树的事，还有十几头猪的事。傍晚时分村里人经常看见道林拿着渔具在池塘旁边转悠，转了一会儿提着几条小鱼回家了。村里人说，这池塘里的小鱼也能吃呀？道林说，怎么不能吃，用油炸了，又香又鲜，我们家小勇最爱吃！

其实道林的孩子不爱吃鱼，嫌小鱼刺多。道林说，把你们娇惯坏了，鱼的营养比猪肉好，鱼的价钱卖得也比猪肉高，你们还不吃，不吃就别吃，城里的孩子还没有这么活蹦乱跳的鱼吃呢。道林怎么说孩子们也不动心，关于桌上的饭菜，无论大人怎么说，在孩子们看来不是谎言就是圈套，他们要吃肉，说不出口，男孩问他的姐姐，我们家的猪要是从它身上割一块肉下来，还会不会长好？姐姐就把这话密报了母亲，道林媳妇一听就紧张起来，打了他一巴掌，她知道儿子心里在想什么，命令他以后不准进猪圈。

这之后就发生了德臣家吃肉的事。说起来又是个意外，那天德臣回家带来了两个客人，看样子是马桥镇上的什么干部，德臣对他们的态度有点类似太监对皇帝的态度。黄昏时从德臣家厨房里飘出了浓郁的炖猪肉的香气，德臣媳妇在厨房的窗子上拉了一块布挡着，但布幔挡得住她忙碌的身影，却挡不住猪肉特有的香气。德臣家的男孩在门里门外跳出来跳进去的，看见小勇坐在他家门口台阶上发呆，就露出傲慢的神色来，对小勇说，我爹说了，我们家今天有客人，特殊情况特殊处理，吃什么用不着向你们家报告！他看见小勇跳起来跑进了家门，后来就没再出来，后来就只听见小勇的哭闹声了。

道林从地里回来，远远就听见家里闹得厉害，他还以为出了什么事，冲进门却看见儿子躺在灶前的草堆上撒泼打滚，满身满脸都是碎草。他媳妇和女儿都围着小勇，哄他上桌子吃饭。道林不知究竟，说，爱吃不吃，怎么还低三下四请他？他到底为什么闹？女孩子跺着脚埋怨隔壁，都是他家不好，烧猪肉烧那么香，不事先打个招呼！媳妇这次却很理智，说，也怪不了人家，约定说煮干饭打招呼的，谁想到他们家还有钱请客吃饭呢，人家请客当然是要猪肉上桌的，打不打招呼都一样，我们家没钱割猪肉。

男孩还在哭闹，一边闹一边嘟囔，杀猪杀猪，我要杀猪。道林威胁儿子道，杀猪？你知道一头猪卖多少钱？我把你杀了也不杀猪。说着上去把儿子强行抱起来，扔在饭桌前的凳子上。然后一家人坐在桌前吃饭。儿子不吃，道林踹他一下，说，不吃你滚下去，饿死你。儿子也不下去，只是张着嘴哭。道林媳妇看着丈夫的脸色，突然说，要不然拿两个鸡蛋炒了，压压他的馋劲？道林的脸色不对，他端着碗，看着碗里的粥汤，只看不喝，对媳妇的探询没有反应。道林媳妇对儿子说，孩子你懂点事吧，两个鸡蛋拿到镇上能卖一块多钱，你吃了就没了。道林不说话，他的脸色不对，眼睛有点发红，端碗的手颤抖着。道林媳妇发现丈夫脸色不对，人就站起来了，她对孩子说，我给你在酱豆里淋一点香油，保证好吃。孩子仍然哭，他好像是决心把抗争进行到底了。然后道林媳妇就听见丈夫怒吼了一声，他手一挥，把桌上的锅碗都扫到地上去了，道林媳妇看见丈夫从凳子上跳到饭桌上，躺下来，用双手捶着自己的肚子，她是突然间听懂丈夫震耳的吼声的：来，吃，吃，把我吃了吧！

道林躺在饭桌上吼叫着，来，你们都来，把我吃了吧！

道林躺在饭桌上捶自己的胸，说，来，割这里的肉，把我吃了吧！

道林躺在饭桌上捶自己的腿，说，来，割这里的肉，把我全吃了吧！

德臣媳妇过来送那碗肉的时候，敲门敲了很长时间，道林媳妇来开的门，她只把门打开了半扇，就站在门缝里和邻居说话。道林媳妇似乎是刚刚哭过洗了脸的，脸上的水和泪痕混在一起，散发出一种灰白色的冷光，她低眼看了看德臣媳妇手里的碗，说了一句话，让德臣媳妇后来又记了她半年仇。

道林媳妇说，你来迟了，我们已经吃过了。